EROTICAL

Band 2

Liebe kennt keine Regeln

7 erotische Langgeschichten

von

Simon Jorsen

©2016
Herstellung und Verlag:
BoD – Books on Demand, Norderstedt.

ISBN: 978-3-7412 8315-4

INHALT

Das Grauen in der Vorstadt......................5

Je später der Abend…...............................18

Jonas...32

Die Schule zur Liebe. 84

Bruno - der Maler 116

Ausgesetzt 166

Das Geheimnis der Heilerin...................206

Das Grauen in der Vorstadt

Im Allgemeinen gelten die sauberen, adretten Vorstadtsiedlungen in Deutschland als Hort des Friedens, der Beschaulichkeit, des Gleichmaß'. Böse Zungen lästern allerdings, dort sei die Konzentration an Spießigkeit, Borniertheit und Einfalt am höchsten; da wohnen halt die, die das „Traumschiff" und einen „Stadldödel" als anspruchsvolle Unterhaltung, und sogar als Bildungsquelle bezeichnen. Unbestritten bleibt, dass die Herren jener Wohngebiete, das Blech ihrer Prestigekarosse weit erotischer empfinden, als die Haut eines gerupften Hühnchens oder die ihrer Ehefrau.

Das ist aber nicht immer so – und man sollte sich hüten, voreilig zu verallgemeinern! Vielleicht bringt diese kleine Geschichte über männliche Tapferkeit und Jagdeifer etwas mehr Realität in die verhärteten Vorverurteilungen.

In einem Reihenhaus wohnten zwei Familien, eigentlich nur Vater und Mutter und Vater und Mutter. Kinder waren beiden Parteien keine Quelle der Freude. Deswegen waren sie auch in dieses Doppelhaus gezogen. Die eine Hälfte glich der anderen Hälfte – spiegelbildlich eben. Obwohl sie gewissermaßen nun Wand an Wand lebten, überwanden sie nicht die Schwelle zur Freundschaft. Sie siezten sich, waren einander behilflich, stimmten sogar ihren Urlaub miteinander ab, so dass das Haus nie unbewacht blieb in diesen unsicheren Zeiten. Sie koordinierten vieles, luden aber nie einander ein. Vielleicht war das das Geheimnis für viele, viele Jahre Frieden zwischen den beiden so unterschiedlichen Parteien.

Nun sie waren verschieden, die beiden Paare, wie sie nicht verschiedener sein konnten. Die Webers waren ein vitales, freudvolles Paar mit vielen Interessen, besonders aneinander. Bei ihnen ging's um Lust und Liebe und Tollerei. Zum Glück waren die Wände zwischen beiden Wohneinheiten gut isoliert. Es waren auch weniger die Paarungsgeräusche, als vielmehr das freche Grinsen auf beiden Gesichtern, wenn sie morgens aus dem Hause traten, dass so manchen irritierte. Man sah höflich über Vermutetes hinweg. Schließlich war niemand gestört. Bisher nicht!

Die Holzers gehörten zu einer anderen Kategorie. Da röhrte unübersehbar ein mächtiger Hirsch von der Wohnzimmerwand. Weiße Deckchen überall erzählten von Perfektion und Akkuratesse bis ins Detail. Das Auto des Herrn Holzer glänzte deutlich tiefengepflegter als das des Herrn Weber. Die Holzers schritten immer Samstagabend nach 23:00 Uhr zur Begleichung der ehelichen Pflichten, damit er rechtzeitig während der Sportschau wieder zu Kräften kam. Da war auf dem Kirchgang am Sonntagmorgen bei beiden kein freches Grinsen erkennbar. Sie schritten Arm-in-Arm und bußfertig.

Dieses friedlich-tolerante Leben und Lebenlassen am Stadtrand erhielt eines Tages einen Dämpfer. Es ist nicht schwer vorstellbar, wer der Störenfried sein konnte; es waren natürlich die Webers. Nicht vorsätzlich, aber ein bisschen doch! Vielleicht eine durchgebrannte Sicherung, die zu schwach ausgelegt war, konnte der Grund sein. Die Wahrheit kam nie an den Tag, weil Frau Annabel Weber sehr rasch eine plausible Erklärung aus dem Ärmel schüttelte und der Plaudertasche von nebenan vorlegte. Um die flinke Verbreitung zu sichern, nahm sie der Nachbarin auch noch das Schweigegelübde ab.

Sie, liebe Leser, erhalten als einzige, einen Einblick in den tatsächlichen Ablauf der Ereignisse. Behalten Sie aber bitte Ihre Kenntnisse für sich. Schließlich nutzen Sie keinem, wenn die Wahrheit ans Licht käme. Schlimmstenfalls könnte man sogar Sie als Unruhestifter bezeichnen und der Aufschneiderei bezichtigen. Wollen Sie das?

Es war an einem Sonntagmorgen im letzten Frühling. Die Sonne zögerte noch und schien diffus unentschlossen durch eine zähe Hochnebeldecke. Es war kühl. Die Weber hatten ihr spätes Frühstück noch im Bademantel beendet. Rüdiger trug das benutzte Geschirr in die Küche und räumte es in die Spülmaschine. Schließlich beseitigte er die letzten Spuren ihrer Mahlzeit. Annabel sang fröhlich unter der Dusche. Er hörte seine Frau gerne singen; sie hatte eine schöne Stimme und konnte sogar das mit den Koloraturen. Er erinnerte sich nicht, wie's dazu kam, aber plötzlich saß ihm der Schalk im Nacken. Er ging nach oben, wo Annabel duschte und raubte alle Handtücher und Kleidungsstücke, die sie sich zurechtgelegt hatte und wartete. Das Wasser wurde abgestellt und eine nasse Hand tastete nach dem Handtuch. Es war nicht dort, wo erwartet. Annabel trat aus der Dusche, sah ihren Mann und freute sich. Es war nichts Ungewöhnliches, wenn er ihr hin und wieder beim Duschen zusah. Sie deutete das als einen Beweis für ihr gesundes, vitales Eheleben. Doch diesmal schoss er Fotos von seiner unbekleideten Frau. Sie schrie lauthals auf und versuchte, ihre Blöße zu bedecken. Man kennt das ja von *Psycho*. Aber dazu reichten ihre beiden zarten Hände nicht aus. Daher drehte sie sich um. Aber nun lichtete Rüdiger gnadenlos ihre hübsche Kehrseite ab. Flink flog ihre Hand unter den Rücken und versuchte zu verbergen, was nicht zu verbergen war. Sie schrie und zappelte. Das gefiel ihm. Sie rannte aus dem Bad, die Treppe hinunter. Er folgte ihr. Sie schrie, als hätte er einen Dolch gegen sie erhoben. In der Küche riss sie einem unschuldigen Salatkopf ein Blatt von der Seite und versuchte, es Eva gleichzutun. Ein Feigenblatt stand allerdings nicht zur Verfügung. Der frivole Rüdiger hörte nicht auf, den Auslöser zu bedienen.

„Rüdiger lass das!" befahl sie. Doch der sonst so gehorsame Ehemann dachte nicht daran. „Soll ich erst böse werden?"

Das war ihm offenbar egal. Sie schrie lauter um Hilfe und rannte die Treppe wieder hinauf ins Schlafzimmer. Sie versteckte sich hinter dem Vorhang der Terrassentür. Das gefiel Rüdiger. Die matte Sonne projizierte den Schatten einer zappelnden nackten Frau auf den hellen Naturfaservorhang. Das sah noch aufregender aus, als das flüchtende Original.

Klick, klick, klick, klick, der Auslöser kam nicht zur Ruhe. Doch da tat's einen Klick in Annabel. Selbstbewusst trat sie hinter dem Vorhang hervor. Sie würdigte ihrem Mann keines Blickes, öffnete den Schrank und schlüpfte in zwei Pumps, legte sich auf das Bett und räkelte sich behaglich. Rüdiger blieb der Atem stehen, vergaß sogar kurz zu klicken. Annabel mahnte:

„Na, wo bleibt der Klick?"

Sie nahm immer reizvollere Posen ein, gefiel sich in der Rolle. Sie wechselte zu sanft-naiver Frivolität, alsdann zu provokanteren Darbietungen. Rüdiger musste sich zusammenreißen, damit seine Aufnahmen nicht verwackelten. Annabel wurde immer dreister und brachte ihn deutlich sichtbar in Bedrängnis. Jetzt bot sie sich ihm in eindeutiger Weise an. Da gab es nichts miss zu verstehen. Annabel war sichtlich aufgeheizt.

„Das gefällt mir, diese Rolle als Pornostar!" hauchte sie verrucht. „Ist es nicht langsam an der Zeit, mein lieber Rüdi, die Hüllen fallen zulassen und deine Stute zu beruhigen, damit sie dir nicht durchgeht!"

Rüdiger drückte noch ein letztes Mal auf den Auslöser und ließ den Bademantel fallen. Gierig griff die Aufgewühlte nach dem, der ihre Pein besänftigen sollte:

„Kein Vorspiel bitte, ich bin schon genug weichgespült und durchgequirlt!"

Von nun an wurde die wilde Jagd auf anderer Ebene fortgesetzt – aber nicht minder geräuschlos. Als dann am frühen Nachmittag Rüdiger seine Beruhigte behutsam zudeckte, damit sich die vor Schweiß Glänzende nicht verkühle, legte auch er sein Haupt in die weichen Kissen, um zu regenerieren.

„Rüdi, ich ahnte ja gar nicht, was so alles in dir drinsteckt!" wehte ein mattes Lob aus der nächsten Nachbarschaft.

Als sie beide erwachten, begann es bereits zu dämmern. Sie war bester Dinge und mit einem gesunden Übermaß an Tatendrang gefüllt. Sanft biss sie ihrem Gefährten in das Ohrläppchen, damit auch er sich ihrem Erwachen anschließe. Er war allerdings weniger ansprechbar als sie, als seine Liebste ihn auf Schäden hin untersuchte. Doch auch er kam wieder rasch zu sich, als er begriff, dass sein Weib sich an ihm zu schaffen machte. Sanft schritt er ein. Sie zeigte Verständnis.

Annabel war von Natur aus neugierig. Daher schlug sie vor, doch einmal die Ausbeute an Fotos auf dem Computer anzusehen. Sie standen auf und legten bequeme Hauskleidung an.

Mit offenem Mund und teilweise mit ernstem Entsetzen sah sie der Darstellerin bei ihren Eskapaden zu:

„Meine Güte, das soll ich gewesen sein? So kenn' ich mich ja gar nicht!"

Er nickte zustimmend.

„Rüdiger, es hat mir gefallen, für dich zu posieren!" schnurrte sie. „Ist das schlimm? Was denkst du von mir?"

„Auf alle Fälle nichts Schlechtes!" lachte der Gemahl. „Ich denke, in einer lebendigen Ehe sollte so etwas möglich sein.

Ich war nur überrascht, was so alles in dir steckt. Du warst großartig!"

„Findest du? Ich war auch überrascht zu erleben, was in dir steckt nach so vielen Ehejahren!" lachte sie. „Aber versprich' mir bitte eins, Rüdiger, sorge dafür, dass keinem anderen diese Fotos in die Hände fallen. Vielleicht ergänzen wir diese Serie eines Tages mit einer Serie von dir?"

Rüdiger legte sanft seine Hand auf Annabells Knie. Sie schob sie beherzt deutlich nach oben. Beide lächelten.

„Sag' mal Rüdi, was da heute geschah, war das deine Revanche für Vorgestern?" fragte sie.

Er sah sie fragend an: „Was war denn vorgestern?"

„Vorgestern war Freitag und wie jeden Freitag hatten wir schönen Auftaktsex fürs Wochenende. Wie du weißt, mag ich es so richtig gern erst beim zweiten Mal. Dann bist du ruhiger, entspannter und ausdauernder. Wir haben darüber x-mal gesprochen. Doch vorgestern gehorchte dir dein Freund nicht mehr so, wie du es gewohnt warst. Du wurdest ärgerlich, wütend, wolltest erzwingen. Ich fand diese Situation nicht im Geringsten tragisch und ich musste über deine Überreaktion herzhaft lachen. Du hast dich noch mehr geärgert. Ich habe nicht über Klein-Rüdiger gelacht, sondern über deine Ungeduld, deinen Ärger. Ich versuchte, dich zu beruhigen. Das hast du wohl missverstanden. Ich sprach zu unserem Freund und streichelte ihn etwas, und schwubs war er wieder da. Ich lachte wieder, weil er mir besser gehorchte als dir. Da sagtest du: ‚Na, warte!'

Also, lieber Rüdi, ganz im Ernst, ich find' das großartig, wie die Natur das System ‚Mann' ausgestattet hat. Ich bin sicher, ihr wärt unerträglich, wenn ihr nur einen Befehl brüllen müsstet und der Kleine steht stramm, wie als wenn man einen

Regenschirm aufspannt. Ich mag diese kleine Beimengung von Ungewissheit, die euch auf ein gesundes Maß an Bescheidenheit zurechtstutzt."

„Und wenn sich diese kleine Beimengung auswächst?" wandte Rüdiger bekümmert ein.

„Dann gibt's da noch immer die geschickte Annabel, die alles wieder flink repariert. Ich wäre von Herzen froh, wenn nur mir auf Dauer dieses Privileg zugestanden würde!"

Die beiden verbrachten einen zauberhaften Abend und eine zärtlich verspielte Nacht – so ganz nach Annabels Vorstellung. Damit könnte diese Geschichte ihr Happyend gefunden haben. Aber dem war nicht so, weil die Nachbarin Frauke Holzer nämlich unerklärbare Geräusche vernommen hatte.

So war es eben kein Zufall, als sich die beiden Frauen am nächsten Morgen rein zufällig beim Verlassen des Hauses begegneten.

„Ach, ich bin ja so froh, dass ich Sie unbeschadet antreffe!" heuchelte Frauke. „Ich wollte gestern schon Beistand herbeirufen, aber mein Herrmann riet mir davon ab. Es hörte sich an, als wären Sie in größter Gefahr? Ihr Mann hat Ihnen sicher beigestanden?"

Blitzschnell entwarf Annabel ein Scenario, das die Neugier ihrer Nachbarin befriedigen musste.

„Oh ja, da haben Sie Recht! Es war schrecklich! Ich hatte gerade geduscht und griff nach dem Handtuch, als ich hörte, dass da etwas zu Boden fiel, also mehr klatschte. Was ich sah, erschreckte mich zu Tode; es bewegte sich und versteckte sich hinter der Toilette. Es war eine riesige Spinne mit langen haarigen Beinen. Bei dem Gedanken, sie hatte sich im Handtuch versteckt und mich anspringen können, wusste mein Herz nicht, ob es einfach stehen bleiben oder mir aus den Hals springen sollte. Ich schrie, so laut ich nur konnte. Es war keine der heimischen Spinnenarten. Ich vermute, sie stammt aus einer Bananenlieferung des Supermarkts da vorne an der Ecke. Von der feucht-warmen Luft der Dusche fühlte sie sich angezogen und hat sich offenbar wohlgefühlt und sich darin versteckt. Rüdiger, mein Mann, eilte natürlich sofort herbei. Die Spinne floh vor ihm und rannte auf mich zu. Ich schrie und zappelte. Das Vieh rannte ins Schlafzimmer. Rüdiger warf mit dem Handtuch nach ihr. Sie sprang geschickt davon und versteckte sich. Mit einem Besen trieben wir sie die Treppe hinunter. Immer wieder versuchte sie, sich zu verstecken. Wir überlegten; wir konnten sie ja nicht erschlagen; Sie verstehen, der Dreck, der Ekel... da hatte mein Mann eine tolle Idee; er bot ihr ein Versteck in Form einer großen, braunen Papiertüte an. Prompt tappte sie in die Falle. Mit dem Besen verschlossen wir die Tüte und falteten sie zu. Es war ein grässliches Geräusch, wie sie heftig darin herumkrabbelte. Mein Mann trug sie in den Garten und warf das Ungeheuer über Nachbars Zaun!"

Entsetzt rief Frauke:

„Doch nicht etwa über unseren Zaun?"

„Nein, natürlich nicht! Über den dahinten, da, wo die feindseligen Grantmanns wohnen!" beruhigte sie Annabel. „Durch die kühle Luft wurde die Spinne auch immer träger..."

„Aber sie lebt ja noch und könnte sich nach einem neuen, warmen Versteck umsehen und kommt zurück und diesmal zu uns, weil sie bei Ihnen so schlechte Erfahrung gemacht hat." gruselte sich Frauke.

„Ach, so intelligent sind Spinnen nicht!" versuchte Annabel, ihre Nachbarin zu beruhigen.

„Aber danach, nach dieser Hatz, da hörten wir ganz andere Töne, mein Herrmann und ich..." bohrte Frauke neugierig weiter, obwohl sie deren Ursache durchaus kannte.

„Ach ja!" murmelte Annabel versonnen. „Da geschah etwas sehr Seltsames mit mir. Nach all den inneren Turbulenzen und den Spannungen brach in mir etwas Elementares auf. Es war so mächtig, dass ich nicht wiederstehen konnte. Ich hatte das Verlangen, mich meinem Retter hinzugeben, mich mit ihm zu paaren. Ich sah meinen Rüdiger als unerschrockenen Helden, der bereit war, sein Leben für sein schwaches Weib hinzugeben. Er war mein Drachentöter, der das Ungeheuer bezwang, um mich zu erretten!"

Wohlige Schauder liefen über Fraukes Rücken. Gerne hätte sie gleiches erlebt.

Erbarmungslos fuhr Annabel fort:

„Er sollte mich begatten! Sein Samen sollte in meinem Schoß heranreifen und aufgehen, damit auch ich einen Helden gebären konnte, damit das Geschlecht der Mutigen, der Tapferen weiterbestehe zum Wohle unseres Stammes... ich ermutigte meinen Helden, bis zu seiner Erschöpfung. Es war ein kosmisches Ereignis!"

Frauke erzitterte angesichts dieser machtvollen Sprache. Was Worte so alles bewirken konnten...:

„Das Ungeheuer ist aber noch nicht besiegt! Es kann wiederkehren und über mich herfallen. Ich glaube nicht, dass mein Herrmann zu solchen Heldentaten fähig wäre. Könnte ich da nicht Ihren mutigen Lebensretter um Beistand bitten?"

Die letzten Worte waren nur stotternd über Fraukes Lippen gekommen. Oder war das gar kein Stottern, eher Erregung?

Annabel antwortete mit Bedacht:

„Nun, ich werde mit meinem Mann sprechen. Er ist stets hilfsbereit, wie Sie wissen. Sie sollten allerdings bedenken, wenn er nach Ihrem Hilfeschrei in Ihre Dusche eilt, könnte er zum Problem werden, weniger die Spinne!"

„Ach, dieses Risiko nähme ich gerne in Kauf! Hauptsache ist, ich kann mich sicher fühlen!" sagte Frauke Holzer. „Wir könnten ja diesen Notfall mal üben, wenn mein Herrmann im Stadium ist."

„...im Stadion ist!" korrigierte Annabel.

„Richtig! ...im Stadion ist!" pflichtete Frauke bei.

„Hm!" machte Annabel nur. Sie hatte das Gefühl, etwas falsch gemacht zu haben.

Der Samstag kam und mit ihm ein heiß erwartetes Fußballereignis im Stadion der großen Nachbarstadt. Hermann wurde schon früh von zwei gleichgesinnten Kameraden abgeholt. Alle drei waren kostümiert, so dass man sie leicht einer der Fangruppen zuordnen konnte. Die Begrüßung der drei verlief schon übertrieben herzlich, so dass man glauben konnte, man habe sich nach langer Kriegsgefangenschaft letztendlich wiedergefunden. Frauke Holzer hatte verstanden, es würde sehr lange dauern, bis ihr Herr Gemahl wieder erscheinen würde und wenn, in welchem Zustand. Sie war sich sicher, das übliche Samstagabendritual würde gewiss ersatzlos gestrichen. Denn entweder würde ihr Mann mit seinen Kameraden ausgiebig einen Sieg feiern oder noch ausgiebiger eine Niederlage ertränken. Die Konsequenzen wären die gleichen.

Der Tag versprach sonnig und warm zu werden. Der Herr Nachbar war im Garten mit dem Zurechtschneiden von Gebüsch beschäftigt. Sie öffnete das Fenster ihres Badezimmers. Die Rahmenbedingungen stimmten für ihr Vorhaben. Sie entkleidete sich und betrat die Dusche. Ihr Gesang mischte sich in das Rauschen des Wassers.... Rüdiger hörte es bis hinunter zum Garten. Frauke duschte ausgiebig, trocknete sich hernach ab, überprüfte und korrigierte winziges Unerwünschtes, sprühte reichlich kostbares Parfum über sich und legte ein dezentes Make-up auf. Sie knurrte vor Unwiderstehlichkeit, räusperte sich und stieß dann zwei gellende Hilfeschreie aus. Sie fuhren Rüdiger durch Mark und Bein. Er ließ sein Handwerkszeug fallen und rannte durch sein Haus auf die Straße dann zu den Nachbarn. Merkwürdig, die Haustür war nur leicht angelehnt. Ein weiterer Schrei gellte von oben. Er hastete hinauf. Er kannte sich aus wegen der Spiegelbildlichkeit. Die Tür zur Dusche stand weit offen. Frauke hatte eine Hand auf den Mund gepresst und die Augen weit aufgerissen. Rüdiger versuchte zu erfassen, was vorgefallen ist. Warum hing das Handtuch an dem Halter an der Wand und bedeckte nicht Fraukes Blöße? Auch der Bademantel hing ungenutzt am Haken. Nun ja, in der Dusche hält man sich für gewöhnlich nackt auf. Warum war Frau Holzer nicht nass? Sie half beim Erfassen ihres Problems nach und deutete auf die Ecke. Dort lag das pure Grauen in Form einer mächtigen Spinne mit langen, haarigen Beinen und aufgerichteten Augen. Sie verharrte regungslos, wohl in der Hoffnung, auf diese Weise nicht bemerkt zu werden. Rüdiger stampfte auf; Frauke erschrak und tat einen Schritt auf ihn zu, umschlang ihn. Das Ungeheuer rührte sich nicht. Rüdiger löste sich behutsam aus Fraukes Umklammerung und schlich auf das Biest zu. Frauke wimmerte. Er beugte sich mutig über das Tier. Frauke wimmerte heftiger; wenn das Ungeheuer ihm nun ins Gesicht springt... Annabel hatte ja berichtet, wie diese Wesen springen können. Rüdiger kniete nieder, sah dem Grauen direkt in die Augen. Es war wie erstarrt. Frauke reichte ihm das Handtuch. Rüdiger lehnte ab.

„Nehmen Sie es, um sich zu verhüllen!" raunte er ihr zu.

Frauke ignorierte diesen Rat. Da packte Rüdiger blitzschnell zu. Wieder schrie sie auf. Die Beine des widerwärtigen Geschöpfes zappelten, aber sie waren ohne Leben. Das Ungeheuer war aus Silikon und diente ausschließlich dazu, andere zu erschrecken. Wollte Frauke Holzer ihn erschrecken? Wortlos steckte er das zappelnde Plagiat in seine Hosentasche. Erleichtert sprang nun Frauke ihrerseits ihn an und schlang wild ihre Arme um seinen Hals. Ihr erhitzter Atem hauchte ihn an wie der eines fauchenden Drachens:

„Oh du, mein tapferer Ritter. Du hast mir das Leben gerettet. Fast wäre ich vor Angst gestorben. Zum Glück hatte das Tier genauso viel Angst, sonst hätte es mich angesprungen und mein Herz wäre stehen geblieben."

Sein Einwand, es wäre ja nur Silikon gewesen, wurde geflissentlich überhört.

„Wie kann ich Euch nur danken, mein tapferer Gebieter? Lasst mich Eure willige Sklavin sein, deren Blut kocht angesichts Eures Mutes. Nehmt mich mit aller Kraft, so wie Ihr diese Bedrohung von mir genommen habt. Füllt meine Schwäche mit Eurer männlichen Kraft. Labt Euch an meinen Früchten, die ich Euch freimütig darbiete."

Rüdiger war über die Wahl der Sprache überrascht. Was hatte dieses Pathos, diese Dramatik zu bedeuten? Frauke drängte sich und insbesondere ihren Unterleib kraftvoll gegen seinen. Sie überprüfte ihre Wahrnehmung.

„Oh, was darf ich spüren? Welch starke Auswölbung, welch deutliche Erregung…" schnurrte sie.

Rüdiger griff in die Hosentasche und zog die grässliche Spinne hervor. Er hielt sie ihr mit ihren wabbelnden Beinen unter die Nase. Angewidert wandte sie sich ab.

„Habt Ihr sie mit Euren bloßen Händen erwürgt?" fragte sie in einer Mischung aus Ekel und Bewunderung.

Rüdiger hatte genug; er ließ das Silikonwesen fallen, schob Frauke Holzer entschlossen beiseite und verließ die Bühne. Im Augenblick konnte er sich noch keinen Reim über den Gang der Ereignisse machen und schon gar nicht über den Sinn dieser Inszenierung. Aber er wird sich Klarheit schaffen. Frauke allerding hatte die feste Gewissheit, dass sie etwas falsch gemacht hat. Bittere Tränen der Enttäuschung rannen ihr die Wangen herunter. Wie hatte man sie nur so missverstehen können?

Sie wird sich etwas Neues ausdenken!

Je später der Abend...

Immer häufiger schaltete Rolf abends sein Fernsehgerät aus. Er fragte sich auch, warum er es überhaupt immer wieder nach dem Abendessen anstellte. Da wurde doch nichts gesendet, was ihn an seinem Feierabend bereicherte. Er hatte dieses Gerät einmal gekauft, aber andere benutzten es, die Werbeindustrie und unsere Politiker, damit sie uns möglichst rasch und effizient mit ihren unzureichenden Leistungen und Unwahrheiten überschütten können. Dafür musste er auch noch Gebühren zahlen, ob er das nun wollte oder nicht.

Rolf war kein verdrießlicher Mensch. Ganz im Gegenteil! Er wollte nur seine Freizeit ganz bewusst mit den Dingen verbringen, die ihm gut taten. Dazu gehörte beispielsweise ein Konzert. Er hatte viel Geld für den nahezu perfekten Klang seiner Stereoanlage investiert. Selbst bei Zimmerlautstärke unterschlug sie keine der Feinheiten im Klangmuster eines Konzerts. Heute entschied er sich für die sinfonische Dichtung *„Ein Heldenleben"* von Richard Strauß. Dazu trank er ein Glas Rotwein, was in einem Konzertsaal nicht möglich wäre. Außerdem konnte er die Beine hochlegen und sich vollkommen entspannen.

Da klingelte es doch tatsächlich an seiner Tür. Er sah auf die Uhr; es war spät aber noch nicht zu spät. Er spähte durch den Türspion. In der Eingangsbeleuchtung stand eine elegant gekleidete Frau. Sie trug einen Pelzmantel und eine kleine silberne Handtasche. Sollte er öffnen? War sie ein Köder? Lauerte im Dunkel vielleicht ein Kerl, der hervorspringen wird, sobald er geöffnet hatte und ein Fuß in die Tür stellen? Er legte die Sicherheitskette ein und öffnete einen Spalt:

„Ja, bitte?"

„Guten Abend, Herr Haller. Ich bitte Sie, meine späte Störung zu entschuldigen. Ich sah noch Licht. Ich habe eine Autopanne. Vorne an der Ecke blieb plötzlich nach einigem Stottern mein Auto stehen. Ich möchte Sie um Hilfe bitten und fragen, ob ich bei Ihnen telefonieren kann. Ich besitze kein Handy. Der Pannendienst wird mir gewiss behilflich sein!"

Rolf zögerte noch etwas. Dann kam er zu dem Schluss, dass diese Dame ihn wohl kaum ausrauben wird. Er bat sie herein. Sie blickte um sich.

„Das Telefon?"

„Es steht dort auf der Anrichte. Sie können es mit ins Wohnzimmer nehmen. Ich hatte es nur schon zum Aufladen abgelegt, da ich keine Anrufe mehr erwarte!" sagte Rolf höflich.

Sie lief etwas unsicher aber elegant in ihren hochhackigen Schuhen. Vielleicht war sie gerade aus dem Theater gekommen? Sie legte ihr Handtäschchen auf die Anrichte.

„Ach gnädige Frau, darf ich Ihnen den Mantel abnehmen?" fragte Rolf höflich.

„Aber ja, gerne! Sie sind sehr freundlich. Übrigens mein Name ist Eva Marek." lächelte sie und öffnete ein paar Häkchen ihres Mantels.

Er stand hinter ihr, bereit den Mantel entgegenzunehmen. Sie streifte ihn ab. Doch als er ihr behilflich war, war er wie vom Donner gerührt. Sie stand plötzlich splitternackt vor ihm. Sie sah in den Spiegel und zupfte korrigierend an ihrer

Frisur. Etwas unsicher schritt sie zum Telefon. In seiner Hilflosigkeit, geeignete Worte zu finden, fragte Rolf:

„Können Sie denn in diesen Schuhen Auto fahren?"

„Nein, natürlich nicht! Im Auto stehen ein Paar flache Schuhe bereit. Aber Schuhe mit hohen Absätzen kleiden mich besser, finden Sie nicht?"

„Ähm ja, allerdings...!"

Meine Güte was für ein hübsches Hinterteil sie hat!

„Fürchten Sie, dass meine Schuhe Ihren Fußbodenbelag beschädigen? Ich kann sie gerne ausziehen." fragte sie unschuldig.

„Nein, seien Sie unbesorgt! Entscheiden Sie, wie es für Sie richtig ist!"

Sie wählte eine Nummer und stellte sich vor:

„Mein Fahrzeug blieb soeben nach einigem Stottern stehen."

Sie drehte sich zu Rolf:

„Wie heißen die beiden Straßen, die sich hier kreuzen?"

Rolf nannte sie ihr und sie gab die Information weiter. Ja, eine gelbe Warnleuchte hätte öfter mal aufgeblinkt, aber sie konnte sie nicht zuordnen. Abschließend nannte sie das Fabrikat ihres Wagens. Sie bedankte sich und legte auf.

„In etwa 45 Minuten wird ein Techniker kommen. In den späten Abendstunden dauert es etwas länger. Helfen Sie mir bitte wieder in den Mantel? Ich werde bei meinem Fahrzeug warten!"

„Aber ich bitte Sie, Frau Marek. Warten Sie hier. Es ist kalt draußen und wir hören bestimmt, wenn der Servicewagen eintrifft!" sagte er höflich, obwohl er noch immer äußerst irritiert war.

„Das ist sehr freundlich von Ihnen, Herr Haller? Aber ich möchte auf keinen Fall stören oder Umstände machen!"

„Das tun Sie nicht! Nehmen Sie einfach im Wohnzimmer Platz, ich bringe Ihnen ein Glas. Sie trinken doch gewiss ein Glas Rotwein mit mir?" sagte er und war entzückt von ihren reizvoll geschwungenen Hüften. Er konnte doch diese Augenweide nicht einfach davon ziehen lassen. Er schenkte ein und konnte nicht verhindern, dass seine Hand zitterte.

„Sie sind nervös, Herr Haller!" sagte Eva Marek. „Bin ich etwa der Grund für Ihre Nervosität?"

„Na hören Sie mal, Eva – ich darf Sie doch so nennen - Sie betreten meine Wohnung und sitzen splitternackt in meinem Sessel..."

„Fürchten Sie etwa um Ihren Sessel? Ich passe schon auf mit dem Rotwein. Bestehen Sie darauf, dass Sie meine Kleidung nicht wahrnehmen? In der Geschichte von *Des Kaisers neue Kleider* wird auch solch ein Ereignis geschildert. Ein kleines Mädchen hatte als einzige den Herrscher nackt gesehen."

„Eva, das ist ein Märchen! Sie sitzen aber leibhaftig vor mir!" antwortete er heftig.

„Vielleicht spielt Ihre Fantasie Ihnen einen Streich? Sehen Sie mich doch einmal genau an! Vielleicht bin ich nur eine Halluzination? Wir sind alle nackt unter unserer Kleidung; Sie etwa nicht? Behaupte ich etwa, Sie seien nackt? Obwohl das womöglich ganz reizvoll wäre! Von Männern wird des Öfteren behauptet, dass sie Frauen mit ihren Blicken ausziehen. Mich würde das nicht stören; ich empfehle nur, Ihre

Fähigkeit für sich zu behalten!" kicherte sie. Sie nahm einen Schluck Wein und fuhr fort:

„Ich gebe ja zu, dass ich etwas ungewöhnlich gekleidet bin. Bemerken Sie nicht diese duftende Wolke meines kostbaren Parfums, die mich einhüllt? Dieses Parfum war fast so teuer wie ein Abendkleid!"

„In der Tat, Sie verbreiten einen magischen Duft, dem man leicht erliegt! Es ist schon erstaunlich, was Modedesigner sich so alles einfallen lassen. Abendkleider gelten meist als sehr gewagt! Ich behaupte ja auch nicht, dass mir Ihr Outfit nicht gefällt. Ich finde Sie bezaubernd! Es steht mir gar nicht zu, Sie zu kritisieren!"

„Das beruhigt mich! Schließlich möchte ich keine Umstände machen. Aber meine Kleidung bietet doch auch Ihnen Vorteile. Sie sehen, dass ich keine Waffen bei mir trage, kein Pfefferspray, kein Elektroschocker... Sie können also ganz sicher sein, dass ich keine feindseligen oder unredlichen Absichten hege. Oder möchten Sie mich eingehender untersuchen?"

„Nein, Eva! Ich vertraue Ihnen. Aber wie steht es mit den Waffen der Frau?" meinte Rolf kokett.

„Ich bin da anderer Ansicht. Die Waffen der Frauen, die ich am Leibe trage, sind doch weitaus harmloser, als die Waffe des Mannes. Da werden Sie wohl kaum widersprechen? Die Folgen bedrohen den gesamten Planeten!"

„Ist das nicht etwas übertrieben?"

„Überbevölkerung und all die Konsequenzen, das halten Sie für übertrieben? Es ist schon erstaunlich, wie Tatsachen verdreht werden und Frauen dafür verantwortlich gemacht werden, was nachweislich die Männer verursachen! Wir haben seit Jahrtausenden gelernt, damit zu leben!"

„Entschuldigen Sie mich bitte, Eva, so habe ich die Dinge bisher noch nicht gesehen. Die Waffen einer Frau sind aus der Sicht des Mannes entwaffnend!"

„Sehen Sie, Mann muss nur seine Sichtweise etwas ändern und schon erhält Mann eine ganz andere Perspektive!" erteilte Eva Nachhilfe und schlug gekonnt ihre Beine übereinander.

„Sie sind sehr anregend... Ihre Argumente haben etwas für sich und sind nicht von der Hand zu weisen." gestand Rolf.

„Ich hoffe nicht nur anregend! Ich hatte vor, aufsehenerregend zu sein. Als ich mich heute Abend ankleidete, war ich mit meiner Wahl sehr zufrieden und ich dankte dem Schöpfer, dass er mich so wunderbar ausgestattet hat. Bedauerlicherweise befinden sich keine Bewunderer meiner natürlichen Gaben in meinem Haushalt. Sie, Rolf, vermitteln mir den Eindruck, dass ich mit der Beurteilung meiner selbst nicht alleine dastehe. Sie behaupten, ich sei nackt. Aber wäre das nicht eine Ungeheuerlichkeit, wenn das so wäre? Oder was ist Ihre Meinung?"

„Nun ja, das ist in der Tat ungewöhnlich; aber ich kann nicht behaupten, dass mir dies unangenehm wäre!" stotterte er.

„Sie sind also nicht geschockt? Stellen Sie sich vor, ich könnte eine Prostituierte sein! Ich bin hier, um Ihnen meinen Körper und diverse Serviceleistungen anzubieten, für die Sie selbstverständlich bezahlen müssten..."

Rolf kam ins Grübeln: „Und, sind Sie eine?"

„Natürlich nicht, was denken Sie denn, mein Körper ist unbezahlbar!" warf sie leidenschaftlich ein.

Er beschloss, seine Rolle als Überraschungsopfer aufzugeben und den Spieß umzudrehen.

„Verehrte Eva, mich würde brennend interessieren, wie Sie sich fühlen. Immerhin sitzen Sie in einem ungewöhnlichen Outfit bei einem fremden Mann in der Wohnung. Befürchten Sie nicht, in eine unangenehme Situation zu geraten? Immerhin bin ich auch nur ein Mann!"

„Zu Beginn hatte ich schon etwas Angst, dass Sie meine Notsituation ausnutzen könnten. Doch wissen Sie, es gibt zwei Arten von Männern, eine Sorte die man fürchten muss und die andere Sorte, bei denen Frauen Schutz und Hilfe finden. Sie sind der Beschützertyp; das habe ich sehr rasch erkannt. Das tat mir gut; daher erlaubte ich Ihnen auch, mir aus dem Mantel zu helfen. Ich war mir ganz sicher, Sie würden ihn mir nicht entwenden!"

Sie nippte an ihrem Rotwein.

„Sie entschuldigen mich, ich benötige mein Handtäschchen. Es liegt auf der Kommode!"

Eva erhob sich mit einem zauberhaften Hüftschwung und holte das benötigte. Er berauschte sich an ihrem trippelnden Schritt und dem Anblick ihrer Beine, von unten bis oben. Sie entnahm ihrem Täschchen einen Spiegel und überprüfte ihr Makeup.

„Wissen Sie, es gibt viele hübsche Frauen. Die Industrie unterstützt sie in ihrem Wunsch, die Schönste im ganzen Land zu sein. Frau muss sich da schon etwas einfallen lassen! Viele täuschen auch Üppigkeit vor, was ich allerdings unfair finde!" erklärte sie.

„Warum treten so viele Frauen in diesen unerbittlichen Konkurrenzkampf?" fragte Rolf.

„Nicht, wie Sie vielleicht erwarten, um dem Manne zu gefallen, ihn sich einzufangen. Nein, es geht darum, die andere zu übertreffen, ihren Neid in Bewunderung zu verwandeln: …wer ist die Schönste im ganzen Land!"

„Sie sind in der Welt der Märchen sehr bewandert?"

„Sie meinen wegen *Des Kaisers neue Kleider* und *Schneewittchen*? Märchen enthalten geheime Botschaften auch versteckte Hinweise zur Sexualität wie bei *Dornröschen* und *Hänsel und Gretel*. Bedenken Sie die verkorkste und allseits präsente Diktatur der Moral der Kirche jener Zeit! Aber Unterdrücktes findet immer ein Ventil"

„Nein, hierüber habe ich nie nachgedacht!" gestand er.

„Darf ich Ihnen noch etwas Wein nachgießen?" Sie erhob sich und trat sehr nah an ihn. Der Duft ihrer Parfumwolke betörte ihn unwiderstehlich. Sie entkorkte die Flasche und beugte sich über sein Glas. Er hatte nur Blicke für ihren prächtigen so nah vor ihm schwingenden Busen. Mit ruhiger Hand schenkte sie den Wein ein.

„Sie sind schön, nicht wahr?" sagte Eva warm.

„Oh ja, sie sind wunderschön…! schwärmte er.

„…und auf so natürliche Weise fest! Mir gefällt, wie Sie sie bewundern. Fassen Sie sie ruhig an; Ihre Hände verlangt es danach, ich spüre das! Nur zu!"

Schüchtern umfasste er die beiden Zwillinge. Sie reagierten deutlich, wichen aber nicht scheu zurück.

„Sehen Sie, wie zutraulich sie sind! Ich setze mich nur ungern wieder auf meinen Sessel. Mich wundert allerdings, warum der Servicetechniker noch nicht erschienen ist; er müsste längst hier sein!"

Rolf erhob sich. Er sagte:

„Ich werde noch einmal anrufen!"

Er drückte die Wahlwiederholung. Es meldete sich die Auskunft.

„Sie haben die Auskunft angerufen!" sagte er zu Eva.

„Natürlich habe ich die Auskunft angerufen. Ich weiß doch die Nummer des Automobilclubs nicht auswendig. Sie haben mich dann weiterverbunden!"

Rolf versuchte es direkt beim Automobilclub. Sie werden erst morgen früh ab acht Uhr erreichbar sein.

„Sie sagten, es wäre eine gelbe Warnleuchte…?

„Ja, und sie leuchtete nicht immer, meist wenn ich in eine Kurve fuhr!"

„Es wird die Tankleuchte sein. Ihr Tank ist wahrscheinlich leer oder es ist zu viel Luft in der Benzinleitung!"

„Das ist bedauerlich. Da habe ich Ihnen ganz umsonst Ihre kostbare Zeit gestohlen!" klagte Eva.

„Das haben Sie nicht!" warf Rolf vehement ein. „Dies ist doch ein interessanter Abend! Gönnen Sie mir Ihre Gesellschaft!"

„Sie sind charmant. Ich schätze Ihre Gesellschaft ebenfalls. Ich fühle mich unter Ihren kritischen aber wohlwollenden Blicken wohl. Lassen Sie uns weiter plaudern. Mein Lieblingsthema bin übrigens ich!"

Sie besah sich ihre Fingernägel und lachte:

„Da bin ich nur mit Parfum und Nagellack bekleidet, und schon verbringe ich einen amüsanten Abend mit einem charmanten und dennoch klugen Herrn. Erstaunlich, nicht?"

„Es ist schwer in Worte zu fassen… es ist ihr Charisma, ihre Originalität…"

„Lieber Herr Haller, reden Sie doch nicht so! Reden Sie über das, was Sie wirklich bewegt! Wir sind unter uns und ich trage auch kein Aufzeichnungsgerät bei mir. Von *Vorsicht Kamera* bin ich auch nicht! Sie sehen mich unentwegt an; was stört Sie?"

„Es stört mich überhaupt nichts…"

„Auch mein Aufzug nicht mehr?"

„Nein! Ich weiß nur nicht, ob ich wache oder träume! Sie sind wunderschön…"!

Eva erhob sich, ging langsam auf ihn zu und setzte sich auf seinen Schoß:

„Spüren Sie mein Gewicht?"

Rolf nickte.

Eva küsste seine Wange und fuhr ihm durchs Haar.

„Spürten Sie meinen Kuss?"

„Oh ja!" nickte er eifrig.

„Wollen wir das *Sie* nicht in ein *Du* eintauschen?"

Wieder nickte er. Sie nahm sein Gesicht und küsste heftig seine Lippen; danach flüsterte sie:

„Rolf ich bin's, Eva, und ich bin ganz real!" Sie küsste ihn ein weiteres Mal.

„Was hat das alles zu bedeuten?" Rolf war ratlos.

„Darf ich hier sitzen bleiben, dann erzähl' ich's dir!"

Natürlich wollte er, dass sie sich nicht von der Stelle bewegt.

Sie streichelte ihm übers Haar:

„Du weißt vielleicht, dass viele Mädchen ohne Unterwäsche das Haus verlassen. Sie finden das sexy und aufregend. Mir hat das nicht genügt. In mir wuchsen Fantasien, so wie du sie heute erlebt hast. Ich fand es prickelnd, mit anzusehen, was in dir vorging, als du mir aus dem Mantel geholfen hast. Sicher, es war mit einer Gefahr verbunden, von dir missverstanden zu werden. Doch das konnte ich rasch ausschließen. Ich habe noch ganz andere Fantasien, zum Beispiel mich verkehrswidrig zu verhalten, damit ich in eine Verkehrskontrolle gerate und mit aufs Revier genommen werde. Oder ich geh' als Single in ein vornehmes Restaurant, ein Kellner hilft mir aus dem Mantel... Was werde ich in Gang setzen? Wird man galant über meinen Fauxpas hinwegsehen? Würdest du mich in meinem Aufzug in ein Restaurant begleiten?"

Rolf überhörte diese direkte Frage:

„Du kannst dich in Teufels Küche bringen! Sicher, wenn du nackt bist, kann man dich nicht ausrauben, aber misshandeln, verschleppen, zur Prostitution zwingen, als sex-süchtig behandeln. Es ist ein Spiel mit dem Feuer!"

„Das weiß ich, deshalb habe ich ja erst einmal mit dir gezündelt!" gab sie zu. „Deshalb werde ich dich als Begleiter wählen, wenn ich nackt in einem Restaurant sitzen möchte. Wir werden ganz natürlich plaudern, denn du kennst mich schon und bist somit nicht geschockt."

„Willst du nicht herausfinden, warum du solche Fantasien hast?"

„Du meinst einen Psychiater aufsuchen?"

„Zum Beispiel!"

„Ich weiß doch Bescheid: Im Mangel wuchern Fantasien! Ich bin eine einfache Bankangestellte, in einem Alltag ohne

Sensationen. Übrigens arbeite ich bei deiner Bank aber nicht am Schalter. Ich habe mal Kopien für dich gemacht, auch neulich, als deine Frau ein eigenes Konto beantragte, unter einer anderen Adresse und mit neuem Nachnamen... Ich mochte dich, ich fand dich anziehend!"

Wieder küsste sie ihn:

„Du weißt nicht wohin mit deinen Händen? Folge deinem Impuls!"

Rolf legte sie auf ihre Hüften.

„Gefallen dir meine Hüften?"

„Ja sehr, sie sind sehr weiblich!"

„Du meinst ausladend, zu breit!"

„Nein, ganz und gar nicht! Weiblich, üppig, wie dein..."

„Sprich ruhig weiter! Es sagt mir ja sonst keiner!"

„Üppig wie dein Hinterteil, fest und griffig!"

„Woher willst du das wissen? Du hast ja noch nicht einmal hineingekniffen!"

„Das tut man auch nicht!"

„Das solltest du aber, ich will die Wahrheit wissen!"

Rolf griff zu und erzeugte ein begeistertes ‚Au'!

„Was waren deine Pläne für den Rest des Abends?" wollte sie wissen.

„Nun, ich hätte geduscht und wäre zu Bett gegangen!"

„Lass dich davon nicht abbringen! Darf ich dir beim Duschen zusehen?"

„Das kannst du tun. Ich werde auf der Couch schlafen!"

„Das wirst du auf gar keinen Fall tun! Ich dulde keine Umstände! Du hast mit mir deinen Rotwein geteilt, teile mit mir dein Bett genauso einfach und unkompliziert. Du hast nichts zu befürchten!" sagte Eva in aller Klarheit.

Sie lehnte in der Tür und betrachtete ihn beim Duschen. Sie reichte ihm das Handtuch:

„Schön zu wissen, dass du ein großer Junge bist! Dass ich ein Mädchen bin, hast du ja schon festgestellt! Darf ich auch in deinem Bett mit deiner Gastfreundschaft rechnen?"

Galant hob er die Bettdecke und ließ sie hineinschlüpfen. Sie strahlte:

„Solch einen schönen Abend hatte ich seit langem nicht mehr…und nun endet er noch richtig großartig!"

Sie schmiegte sich behaglich an ihn und ließ ihn so richtig ihre Weiblichkeit spüren:

„Du nimmst mir nicht übel, dass ich so viele Turbulenzen in deinen Feierabend gebracht habe?"

„In der Rückschau überhaupt nicht, aber in der Situation war ich ziemlich in Aufruhr! Ich wusste nicht, wie ich mit der Situation umgehen sollte." gestand er.

„Es war doch ganz einfach! Mein Tank ist leer und ich suchte deine Hilfe!"

„Ich denke, der Tank deines Autos ist leer?"

Eva lachte:

„Der natürlich auch! Aber da es nun mal nicht gelang, den Tank meines Autos zu füllen, schlage ich vor, wenigstens mich aufzutanken! Darf ich dir somit nun meinerseits dir meine Gastfreundschaft anbieten? "

„Ja das ist eine gute Idee. Damit wäre der ganze Aufwand wenigstens gerechtfertigt. Nur, du weißt, es gibt zwei Versionen zu tanken: Selbstbedienung oder mit Service."

Eva lachte:

„Mit Service natürlich!"

„Da ist noch ein Problem: du hast kein Bargeld bei dir und ich vermute auch keine Kreditkarte?"

„Da hast du Recht! Geht es ausnahmsweise nicht auch einmal auf Pump?"

„Das geht natürlich! Dann muss ich deine Personalien aufnehmen und du musst recht bald wiederkommen und deine Schuld begleichen!"

„Das wäre mir sehr recht!"

„Gut! Also was wünscht die Dame!"

„Bitte volltanken und bitte Super!"

Das Tanken nahm eine längere Zeit in Anspruch. Als die Dame am Morgen das Haus verließ, brachte sie Rolf zu ihrem Wagen. Sie küssten sich, sie zog die flachen Schuhe an, betätigte die Zündung und fuhr davon.

Am Abend erschien sie, um ihre Schulden zu begleichen und erwartete eine größere Inspektion.

Er fragte, was sie denn darunter verstünde. Nun, so meinte sie, das sei doch ganz einfach, eine gründliche Durchsuchung und Überprüfung, ob bei ihr eine Schraube locker ist.

Jonas

Ihr ganzes Leben waren Karin und Eva unzertrennliche Freundinnen. Sie hatten sich im Kindergarten kennengelernt. Wie das damals genau geschah, das variiert in ihrer Erinnerung. Ihre Freundschaft hielt an, als sie die Schule besuchten. Ihre Bindung festigte sich sogar noch. Als Eva drohte, wegen ihrer eklatanten Defizite in Mathematik und Physik sitzen zu bleiben, sagte Karin:

„Wenn du sitzen bleibst, dann bleibe ich auch sitzen! Ich will mit niemand anderen auf einer Schulbank sitzen!"

„Auf keinen Fall!" protestierte Eva. „Hilf mir lieber hier heraus!"

Sie schafften es beide, auch künftig niemals sitzen zu bleiben. Auch die Ferien verbrachten sie stets gemeinsam. Als sie noch klein waren, reisten sie abwechselnd einmal zusammen mit diesen oder jenen Eltern. Das entlastete dann immer wieder das andere Elternpaar. Sie wussten stets, ihre Tochter war gut aufgehoben. Überhaupt, beide Eltern respektierten diese innige Freundschaft; sie hatten wohl auch keine andre Wahl. Wer weiß, was sich die beiden hätten einfallen lassen, um ihren Willen durchzusetzen.

Dabei waren die beiden recht unterschiedlicher Natur. Karin war ruhig, besonnen, beständig, auch etwas ängstlich, zurückgenommen aber keineswegs verschlossen, schon gar nicht gegenüber ihrer Freundin. Eva dagegen sprudelte, flatterte gern unentschlossen umher; sie war unternehmungslustig, schloss rasch Kontakte, die ihr nutzten; sie war leichtsinnig, ignorierte Gefahren, hatte aber immer wieder Glück, unbeschadet davonzukommen. Beide respektierten ihre unterschiedlichen Charakterstrukturen, ahnten wohl, wie sehr sie einander ergänzten.

Auch ihre Berufsausbildung begannen sie gemeinsam. Eva wählte das Bankwesen trotz ihrer Aversion gegenüber der Mathematik. Aber es gab immer klügere Computer, die ihre Ignoranz im Rechnen kompensierten. Das Fach Versicherungsmathematik bereitete ihr allerdings schier unüberwindbare Schwierigkeiten. Da musste sie bei der Abschlussprüfung mit ihrer vorzüglichen Weiblichkeit unkonventionelle Wege beschreiten. Zum Glück bestand die Prüfungskommission ausschließlich aus Männern. Die Kommission war sich einig darüber, dass Eva am Schalter einer Bank als Kundenmagnet sehr geeignet war. So war auch Evas Hauptargument für ihre Berufswahl, dass Frau am Schalter stets gut gekleidet sein musste, und somit hervorragend zur Geltung kam.

Karin war fasziniert von den Weißen-Kittel-Berufen. Medizin, Forschung, Labor waren ihre Geheimkombination. Sie wurde medizinisch-technische Assistentin. Ihre Zuverlässigkeit und Gewissenhaftigkeit bei ihrer Arbeit trugen ihr schon bald Ansehen und Beliebtheit seitens der Vorgesetzten ein. Ein Expansionswunsch begann virulent zu keimen, vielleicht reicht es ja eines Tages zu einem Medizinstudium.

Als beide Frauen dann allerdings eine neue Gefühlswelt betraten und Interesse am anderen Geschlecht erwachte, da kam die Kontinuität ihrer Freundschaft etwas ins Stottern. Natürlich gab es regen Austausch über das, was geschehen ist. Aber ihre unterschiedlichen Charakterstrukturen traten nirgendwo so deutlich zutage, wie in ihren Beziehungsversuchen mit Männern. Geduldig hörten sie wenigstens einmal pro Woche einander zu, unterließen aber sinnlose Missionierung. Eva war aufgeschlossener, eher an Experimenten als an Dauerhaftigkeit interessiert. Mutig vertrat sie ihre Interessen und riskierte problemlos einen Schlussstrich. Anpassung oder gar Unterwerfung war nicht ihr Ding. Je höher der Kompatibilitätsgrad umso länger dauerte ihre Beziehung. Gern hätte sie dauerhaft das Kommando, was aber bei der Gegenseite nicht immer gut ankam. Erschwerend kam hinzu, dass sie Männer nicht achten konnte, die sich ihr unterwarfen. Sie befand sich in einem Dilemma, angesichts dieser widersprüchlichen Gemengelage. Das bekümmerte sie aber nicht sehr. Der Weg, das Abenteuer war das Ziel. Männer waren ihre beliebtesten Forschungsobjekte.

Mit Karin hatte das Schicksal allerdings andere Pläne. Ein junger talentierter Arzt fand während der Promotion Gefallen an Karin. Ihr fiel auf, dass gerade dieser Arzt so gar nicht am reichhaltigen Angebot der anderen Kolleginnen interessiert war. Es ist ja hinlänglich bekannt, dass das angestrebte Berufsziel einer Krankenschwester oder Assistentin der Chef- oder zumindest der Oberarzt sei. Karin fiel das gewissermaßen in den Schoß. Der junge Arzt war nur an seiner Arbeit und an Karin interessiert, und wie sich später herausstellen sollte, das ein Leben lang! Die spätere Ehe war zwar nicht frei von Stolpersteinen. Aber dann war da Eva zur Stelle und gab Karin handfeste Ratschläge, wie man eine entgleiste Lok wieder aufs Gleis stellt.

Karin unterlief der Fehler, nach der Eheschließung in die Graumäusigkeit abzugleiten. Das missfiel dem Gatten. Er wollte eine treue aber durchaus beachtete und Aufsehen erregende Gattin an seiner Seite, die ihn auf Kongresse und bei Empfängen begleitete. Er wollte, dass man ihn um die bezaubernde Frau an seiner Seite beneidete. Dafür war er auch bereit, zu investieren. Friseur, schöne Kleider, Eleganz und teure Kosmetik waren für Karin schnöder Tand und nur Fassade – auf die inneren Werte käme es an. Das sei zwar grundsätzlich nicht verkehrt, meinte ihr Gemahl, aber man sähe das ja nicht auf Anhieb. Ein weiterer verhängnisvoller Trugschluss versperrte ihr die klare Sicht der Dinge: sie glaubte, die Heirat sei ein Happy-end, nun könne Frau es sich bequem machen. Warum verführerisch aussehen? Das führt ja dann doch nur immer wieder zu diesen überflüssigen sexuellen Handlungen; habe ich da nicht schon genug in dieser Hinsicht getan? Irgendwann muss doch nun wirklich Schluss sein. Schließlich sei sie ja nicht eine Professionelle. Auch in diesem speziellen Fall war der Herr Gemahl ganz anderer Ansicht und fühlte sich getäuscht. Es kam Sand ins Getriebe!

Da musste Freundin Eva ihrer Freundin Karin aber gehörig den Kopf waschen. Nie zuvor hatte sich ein so herber Dialog abgespielt:

„Was bist du nur für eine dumme Kuh! Ich fass es nicht! Da fällt dir Mister Supermann in den Schoß, blendend aussehend, treu und bemüht, wohlhabend und intelligent und er liebt dich abgöttisch. Und was machst du? Du stößt ihn von der Bettkante! Was ist, wenn er eines schönen Tages einer geschickten Jägerin ins Netz geht? Dein verheultes Gesicht möchte ich dann aber nicht sehen. Du hörst mir jetzt gut zu! Ich will jedenfalls nichts unversucht lassen, dir deine Flausen aus dem Kopf zu blasen. Männer sind wunderbare Geschöpfe und keine Underdogs. Dein Mann will Spaß mit dir haben – mit dir, seiner Ehefrau. Sowas gibt's nur noch ganz selten!"

„Aber muss denn dieser Sex immer wieder sein?"

„Ich weiß nicht, wie es in eurem Bett zugeht!" sagte Eva aufgebracht. „Aber wenn du da etwas anderes möchtest, dann lass es ihn doch ganz einfach wissen! Männer mögen aktive Frauen. Wenn du mehr Erfüllung findest, ist er stolz auf sich. Findest du mehr Freude, wirst du glücklicher und du möchtest mehr. Mach dich etwas attraktiver! Findest du es nicht himmlisch, wenn er bei deinem Anblick etwas die Kontenance verliert? Ist es nicht süß, wenn er deinetwegen ins Stottern gerät? Die ganze männliche Dominanz bröckelt dahin. Ist es das nicht wert?

Ich dulde jetzt keinen Widerspruch, wir werden am Samstag shoppen gehen, ich werde aussuchen und du wirst bezahlen!"

Natürlich fand Arnim Eva sehr anziehend, und Eva wusste es – nicht aber Karin. Eva rief ihn auch deswegen an. Mit ihr würde es keine Entspannung in der Ehekrise geben, auch keinen kleinen Seitensprung zur Entlastung; es hieße zwar immer wieder, es sei die beste Freundin gewesen; aber nicht mit ihr! Dafür sei ihr ihre Freundschaft zu Karin zu wichtig. Arnim akzeptierte, behauptete aber gar keine Absichten gehabt zu haben. Dann sei ja alles in Ordnung, bestätigte Eva und bot an, mit Karin einmal ein ernsthaftes Gespräch von Frau zu Frau zu führen. Arnim nahm das gerne an, es könne ja keinesfalls schaden.

Das gemeinsame Shopping gestaltete sich störrischer als erwartet. Eva musste eine Verteidigungslinie nach der anderen einreißen. Aber sie war unerbittlich. Karin wollte nicht begreifen, dass sie den Bestand ihrer Ehe gefährdete. Und Eva wollte nicht alles versucht haben, um nicht als mitschuldig zu gelten. Es wurde im wahrsten Sinne des Wortes um jeden Millimeter gefeilscht. Bemühte Verkäuferinnen gerieten in stille Verzweiflung. Obwohl die Kreditkarte ihres Mannes zur Verfügung stand und ausdrücklich für derartige Investitionen bestimmt war, wollte Karin sparen. Sie wollte oder konnte nicht einsehen, dass ein winziges Kleidungsstück, das noch dazu unter der Oberbekleidung getragen wurde, enorm viel mehr kostete als ein gewaltiges.

Es sei vielmehr Aufwand nötig, um das winzige zusammenzuhalten, erklärte Eva geduldig.

Wenn da aber nur ein hauchdünner Faden sei, verteidigte Karin ihre Welt, was muss da zusammengehalten werden? Und dieses enge Stretchkleidchen sei viel zu kurz, da könne man ja die Schlüpfer sehen.

„Dann lass den Schlüpfer eben weg!" meinte Eva verständnislos mit den Augen rollend.

Dieses durchsichtige Nachthemd sei ja noch viel kürzer, das ist sündhaft teuer...

„Ja, es ist sündhaft, aber nicht sündhaft teuer und wenn es vorne zu kurz ist, dann zieh es etwas herunter, das sieht niedlich aus!" belehrte die Erfahrene.

Zum Abschluss dieser ausgebremsten Konsumorgie sagte Karin entmutigt:

„Eva, ich kann das nicht!"

Eva nickte am Ende ihrer Kräfte zustimmend:

„Ich kann dich verstehen und ich glaube dir! Aber glaube mir, manchmal hat auch ein zunächst unbeholfenes Bühnenstück unerwartet großartigen Erfolg!"

Wir könnten diesen Dialog noch eine Weile weiter verfolgen, aber der Leser wird den Sachverhalt sicher verstanden haben. Den Rest tat dann ein hilfreicher dummer Zufall.

Arnim hatte routinemäßig Nachtdienst. Karin war allein zu Hause. Mit ihrer Freundin hatte sie schon telefoniert. Das Fernsehen sendete wie üblich Bescheuertes. Da kam ihr in den Sinn, die Dinge, die sie mehr oder weniger freiwillig erworben hatte, vor dem Spiegel auszuprobieren und zu betrachten. Sie konnte es nicht bestreiten, sie sah ganz schön sexy aus in ihrem Miniunterwäscheset. In diesem Moment ging die Tür auf und Arnim trat ein:

„Holla, was ist das denn? Erwartest du jemanden?"

Karin erschrak: „Nein, ich erwarte natürlich niemanden, außer dich. Aber hast du nicht Nachtdienst?"

„Mein Kollege wollte unbedingt mit mir tauschen. Sein Nachtdienst fällt auf seinen Hochzeitstag, wie unpassend!"

Karin nickte: „Das, was du hier siehst, sollte eigentlich eine Überraschung für dich sein!"

„Wieso sollte? Es ist eine Überraschung und sie ist dir perfekt gelungen. Komm' und zeig dich von hinten. Großartig, Ich wusste schon immer, dass du eine bezaubernde Frau bist; ich konnte nur nie verstehen, warum du so wenig von deinen Reizen Gebrauch machst. Da muss ich doch gleich mal rasch duschen gehen!"

„Lass dir Zeit. Dein Dinner steht im Kühlschrank; ich mach es dir heiß!" ließ ihn Karin wenig romantisch wissen.

„Wie kann ich bei deinem Anblick nur ans Essen denken! Das Dinner muss warten, bis es dran ist. Du gehst vor!"

Schon war er raus aus allem und unter der Dusche. Als er wiederkam war überhaupt nichts von seiner Begeisterung verflogen. Er riss sein Weib an sich und raubte ihr den Atem, bis sie aufs Bett niedersank. Sie vergnügten sich miteinander, wie auch sie es nie zuvor erlebt hatte. Das konnte sich durchaus wiederholen; und es wurde wiederholt. Das sollte sich nicht nur wiederholen sondern zur Gewohnheit werden. Ein ungeahntes Britzeln hatte zwischen den beiden Eheleuten Besitz ergriffen, das selbst jenes ihrer Flitterwochen übertraf. Arnim wollte nur wissen:

„Wie kommt's denn so plötzlich, dass du das Reich der Blaustrümpfe verlassen hast?"

Angesichts ihres Erfolges modifizierte Karin etwas die Wahrheit:

„Nun, ich merkte, dass unsere Ehe verflachte, weder du noch ich glücklich waren, und da habe ich einfach Eva um Rat gefragt. Sie hat mich beraten!"

„Dann haben wir das Feuerwerk ihr zu verdanken!" sagte Arnim.

„Etwas schon, aber ihre Anregungen sind bei mir auf fruchtbaren Boden gefallen. Ich wollte am kommenden Wochenende dich damit überraschen!" sagte Karin bescheiden.

„Das will ich dir auf keinen Fall ausreden! Ich freu mich schon drauf!" lachte Arnim.

Karin hatte Freude an der Freude ihres Gatten. Es war wirklich ganz einfach.

Bei solch vielen Kontakten blieben deutlich sichtbare Ergebnisse nicht aus. Nach angemessener Zeit wurde Jonas geboren, ein wahres Mutterglück, ein Vaterstolz und für Eva ein überaus süßer, kleiner, prächtiger Junge. Als er dann auch schon Papa sagen konnte und kurz darauf auch Mama und Eva, da schmolz die Fangemeinde freudestrahlend dahin. Wenn er dann manchmal Mama und Eva verwechselte, war man tief gerührt und vergab.

Eva sagte: „Wehe, wenn du mal Tante zu mir sagst!"

Ob er's verstanden hat?

Wieder änderten sich die Rahmenbedingungen. Der Kleinste riss die Macht an sich. Er bestimmte, wann geschlafen wurde, und wann gegessen wurde. Wenn er wach wurde, wollte er Unterhaltung, wenn nötig auch mitten in der Nacht. Er verstand es, seinen Willen durchzusetzen: Mutter war stets zur Stelle. Und wenn Mutter erschöpft was, leistete Papa unbezahlte Nachtdienste. Aber auch Eva half aus, passte auf Jonas auf, damit das Ehepaar mal ausgehen konnte. Dennoch schlich sich wieder Missmut ein. Die romantische Welle war längst vorbei. Kleine Sticheleien mussten die wahren Gründe für das Missbehagen verschleiern. Einem aufopfernden Mutterherz konnte man kein Argument entgegen setzen. Wirklich nicht? Vielleicht hilft eine für alle Beteiligte ausgewogene Verhältnismäßigkeit.

Der Ehezug entgleiste zwar nicht, ihm fehlte es aber an Wartung, kleinen Reparaturen und Treibstoff. Er wurde aufs Abstellgleis rangiert. Zwar verbrachte die Familie stets den Sommerurlaub gemeinsam; doch das änderte nichts. Narben entstanden, süße Erinnerungen schwanden. Wenn in kurzen, heftigen Träumen alte Sehnsüchte an die Tür klopften, wurden sie als unerwünschte Gäste abgewiesen. Das Leben war eben so, wie es ist…das ist eben der Lauf der Dinge, da kann man nichts machen… Glücklich ist, wer vergisst, was nicht mehr zu ändern ist. Alle litten während der grauen Jahre.

Alle schienen sich damit abzufinden, nur nicht Eva. Karins Lethargie ging ihr auf die Nerven. Evas Einwand, Karin soll nicht vorzeitig ihr Leben zu Grabe tragen, beantwortete sie mit:

„Du hast gut reden! Du trägst für niemanden Verantwortung!"

„Es ist nie zu früh, andere in die eigene Verantwortung zu entlassen. Das verhilft zur Selbstständigkeit und Wachstum!"

Karin schüttelte nur den Kopf.

Da platzte Eva eines Tages der Kragen:

„Ich kann das nicht länger mehr mit ansehen! Wie könnt ihr das Geschenk, das ihr einst erhalten habt, so verkommen lassen! Entweder ihr tut was, oder ihr seht mich nie wieder! Ich meine es ernst!"

„Aber was sollen wir denn tun?" klagten beide.

„Ich habe mir Folgendes überlegt! Dies ist ein Notfall! So schnell wie irgend möglich bucht ihr einen Urlaub, drei Wochen, ihr alleine. Ich kümmere mich um Jonas. Er ist zwölf!"

„Er wird zwölf!" korrigierte Karin.

„Das Hotel soll chic, klein, gemütlich und abgelegen sein, ob an der See oder in den Bergen ist egal. Dort werdet ihr beide alles unternehmen, um euer Boot wieder flott zu kriegen, es seetüchtig zu machen und auf neuen Kurs zu bringen. Was war, ist geschehen. Wenn ihr auf See nicht zur Kooperation fähig seid, werdet ihr untergehen. Das sind eure Alternativen. Versteht das als Parabel, und übertragt dieses Bild auf euer jetziges Leben! Übersetht den Ernst der Lage nicht. Auch Liebe ist nichts für Feiglinge!"

Als Jonas von den Plänen seiner Eltern erfuhr, war er entsetzt. Seine Versorger wollten ihn verlassen. Zu sehr fühlte er sich und war er real vom Service seiner Mama abhängig. Er keifte um sich, brachte abenteuerliche Beschuldigungen gegen seine Eltern vor, wollte sie dem Jugendamt melden und scheute auch nicht vor handfesten Beleidigungen zurück. Er selbst lieferte einen klaren Beweis, wie weit seine Sozialisation verkümmert war. Er mochte Eva zwar, aber da musste er so viel tun; ständig forderte sie etwas von ihm. Allerdings fiel es ihm bei ihr leichter, seinen Beitrag zu leisten. Die Eltern ließen sich jedenfalls nicht umstimmen. Selbst Mama schoss einmal während eines handfesten Streites zielsicher zurück: Schließlich müsste auch sie sich mal von ihm erholen! Das saß und regte zum Nachdenken an. Zur Strafe sprach er nicht mehr mit seinen Eltern.

Jonas zog zunächst zu Eva, vermisste aber dort seine Dinge und Karin zog in das Haus von Jonas Eltern. Da konnte sie mehr gerade biegen und zurechtschneiden. So mahnte sie Jonas mehrere Male, den Rasen zu mähen. Er sagte frech, er sei hier nicht der Gärtner. Prompt gab es kein Abendessen für ihn. Er beschwerte sich. Evas Antwort: Ich bin doch hier nicht deine Köchin. Eva verhalf zu Einsichten und merkwürdigerweise wuchs die Achtung für einander. Sie führten tiefsinnige Gespräche und Jonas fühlte sich behandelt wie ein Erwachsener. Unmerklich veränderte er sich zum Positiven. Eva sagte ihm, wie sehr sie die Gespräche mit ihm und sein Erwachsenwerden an ihm schätzte. Das wiederum beschleunigte den Wandlungsprozess. Evas Erklärungsversuch, warum Eheleute sich hin und wieder in die Zweisamkeit zurückziehen müssen, verstand Jonas nicht so richtig, aber er nahm seinen Groll.

Auch fernab in einem kleinen Strandhotel bestand Arnim auf einer gründlichen und ehrlichen Auseinandersetzung ohne Vorwürfe und Schuldzuweisungen. Sie bemerkten, wie schwer es war, über die Dinge zu sprechen, die sie am meisten bewegte und begehrten. Holprig kam ein Dialog in Gang; wechselseitige Ermutigungen und aufrichtiger Lob räumten Hindernisse aus dem Weg. In nächtlichen Pillowtalks – zwei einander zugewandte Gesichter auf einem kleinen Kopfkissen – folgten geheime Geständnisse. Schicht für Schicht entfernten sie wie die Hüllen einer Zwiebel Verborgenes und drangen zum innersten Kern vor. Zum ersten Mal in ihrer Ehe waren sie einander ein offenes Buch ohne Siegel. Karin war tief gerührt über das Bemühen ihres Gatten, der keinerlei Trennungsgedanken hegte, aber mit seiner Frau seine Fantasien ausleben wollte. Ja gewiss, da war so manch Sündiges darunter. Aber seine Offenheit gewann Karins Herz. Sie hatte ja auch ihre Erwartungen und Wünsche. Aber warum sollte man sich nicht gegenseitig beglücken? War das nicht sogar die Aufgabe von Eheleuten? Hatten sie nicht einander Beistand in guten wie in schlechten Tagen versprochen? Warum nicht die Zahl der guten Tage vermehren? Das wird doch keine Sünde sein! Sie begannen zu sündigen; es machte nicht nur Spaß, es machte richtig Freude. Was beide besonders faszinierte war, dass sie gemeinsame Geheimnisse haben, von denen niemand etwas erfahren wird. Sie machten Erfahrungen, die sie stärker aneinander banden.

Nach drei Wochen traf ein glücklicheres Ehepaar auf einen erwachseneren Sohn. Man bat aufrichtig um Verzeihung und Verständnis für einander. Das Klima schien sich dauerhaft zu verbessern. Das Miteinander verlief reibungsloser. Wieder einmal hatte Eva Wunder bewirkt. Als die Eltern ihr dankten, sagte sie:

„Es war gut, dass ihr begriffen habt, dass ihr keine andere Wahl hattet. Die Alternative war der Scheidungsrichter und ich war mir sicher, das wollte keiner."

Karin gestand ihr, dass sie nie zuvor geglaubt hätte, dass häufige und gesunde sexuelle Aktivitäten sich so verbindend auswirkten. Es war großartig, dass sie nicht auseinander gelaufen waren.

Eva lächelte und meinte, dass das wohl niemals aufhören werde. Nur die Qualität würde sich ändern.

Jahre zogen ins Land. Die beiden Freundinnen trafen sich wenigstens zweimal in der Woche. Niemals erzählte Karin von ihren Intimitäten mit ihrem Ehemann, Eva von ihren Amoritaten durchaus.

Ein weiteres Mal bat Karin Eva um Rat. Jonas sei in letzter Zeit so verschlossen. Er träumt, starrt aus dem Fenster und hört kaum zu.

„Vielleicht ist er verliebt?" meinte Eva.

„Nein, er bestreitet das und er ist erst sechzehn!" antwortete Karin.

„Na, denk' an uns, wir haben auch schon mit zwölf für bestimmte Jungs und Lehrer geschwärmt! Aber ich hatte sowieso vor, ihn um einen Gefallen zu bitten. Vielleicht komme ich an ihn heran. Ich werde ihn anrufen!"

Eva rief Jonas an und bat ihn um Hilfe, ihr Computer sei total verstopf, unwillig und ungehorsam. Auch bat sie ihn, die Winterreifen gegen die Sommerreifen auszutauschen. Vielleicht ist es sinnvoll etwas Werkzeug mitzubringen. Sie sei nicht so gut ausgestattet. Ist dir Samstag recht, aber bitte nicht so früh... zehn – elf??

Jonas war pünktlich zehn Uhr dreißig zur Stelle, war innerlich froh, den neugierigen, stets fragenden Blicken seiner Mutter ausweichen zu können. Er wechselte zunächst die Reifen. Eva fuhr mit ihm zum Händler, wo sie die Winterreifen lagern konnten. Auf dem Rückweg brachten sie sich Pizza mit. Das mit dem Computer wird länger dauern.

Eva sagte:

„Du bist ein richtig guter und zuverlässiger Freund. Ich muss schon sagen, wenn ich dich nicht hätte...!"

Irgendwie legt sich nach dieser Bemerkung etwas Dunkles auf Jonas' Gemüt. Eva bemerkte es zunächst nicht, aber während des Mittagessens schwieg Jonas.

„Jonas, dich bedrückt doch was! Habe ich was falsch gemacht? Kann ich dir irgendwie helfen?"

Jonas schüttelte ohne aufzusehen nur mit dem Kopf.

„Jonas ich kenn dich seit deinem ersten Tag! Da ist was! Ich spüre das. Hast du dich verliebt?" insistierte sie.

Jonas schüttelte nur wieder den Kopf.

„Hast du dich unglücklich verliebt?" fragte sie weiter.

Jonas nickte unmerklich.

„Du bist sechzehn! Da kommt sowas schon mal vor!" sagte Eva, froh auf der Spur zu sein. „Komm', erzähl, ich möchte gern wissen, wie es ist, wenn sich ein junger Mann verliebt! Sie ist gewiss hübsch! Weiß sie es?"

Wieder nickte Jonas. Dann begann er stockend:

„Es ist ein Mädchen in einer Klasse über mir. Sie ist ein Jahr älter. Ja, sie ist hübsch, wunderschöne Augen...!"

Mitfühlend legte Eva ihre Hand auf seine:

„Hast du sie angesprochen?" fragte Eva.

„Es ergab sich so... nach Schulschluss klemmte ihr Fahrradschloss; sie war in Eile und schimpfte.

„Kann ich dir helfen?" fragte ich

„Ja bitte, aber schnell, ich hab's eilig!"

Es ging ganz einfach, sie war nur zu nervös. Sie sagte:

„Danke, ich heiße Amelie, wünsch dir was!"

„Ich heiße Jonas. Morgen um vier in der Eisdiele!"

„Ist gut, ich komme!" rief sie und war schon weg.

„Gut gemacht, Jonas!" lobte Eva. „Und weiter...?"

„Sie hatte geglaubt, sie solle mich zum Eis einladen und war dann überrascht, dass ich sie zum Eis einladen wollte. Sie erzählte mir, warum sie es so eilig hatte. In der großen Pause hatte sie eine SMS erhalten, dass eine Stute auf ihrem Reiterhof ein Fohlen bekommen habe, und da wollte sie unbedingt ganz schnell hin... Um es kurz zu machen; ich sagte, dass ich gerne mit ihr gehen möchte, ins Café, ins Kino, oder Fahrradfahren und so. Sie fragte warum. Ich sagte wegen ihrer schönen Augen. Sie sagte ganz freundlich, dass sie nur an Männern interessiert sei, die deutlich älter sind als sie – 15 bis 20 Jahre älter. Jungs seien so unerfahren und unerfahren sei sie selbst. Dann sagte sie aber noch, es sei gut zu wissen, dass sie einen guten Freund hat."

Mitfühlend sagte Eva:

„Das hast du großartig gemacht. Aber wenn man einem Mädchen den Hof macht, muss man damit rechnen, dass es nein sagt! Doch was bedrückt dich dabei so?"

„Ich bin so alt, wie ich bin. Trotzdem interessieren mich Mädchen. Aber wie soll ich je Erfahrungen machen, wenn sie nur an Älteren interessiert sind?"

„Das kann ich gut verstehen. Du weißt noch nicht viel über Frauen und wie sie denken. Manche sagen sogar, sie seien ein ewiges Rätsel. Und Frauen tun alles, damit dieser Mythos aufrechterhalten wird. Ihr habt zwar Sexualkunde im Unterricht, aber die mentalen, psychischen und emotionalen Anteile bleiben unberücksichtigt! Unterricht zu diesen Themen gibt es nirgendwo! Jungs, ihr habt's nicht leicht!"

Beide schwiegen eine lange Weile.

Eva begann aufs Neue:

„Jonas, du bist ein junger, hübscher Mann, zumindest einer, der an der Schwelle zum Mannwerden steht. Wenn du es möchtest, kann ich dir helfen und dir ein paar Tipps geben, damit dir dieser Übergang gelingt. Schließlich käme das auch deiner Freundin, wer immer das auch sein wird, zu Gute. Ich kann auch verstehen, dass dir deine Mutter nicht helfen kann. Aber du musst mir eins versprechen, das muss für immer unser Geheimnis bleiben. Du darfst zu niemanden darüber reden, auch nicht zu deinen Freunden, um anzugeben. Versprichst du mir das?"

„Natürlich verspreche ich dir das. Aber warum ist das so geheimnisvoll?"

„Du bist noch minderjährig! Der Gesetzgeber will, dass du in deinem Alter von alldem noch nichts weißt! Wenn's rauskommt, werde ich schwer bestraft!"

Jonas reichte ihr die Hand und lächelte:

„Wir werden ein schönes Geheimnis haben!"

„Komm, lass uns drüben auf der Couch Platz nehmen!" sagte Eva. „Rutsch näher, es wird jetzt etwas privat. Ich bin keine Psychologin oder Wissenschaftlerin, daher spreche ich nur von persönlichen Erfahrungen."

Wieder entstand eine Pause, bevor sie fortfuhr:

„Wie fang ich an? Frag' ruhig, wenn du's genauer wissen willst. Ist für mich auch neu, mit einem jungen Mann darüber zu reden.

Also, in den letzten Jahrzehnten haben sich die Frauen, zumindest hier bei uns im Westen sehr verändert. Auch erfahrene Männer wissen oft nicht, wie sie mit uns umgehen sollen. Vieles ist aber auch geblieben; es ist seit Anbeginn vorhanden und wird sich auch wohl nie verändern, dieser wechselseitige Umgang von Mann und Frau. Der biologische Auftrag ist die Arterhaltung. Die Aufgabenverteilung für diesen Auftrag ist aber sehr ungleichgewichtig verteilt. Du weißt, Schwangerschaft und jahrelange Sorge und Verantwortung mit der Ungewissheit, ob's gelingt. Das wird zur weiblichen Realität, sobald das Mädchen geschlechtsreif wird. Das Unbewusste wird bewusst, leider aber nicht immer. Daher überholen Mädchen auch sehr schnell die Jungs an Reife und Intelligenz. Die Natur sorgt dafür, dass Mädchen in der Lage sind mit dieser enormen Last im Falle einer Schwangerschaft klarzukommen. Jungs wachsen in diesem Lebensabschnitt sehr viel unbedarfter auf, selbst wenn sie all das über Frauen wissen. Etwas zu wissen oder selbst davon betroffen zu sein, ist ein gewaltiger

Unterschied. Daraus folgt auch ein ungleicher Umgang mit einander. Mädchen gehen sehr viel sorgfältiger vor, wenn sie sich nach einem Partner umsehen. Hat sie sich jemand erwählt, wird sie Signale aussenden, die eine größere Nähe zulassen, damit sie ihre Überprüfung fortsetzen kann. Damit hat sie keine Eile. Sie genießt oft das ungeduldige Leiden ihres sanft Zurückgewiesenen. Verstärkt er sein Werben? Großmütter haben geheime Rezepte, wie man einen Mann auf Brauchbarkeit testet und sie geben sie gern an ihre Enkelin weiter. Sie gestattet langen Augenkontakt, Händchen halten, registriert höfliches Verhalten, Aufmerksamkeit, belohnt mit Lächeln, das, falls der Bewerber noch im Rennen liegt, an Verzauberung zunimmt. Handkuss wird immer noch sehr gern gesehen, Wange, Stirn... diese Küsse können nicht erwidert werden. Es folgen Gesten der Ermutigung. Es bleibt unausweichlich, es kommt der erste Kuss, vielleicht anfangs scheu, dann deutliche Erwiderung... bleibt der Erwählte der Dauerhafte, dann wird dieser Kuss unvergesslich und man erinnert sich gern daran. Hast du schon mal geküsst, Jonas?"

Jonas schüttelte den Kopf, gestand dann aber auf die Wange. Eva hatte er auch mit einem Wangenkuss begrüßt, so wie immer.

Eva reichte ihm ihre Hand:

„Jonas, zeig mir deine Verehrung!"

Jonas schaute ungläubig, nahm aber lächelnd ihre Hand und küsste sie.

„Noch einmal!" bat sie. „Etwas länger und verehrungsvoller! Gut so! Denkst du, den Hof machen ist nur Theorie? Diese Dinge müssen geübt werden! Warst du nie in einer Tanzschule?"

„Nein! Ich fand das zu altmodisch, zu spießig!" sagte Jonas.

„Beim Tanz der Gefühle geht es häufig sehr altmodisch aber dennoch sehr wirkungsvoll zu! Nun komm' näher, noch näher; sieh mir in die Augen…komm noch näher und küss mich!"

Eva legt sanft ihre Hand auf Jonas' Nacken und zog ihn zu sich. Jonas hatte noch nie geküsst und erschrak über den Zauber, der ihn augenblicklich durchrieselte. Willenlos erlag er dem Kuss seiner Meisterin; er war unfähig und unwillig, zu widerstehen. Wie schön es ist, sich darin zu verlieren. Sanft holte Eva ihren Schüler zurück in eine neue Welt. Sie sah ihn freundlich an:

„Hallo Jonas, wie geht's?"

Jonas lächelte nur:

„Ich weiß nicht… neu… irgendwie gut… Können wir noch mal, ich meine noch einmal küssen?"

Eva antwortete nicht, zog ihn an sich und küsste ihn. Diesmal überließ sie ihm die Führung. Sie war überrascht, wie rasch er lernte. Sie wurde weich und genoss seine kräftige Umarmung. Sie küssten länger und sahen einander an, sprachen nicht. Nach einer langen Weile flüsterte Eva:

„Es ist spät geworden; zu meinem Computer sind wir gar nicht mehr gekommen. Es war sehr schön mit dir! Morgen ist Sonntag… kannst du…ich meine, wegen meines Rechners?"

„Gewiss kann ich. Du kannst dich auf mich verlassen. Danke, ich hab' dir viel zu verdanken…" sagte Jonas mit etwas belegter Stimme. Ein Küsschen bei schon geöffneter Wohnungstür…

Mutter Karin spürte die Veränderung an ihrem Sohn, wagte aber nicht zu fragen, aber es ging ihm besser. Sie war nicht eifersüchtig auf Eva. Mit Fremden redet es sich oft leichter; das wusste sie aus eigener Erfahrung. Beim Abendessen sagte Jonas zu seinen Eltern:

„Ich bin nicht ganz fertig geworden, heute, mit Evas Rechner. Die Diagnose-, Rettungs- und Wiederherstellungsprogramme laufen ziemlich lange. Eva hat auch zu lange gewartet; sie sollte mir öfter Bescheid geben."

„Schön, dass du ihr helfen konntest! Sie hat auch so viel für uns getan!" freute sich Karin. „Aber so sollte es unter Freunden sein!"

Am Sonntagmorgen stand Jonas bereits um zehn Uhr vor Evas Tür. Sie war noch im Bademantel, freute sich aber über ihren Gast. Jonas überreichte ein kleines Blumensträußchen.

„Jonas, das sollst du nicht tun. Dein Taschengeld ist knapp. Trotzdem danke ich dir. Was soll ich dir dann geben, wenn du meinen PC geheilt hast? Und wie fesch du dich gekleidet hast! Das steht dir, helle Hose dunkles Hemd! "

„Ich wollte nur beweisen, dass ich was bei dir gelernt habe!" sagte Jonas strahlend.

„Das habe ich gestern schon bemerkt!" zwinkerte sie ihm zu. „Geh' rein! Du weißt, wo mein Computer steht; du kennst mein Passwort. Ich muss mich noch rasch anziehen und dann noch etwas frühstücken. Hast du schon gefrühstückt?"

„Nein!" log Jonas und wandte sich dem Rechner zu. Er hatte Diagnostiktools dabei und erfuhr bald, woran der Rechner krankte. Defragmentierung wird lange dauern, aber Eva ruft zum Frühstück.

„Du hast dich aber schick gemacht!" sagte er bewundernd.

„So? Nur schick?" sagte sie und goss mit sicherer Hand Tee ein.

„Schick und sexy!" sagte Jonas munter.

„So? Sexy? Kannst du das in deinem Alter schon beurteilen?" fragte sie unbeeindruckt.

„Seit gestern schon ein bisschen!" sagte er schüchtern.

„Magst du Honig oder Wurst?"

„Lieber Wurst!"

„Was hast du gestern noch gemacht?"

„Nichts Besonderes! Ich bin früh zu Bett gegangen und habe über all das nachgedacht, was du mir erzählt hast." sagte Jonas.

„Wir haben nicht nur geredet...!" sagte sie.

„Nein, du hast mich geküsst..." Er klang versonnen.

„Dann hast du mich geküsst!"

„Habe ich was falsch gemacht?" fragte er etwas unsicher.

„Nein, überhaupt nicht! Ich war überrascht, wie du so schnell begriffen hast, worauf es ankommt!" antwortete sie.

„Worauf denn?" fragte Jonas kess.

„Jonas, ich weiß nicht, ob es richtig war, dich auf diesen Weg zu führen. Ich weiß, du bist reif dafür. Aber die Liebe ist kein Spielzeug; sie ist nicht nur Glück und Seligkeit! Sie kann auch unsagbaren Schmerz verursachen. Er wird dir irgendwann nicht erspart bleiben, aber ich will nicht der Grund dafür sein. Dafür mag ich dich zu sehr! Liebe kann sehr, sehr wehtun! Du solltest das wissen!"

„Davor habe ich keine Angst!" sagte er mutig.

„Das sollte man auch nicht! Du würdest dem Sinn des Lebens ausweichen. Aber lass uns rüber zum Computer gehen. Ich stell' nur das Geschirr in die Spülmaschine."

Eva nahm sich einen Stuhl und setzte sich dicht neben Jonas. Der Bildschirm war klein. Jonas erklärte ihr, was sie nicht verstand. Sie hatte Bewunderung für sein Wissen. Ihr Haar kitzelte seine Wange. Ihm gefiel das. Er huschte einen Kuss auf ihre Wange. Sie schien es nicht zu beachten.

„Jonas, ich werde es nie verstehen, weil's mich auch nicht so recht interessiert. Willst du nicht die Wartung übernehmen und dafür sorgen, dass das Ding mich nicht im Stich lässt?"

„Das will ich sehr gerne tun! Dadurch sehen wir uns häufiger und ich traue mich, dich zu fragen, wenn ich nicht weiter weiß auf dem Weg ins Leben. Es fällt mir leichter, mit dir zu reden als mit meinen Eltern!"

„Abgemacht!" jetzt huschte Eva ein Kuss auf Jonas' Lippen. „Huch, das knistert ja ganz schön…!"

„Eva, erzähl mir von der Liebe!" sagte er leise.

„Im Grunde kann ich dir nichts davon erzählen. Ihre ganze Dimension erfasst man erst, wenn man sie lebt. Über nichts anderes wurde so viel geschrieben, gesungen, gemalt, philosophiert… Nie hat Liebe an Aktualität verloren. Wie oft hat man sie entwürdigt, durch den Schmutz gezogen, missbraucht, belogen. Nichts kann ihr was anhaben. Sie strahlt wie eine Lotusblume, rein wie am ersten Tag. Man glaubte lange, Liebesgefühle seien ein Privileg des Menschen. Mittlerweile gibt es Dokumentationen über Liebe unter Tieren und nicht nur innerhalb der gleichen Art. Da kümmert sich eine Ziege um ein blindes Pferd; ein Hund um ein Reh, ein Löwe um eine Gazelle und ein Gepard um einen Hund. Liebe geht über die Paarungsbereitschaft hinaus. Sex wird oft fälschlicherweise mit Liebe gleichgesetzt. Nach meinem Empfinden sollte Sex eine Ausdrucksform von Liebe sein, eine Art Sprache, nachdem Worte nicht mehr ausreichen, um Gefühle auszudrücken."

„Eva, sprich von dir! Du bist nicht verheiratet; du warst nie länger mit einem Mann zusammen; hast du keinen Wunsch nach Liebe?" fragte ihr junger Schüler.

„Ich weiß, daher glaube ich auch, dass ich nicht die geeignete Lehrerin für dich bin. Natürlich mag ich Männer und das was sie mir Gutes tun. Doch ich komm' nicht mit dem Alltäglichen klar, wenn es droht zu versanden. Die Kerle meinen, sie haben mich erobert, das genügt und lassen nach.

Ich habe gewiss viel über mich nachgedacht und endlose Gespräche mit deiner Mutter geführt. Bei aller Sympathie füreinander sind wir sehr verschieden. Sie hat wohl die Fähigkeit zu Geduld, Versöhnlichkeit, Verzeihen, Vertrautheit, Sicherheit. Mich fasziniert das Aufregende, das Neue, das Unbekannte mit dem Potential, das bisher Unerfüllte zu erfüllen. Klingt kompliziert – aber so habe ich bisher Arbeit an der Liebe vermieden. Ich will anscheinend nicht wahrhaben, dass Liebe nicht nur ein Geschenk ist, sondern auch mit etwas Anstrengung verbunden ist. Liebe ist eine Schule für Begabte. Sie entlässt eine glückliche Elite. Ich gehöre offenbar nicht dazu. An deinen Eltern versuchte ich das zu realisieren, wozu ich selbst nicht in der Lage bin. Es klingt seltsam, aber deiner Mutter gelang, worüber ich nur herumphilosophierte. Vielleicht liegt es daran, dass ich keine Kinder habe. Aber mein Leben und mein Liebesleben ist ja noch nicht zu Ende."

„Du hast sicher eine Menge an Erfahrungen gesammelt!"

„Da hast du Recht, Jonas, aber glaub' mir, nicht nur gute…!"

„Welche Erfahrung vermisst du noch in deiner Sammlung?" fragte Jonas lachend. Er war so glücklich, derartige Gespräche mit einer Frau führen zu können. Eva behandelte ihn wie einen Erwachsenen. Das tat gut!

„Eine ganz gewiss, die, einen jungen, unschuldigen, unerfahrenen Mann in die Welt der Liebe mit allem, was dazu gehört, einzuführen." sagte Eva betont langsam.

„Ich bin jung, männlich, unerfahren…!"sagte Jonas etwas erschrocken.

„Ich weiß, du willst wissen… Hast du Angst, die große weibliche Spinne könnte dich einfangen und verzehren? Du hast die Geister gerufen… du wärst in besten Händen…Willst du Bedenkzeit? Liebe ist nichts für Feiglinge! Sie kommt plötzlich und ganz unverhofft. Ein indisches Sprichwort sagt: Die Liebe und der Tod kommen meist als ungeladene Gäste. Warum soll es uns die Liebe leicht machen? Dabei ist sie doch das Spannendste überhaupt! Möchtest du fliehen? Ich halte dich nicht! Übrigens erinnerst du dich? Beim Frühstück sagtest du, ich sehe sexy aus! Was sah sexy aus?"

„Nun der kurze, enge Rock…die etwas durchsichtige Bluse… am Computer war ein Knopf weiter geöffnet…"

„Du hast gut beobachtet!" lachte Eva und legte beruhigend ihre Hand auf seine. „Willst du fliehen?"

„Nein, Eva, ich werde nicht fliehen, es kommt nur alles so überraschend, das Neue…! sagte Jonas etwas betreten."

„Angst wird solange Angst bleiben, bis man sich ihr stellt! Wenn du dich aber tapfer stellst, muss das unser Geheimnis bleiben für immer und ewig. Wenn du mich bestraft sehen willst, musst du nur behaupten: Verführung eines Minderjährigen!"

„Eva, ich bitte dich, ich würde so etwas nie tun! Ich schwöre es!" sagte Jonas fest, und etwas versöhnlicher: „Außerdem bin ich neugierig!"

Eva lächelte:

„Ausgezeichnet, mein Freund! Die Neugier siegt! Du weißt, dass man in der Liebe nichts benötigt, nicht einmal Kleidung… alles ist vorhanden! "

Jonas schluckte: „Ja, das weiß ich!"

„Hast du schon einmal eine erwachsene Frau ohne Kleidung gesehen?"

Jonas schüttelte den Kopf.

„Nie durch ein Schlüsselloch geguckt?"

„Nein, ich habe unbekleidete Frauen nur auf Fotos gesehen!" gestand Jonas.

„Das wird sich ab jetzt ändern! Ich freu' mich drauf; ich freu' mich auf dich! Pass auf, wir machen das ganz behutsam, einfach und unverfänglich. Wir nehmen jetzt ein Bad zusammen und dabei lernen wir einander näher kennen! Du musst jetzt tapfer sein! Atme tief ein und folge mir einfach!"

Das Fenster stand im Bad noch offen. Eva schloss es und zog den Vorhang etwas zu. Sie drehte den Wasserhahn über der Wanne auf und wählte eine angenehme Temperatur. Sie trat auf Jonas zu:

„So, mein Lieblingsschüler, nun zeige mir was du gestern gelernt hast und küss mich!" Sie befeuchte ihre und seine Lippen. Er küsste hervorragend; sie überließ sich ihm gern, allerdings reizte sie ihn mit ihrer Zunge.

„Und nun hilf mir beim Ausziehen; am besten du beginnst bei der Bluse, nicht hastig…leg sie da über die Stuhllehne…Gefällt dir mein BH?"

„Ja sehr! Eine schöne Farbe, dieses dunkle Rot." sagte Jonas mit belegter Stimme.

„Nun werde ich dir dein Hemd ausziehen!" sagte sie sanft und streichelte seine Brust darunter. „Du hast eine schöne Haut!" sie legte sein Hemd zu ihrer Bluse. „Ein Tipp, stehe an Schluss niemals nur in Socken vor deiner Erwählten! Das ist lusttötend. Also zieh sie jetzt aus!"

Jonas gehorchte und war flink aus den Socken.

„Nun, werde ich dir deine schicken Hosen ausziehen! Oh, die Boxershorts sind fesch. Denk dran, mein Junge, auch wenn du nur in Unterhosen dastehst, solltest du anziehend aussehen. Du bist ein hübscher, junger Mann, nicht muskelbepackt, aber das mag ich sowieso nicht. Jetzt bin ich wieder dran. Du kannst wählen: BH oder Rock! Halt zunächst die Halskette!"

Jonas war etwas unbeholfen mit dem Verschluss – er musste ihn blind öffnen, das dauerte etwas. Eva hatte Geduld; sie mochte sein Krabbeln an ihrem Nacken. Aber Jonas schaffte es.

„Um den Verschluss meines BHs zu öffnen, tasten deine Hände unter meine Armen zu meinem Rücken. Es sind zwei Häkchen zu lösen." Eva hob ihre Arme.

Das war einfach, obwohl er zum ersten Mal einen BH abnahm.

„Jetzt die Träger über die Schultern...ich bekomm' eine Gänsehaut! Sind sie nicht wunderschön, meine beiden Zwillinge? Sieh sie dir an, sei lieb zu ihnen!" Eva strahlte.

„Mein Rock hat hinten ein Häkchen und einen Reißverschluss... Bitte, bediene dich!"

Jonas konnte nicht verhindern, dass seine Finger zitterten, als er nach dem Häkchen tastete. Als er den engen Stretchrock nach unten zog, entfuhr ihm ein ‚Ooooh' und sein Mund erstarrte in dieser Ooooh-Haltung.

Eva strahlte:

„Gefällt dir, was du siehst? Deine Partnerin hört gerne Komplimente, auch wenn sie stockend kommen, weil die Worte fehlen."

„Das sieht fantastisch aus!" staunte Jonas. „Ich dachte, das gibt's nur in Magazinen!"

„Für dich, mein Süßer, gibt es das heute zum ersten Mal im richtigen Leben!" raunte ihm Eva ins Ohr. „Aber bei diesen zarten kleinen Dingern muss ich etwas helfen. Beginn' mit den Strümpfen. Knie' nieder, das mögen Frauen besonders gern, und biete mir ein Knie, worauf ich ein Fuß stellen kann. An deiner Schulter halte ich mich fest. Ja, so! Nun löse ihn von den beiden Haltern und streife ihn nach unten…Es macht nichts, wenn deine Hände zittern. Nun den anderen. Siehst du, schon hast du gelernt, wie man einer Frau ihre Strümpfe auszieht. Den Gürtel halten hinten auch zwei kleine Häkchen. Siehst du, ganz einfach. Falls wir mit dem Liebesspiel beginnen würden, behielte ich meinen Slip jetzt an. Der muss erobert werden… Es gibt viel zu beachten; kannst du dir das denn alles merken, mein hübscher, junger Mann?"

„Ich denke, Übung macht den Meister! Aber du hast ja sehr sexy Unterwäsche angezogen. Hattest du vor, dass es dazu kommt, dass sie jemand bewundert?"

Eva lachte: „Vorgenommen hatte ich es mir nicht, aber ich wollte vorbereitet sein auf diese wunderbare Art der Begegnung. Dein Kuss gestern hat meine Fantasie angeregt. Aber ich kleide mich gerne sexy, auch so ganz allein für mich. Ich fühl' mich dann auch so; und ich genieße die Blicke der Männer, nicht alle, aber viele. Deine Blicke jetzt genieße ich auch ganz schön sehr! Rätselhafte Geschöpfe, diese Frauen, findest du nicht?"

„Kann ich noch nicht sagen, aber dich finde ich unbeschreiblich anziehend und verwirrend!"

„Danke, mein charmanter Kavalier! Übrigens, dieses winzige Kleidungsstück nennt man String Tanga...du darfst es mir jetzt rauben! Wenn du es nicht tust, raube ich dir deine Shorts zuerst!" lachte sie und war im Begriff, ihm sein letztes Kleidungsstück zu rauben.

Jonas' Hände waren rascher an ihren Hüften. Eva erstarrte – gefror. Seine Hände tasteten zärtlich nach hinten über ihre unbedeckten Bäckchen. Seine Finger schoben sich unter das schmale Band, hoben es an und sachte zog er es nach unten. Sie hob das eine Bein, dann das andere...Was für ein Talent! Eva trat dicht vor ihn, sah ihm fest in die Augen, griff ebenfalls in den Bund seiner Shorts und zog sie langsam nach unten. Er hob ein Bein und dann das andere. Sie zog ihn an sich, Haut an Haut, seine Erregung. Ein Kuss! Sie flüsterte:

„Es küsst sich anders, wenn man nackt ist! Ich will nur rasch noch mein Haar hochstecken; es soll nicht nass werden. Sieh mir zu, ich mag das!"

Sie trat vor den Spiegel. Jonas' Blicke folgten ihr. Er betrachtete sie. Sie sah zu ihm:

„Du solltest dich nicht bedecken. Deine Reaktion ist vollkommen normal und gesund. Freu' dich darüber; nicht alle können so stolz sein. Frauen geben sich meist sehr viel Mühe, dass so etwas eintritt. Sie sehen zwar nicht hin, aber sie nehmen es schon war. Es beruhigt sie ungemein, wenn ihre Bemühungen Erfolg hatten. Das Kribbeln in meinem Bauch kannst du zwar nicht sehen, aber du kannst sicher sein, es ist ganz schön aufregend! Also sei so lieb und gestatte es auch mir, das Ereignis wahrzunehmen!"

Sie trat wieder vor ihn:

„Siehst du, es geht doch! Akzeptiere es, wie es ist! Meist sind Männer entsetzt, wenn sich nichts einstellt! So, reich mir deine Hand und hilf mir in die Wanne. Halt, noch etwas Badesalz ins Wasser! Danke. Setz dich mir gegenüber, ganz nah. Wie geht es dir mit mir in einer Badewanne?"

„Eva, ich bin sehr aufgeregt über alles Neue, was mit mir geschieht, meine unbekannten Gefühle..." stotterte Jonas.

„Fühlst du dich unwohl? Hast du das Gefühl, dass ich das nicht mit dir tun sollte? Mir liegt ausschließlich dein Wohlbefinden am Herzen. Deine Verwirrung ist ganz normal; mach dir darüber keine Sorgen, aber lass alles zu, was da kommt! Du kannst gar nichts falsch machen. Nur eins ist mir wichtig, fühlst du dich in guten Händen?"

„Ja, Eva, das tue ich! Ich weiß, du hast mir noch nie etwas zu leide getan, im Gegenteil, du warst mir in manchmal bis sehr oft wichtiger als meine Eltern. Zwischen Eltern und Kindern ist immer so eine unsichtbare aber dennoch unüberwindbare Hemmschwelle. Du hast mir immer zugehört, mich verstanden, mich wie deinesgleichen behandelt. Du warst für mich immer die wohltuende Fremde! Ja, auch jetzt fühle mich zur richtigen Zeit am richtigen Ort und in allerbesten Händen. Mach dir keine Sorgen, es geht mir sehr gut; es gefällt mir sehr mit dir hier und jetzt..."

„Das freut mich, mein lieber Mann, mich überwältigt auch ganz unerwartet grenzenlose Freude. Wunderschöne Erinnerungen kommen plötzlich wieder hoch! Ich sah dich zum ersten Mal, du warst erst ein paar Tage alt, als dich deine Mutter badete. Da war alles dran an dem kleinen süßen Kerl, nur alles so winzig. Ich hätte dich auffressen können. Nicht im Traum dachte ich damals daran, dass wir gut sechzehn Jahre später zusammen in einer Wanne liegen und ich dir einen neuen Lebensabschnitt erschließe. Du bist ein prächtiger junger Mann und ich bin so glücklich, dass ich deine Erste sein werde! Deine Mutter und ich sprachen oft über dich. Wir beide hätten gerne solch einen Jungen wie dich früher als älteren Bruder gehabt. Deine Mutter war dann immer ganz stolz. Sie glaubte immer, du seist ihr Werk; ich hab's ihr nie streitig gemacht, aber ein bisschen habe ich schon mitgestaltet. Ich bin auch auf dich stolz.

So, nun wirst du dich hinknien, ich dicht hinter dir und ich werde dich waschen!"

Jonas gehorchte. Eva umfasste ihn und schmiegte sich an ihn. Sie nahm ein duftendes Duschgel und reinigte seine Schultern; sie meinte, das befreie ihn von alter Last. Sie wusch seinen Rücken, bat ihn, sich vorzubeugen.

„Was für einen kräftigen Hintern dieser Junge hat!" schwärmte sie und kniff kräftig hinein. Jonas ertrug mannhaft den kleinen Schmerz. „Nun richte dich auf! Das gleiche widerfährt dir nun von vorn!"

Eva rieb kräftig seine Brust und Hüften, sanft seinen Bauch... behutsam tastete sie nach seinem männlichsten Attribut. Jonas zitterte aber ließ sie gewähren.

„Welch starke männliche Energie schon in dir steckt; das ist faszinierend!" raunte sie in sein Ohr und biss sanft in seinen Nacken. „Wir werden jetzt die Position wechseln. Du wirst hinter mir knien und das Gleiche tun, wie ich es dir vorgemacht habe. Einverstanden?"

„Gerne!" sagte Jonas tapfer.

„Komm ganz dicht; ich muss dich spüren..." bat Eva.

Sanft beugte Jonas sie nach vorn, nach dem er ihr Nacken und Schultern gereinigt hatte, um auch sie von dieser unsichtbaren Last auf ihren Schultern zu befreien. Er massierte ihren bezaubernden Hintern und ihre Hüften. Sie richtete sich auf und schlang rückwärts ihre Arme um seinen Hals. Sie näherte ihr Ohr seinen Lippen:

„Sprich zu mir, lass mich wissen, was in dir vorgeht, wenn du mich berührst!" murmelte sie.

„Ich kann nicht sprechen!" sagte er. „Aber, was mir auffiel…"

„Ich weiß, Haar nur auf dem Kopf und falls notwendig auf den Zähnen; an anderer Stelle ist es überflüssig und zuweilen hinderlich! Aber gefällt's dir?"

„Ja sehr…"

„Nur das ist wichtig! Frauen möchten ihrem Geliebten gefallen. So einfach ist das! Was du jetzt streichelst und drückst, kennst du von deinen ersten Lebenstagen. Du siehst aber, auch in späteren Jahren spenden sie Freude!" flüsterte Eva einfühlsam. „Und Jonas versäume nicht, mich dort zu betasten, wo ich mich am meisten von dir unterscheide. Ich mag das und ich bestehe darauf! Ich meine, es müsste dich interessieren… Ja, genau so! Mir wird ganz schwindelig!"

„Dann sollten wir schleunigst unser Bad beenden, uns abtrocknen und…" sagte Jonas.

„Und was?" hauchte Eva.

„…und einen anderen Ort aufsuchen!"

„Meinst du den Ort, den auch ich meine?"

„Ja, den meine ich!" sagte Jonas fest.

Flugs waren sie aus der Wanne. Sie halfen einander, sich abzutrocknen.

„Trotz aller Vorfreude, Jonas, solltest du spätestens jetzt ein Kondom griffbereit haben!" sagte Eva mahnend.

Jonas erschrak.

„Keine Angst, mein lieber Freund! Ich weiß, dass es für dich das erste Mal ist und dass du gesund bist. Ich habe seit langem dafür gesorgt, dass ich nicht ungewollt schwanger werde. Aber denk dran, das, was wir jetzt tun werden, könnte irgendwann einmal Folgen haben. Du bist ein attraktiver Mann; ein Mädchen könnte von dir ein Kind bekommen, um dich an sie zu binden... kein guter Start!"

Sie gab ihm einen kräftigen Klaps auf den Hintern:

„Jetzt aber rasch ins Bett mit uns!"

Sie ließen sich in die Kissen fallen und küssten sich erst einmal herzhaft, um das Feuer neu anzufachen.

„Jonas, die meisten Frauen erwarten, dass im Bett der Mann die Initiative ergreift, für seine Gespielin ein exquisites Vorspiel inszeniert, dass sie auf den Moment der Vereinigung vorbereitet. Weil du das alles erst einmal lernen musst, werde ich dich heute führen. Übrigens mag ich durchaus, hin und wieder dominant zu sein. Also, du küsst mich so wie eben – das kannst du schon sehr gut – du wirst mich dabei betasten, um herauszufinden, was ich besonders mag. Du wirst es an meiner Antwort während des Kusses erfahren. Und dass du mir ja nichts vergisst! Da wo du meinst, das ist tabu, da habe ich's am liebsten. Mädchen sind anders..."

Eva zog ihren jungen Schüler fest an sich und küsste ihn. Schritt für Schritt weihte sie ihn liebevoll ein und reihte ihn ein in den Kreis der Wissenden. Dieses Ereignis des allerersten Mal gestaltete Eva ihm besonders aufregend. Er wird es niemals vergessen. Sie schmusten und alberten in ihrer Verschnaufpause.

„Ist dir alles gut bekommen? Geht es dir gut?" fragte sie etwas besorgt.

„Es geht mir prächtig, mehr als je zuvor. Du hast mein Leben bereichert. Nur schade, dass es schon zu Ende ist!" strahlte Jonas.

„Es ist noch nicht zu Ende, Jonas. Deine Erektion ist nur abgeklungen. Sie wird sich wieder einstellen. Das ist alles ganz normal. Aber es ist so schön, nackt und ungeschützt beieinander zu liegen."

Das Telefon klingelte.

„Wir werden nicht rangehen; es ist vermutlich deine Mutter. Wir müssen uns noch auf eine Ausrede einigen, wie wir diesen Nachmittag verbracht haben. Wo waren wir stehen geblieben? Du hattest eine schöne kräftige Erektion. Du musst damit rechnen, dass sie auch mal ausbleibt, wenn du sie dringend herbeisehnst. Das wird vom Mann als Versagen, als Schmach, als Katastrophe empfunden. Eine Erektion zu bekommen, unterliegt nicht deinem Willen. Sie entsteht durch Erregung, zum Beispiel durch den Anblick des unbekleideten Frauenkörpers, durch eine erotische Konversation oder allein durch Fantasien. Für eine Frau ist es dann nicht leicht, mit einem so gegen sich selbst aufgebrachten Mann umzugehen. Sie kann behilflich sein. Aber das ist im Moment für dich nicht aktuell. Sieh dir alles an, nichts ist tabu; ich habe Freude an deiner Neugier!

Wenn du wieder bereit bist, möchte ich mich dir überlassen. Tu es so, wie es dir Spaß macht. Du wirst auch entspannter sein als beim ersten Mal. Eins noch: versuche, so lange wie möglich, dir deine Erektion zu erhalten. Du hast gesehen, wie rasch sie nach deinem Höhepunkt abklingt. Ich mag es gerne lang und ausdauernd; Frauen brauchen länger, um ihren Höhepunkt zu erreichen; dafür halten sie sich länger in diesen himmlischen Sphären auf und kommen mit süßer Verspätung zurück zur Erde."

Jonas übertraf ihre Erwartungen. Offenbar hatte er sehr aufmerksam zugehört und das wirklich Entscheidende verstanden. Sie wird ihren so hoffnungsvollen Schüler weiter unterrichten, schon aus ganz eigennützigem Interesse.

Als Jonas versonnen nach Hause fuhr, ordnete er diesen Sonntag als den bisher schönsten Sonntag seines Lebens ein. Jonas' Mutter bemerkte natürlich die Veränderungen an ihrem Sohn. Da sie sie aber als positive Veränderungen einstufte, fragte sie nicht weiter nach. Das war Jonas nur Recht, er brauchte weniger zu lügen. Natürlich sprach Karin auch mit ihrer Freundin Eva über ihn:

„Jonas ist viel mit dir zusammen. Das scheint ihm gut zu tun. Du weißt, ich bin keineswegs eifersüchtig!"

„Mach dir keine Sorgen, Karin. Jonas wird zum jungen Mann. Seine Hormone sind zwar da, sie beantworten ihm aber keine Fragen. Er will wissen… Offenbar fällt es ihm leichter, mit mir zu sprechen. Ich finde es auch eine weise Entscheidung, dass er sich nicht an seinen Vater wendet. Er will eben viel über die andere Hälfte der Menschheit, über uns Frauen wissen. Er fragt eine von uns! Und darin Auskunft zu geben sind wir kompetenter als die Männer! Stimmt doch?" lachte Eva.

„In gewisser Weise bin ich dir sogar dankbar. Ich wüsste nicht, wie ich meinem Sohn den rechten Umgang mit dem anderen Geschlecht erklären sollte. Ich könnte diese Worte nicht in den Mund nehmen… Schließlich möchte ich nur eins, es soll ihm gut gehen. Bei so heiklen Dingen fehlen mir die Worte…

Eva, hast du irgendwie heraushören können, ob Jonas schon mal etwas hatte mit einem Mädchen, oder ob er noch unschuldig ist!"

„Nein Karin, da kannst du unbesorgt sein, Jonas hatte noch nichts mit einem Mädchen, falls du meinst was ich denke, das du meinst. Dazu ist er viel zu schüchtern!" belog Eva zum ersten Mal ihre Freundin Karin.

„Das ist typisch für mich. Da nimmst du mir eine Sorge und gleich kommt die nächste!" klagte Karin.

„Karin ich versteh' dich! Jonas ist dein Sohn und wird es immer sein. Du willst sein Bestes und niemand soll ihm was zu Leide tun. Das ist der angeborene mütterliche Beschützerinstinkt. Das kann einem heranwachsenden Jungen schon mal auf die Nerven gehen. Aber worüber machst du dir jetzt Sorgen?"

„Ach weißt du, Eva, ich stelle mir vor, dass er womöglich in die Fänge einer Blutsaugerin gerät, die ihn ausnutzt oder an ein freches, dreistes Mädchen, das ihn wegen seiner Sensibilität auslacht. Vielleicht bekommt er einen negativ prägenden Eindruck von der schönsten Sache der Welt. Manchmal wünsche ich mir, dass seine Erste eine liebevoll einfühlende Frau ist, die sich seiner annimmt und ihm den rechten Weg weist, eine Frau so wie ich…"

„Aber Karin, du stellst dir doch nicht allen Ernstes vor, dass du mit deinem Sohn…!" ereiferte sich Eva.

„Natürlich nicht, Eva! Ach, ich bin ganz durcheinander. Vielleicht muss ich lernen, ihn loszulassen und ihm mehr zu vertrauen. Zum Glück stehst du ihm zur Seite!" Karin schien sich zu beruhigen.

Das Schweigegelübde hatte seine Bewährungsprobe bestanden. Eva und Jonas waren auf einander eingeschworen und nach außen verschwiegen.

Jonas' Neugier schien unstillbar. Evas Bereitschaft, sie ihm zu befriedigen, schien unerschöpflich. Sie verbrachten viel Zeit miteinander. Sie blieb ihm keine Antwort, keine praktische Übung schuldig. Wenn sie hörte, wie er sein Fahrrad in ihre Garage stellte, huschte ein Lächeln über ihr Gesicht und dieses süße Kribbeln im Bauch setzte ein. Wenn er sich vorher telefonisch anmeldete, dann kleidete sie sich hübsch oder sexy, je nach ihrer Stimmung. Der wissbegierige Schüler lernte rasch und erwies sich bald als ein vielseitiger, einfallsreicher und ausdauernder Liebhaber. Eva hätte ihn mit „ausgezeichnet" entlassen können. Doch sie begann, ihn nun in die subtileren Feinheiten des Liebesspiels einzuweihen. Sie lehrte ihn Dinge, die ihr besonders gefielen.

Leider erwies sich das Intensivstudium der Liebe bei Jonas als fortschrittshemmend auf anderen Gebieten. Jonas' schulische Leistungen sanken rapide ab. Es kam zu ernsten Verwarnungen seitens der Lehrer, flehendes Bitten seitens der Eltern – schließlich stehe bald das Abitur vor der Tür. Nur Eva kannte die Ursache und sie führte ein sehr deutliches Gespräch mit ihrem Geliebten:

„Jonas, ich meine es sehr ernst, weil es sehr ernst ist. Eins scheinst du nicht begriffen zu haben. Es ist ein Zeichen von Fürsorge, wenn der Mann für seine Partnerin sorgt und ihr auch Stabilität und materille Sicherheit bietet. Fürsorge ist ein fundamentaler Baustein zur Liebe. In deinem konkreten Fall heißt das, zu arbeiten, um schulische Leistungen zu erbringen, die dich das Abitur bestehen lassen, damit du einen attraktiven und erfüllenden Beruf ausüben kannst. Diese Voraussetzungen sehe ich nicht erfüllt; ich halte dich für unsolide. Ich muss unsere Treffen abbrechen, um herauszufinden, ob das hier noch für mich einen Sinn macht."

Sie wusste, dass sie ihn tief getroffen hatte. Sie wusste, dass er sehr leiden wird. Aber sie glaubte auch, ihn soweit zu kennen, dass er es anpacken wird. Doch was würde sie tun, wenn er in Resignation und totale Apathie verfällt? Er verließ Evas Wohnung ohne ein weiteres Wort. Eva drückte ihm beide Daumen. Würde er diesen entscheidenden Schritt tun auf dem

Weg zum Mann? Jonas begriff, dass nur er für seinen augenblicklichen Schmerz verantwortlich ist, niemand anderes. Daher wird ihn auch niemand anderes von diesem Schmerz befreien. Also packte er es an, er begrub seinen Schmerz unter unermüdlichem Fleiß.

Doch in den folgenden Wochen litt nicht nur er. Auch Eva erfuhr am eigenen Leibe, wie sehr ihr ihr Schüler und ihre gemeinsamen Übungen fehlten. Jede Zelle ihres Körpers, jeder Herzschlag ließ sie wissen, wie sehr sie ihn vermisste. Wie konnte es sein, dass ihr so junger Liebhaber ihr so fehlte? Nun, jeder Liebhaber wird vermisst, wenn er gegangen ist; aber das war doch bisher in Evas Vergangenheit nicht so! Diesmal war es so.

Jonas schaffte es und bewies, wozu er fähig war. Seine Lehrer attestierten ihm ein Gut-bis-Befriedigend. Alle strahlten. Es soll nicht nur ein Sektkorken geknallt haben. Doch am meisten freute sich wohl Eva. Als Jonas ihr das Ergebnis mitteilte, raste ihr Herz, geriet ganz aus dem Häuschen, ihre Freude ließ sie wie eine von Dämonen befallene Person aussehen. Als sie sich einigermaßen beruhigt und von Tränen ruiniertes Make-up korrigierte hatte, sagte sie:

„Jonas, in meinem Bauch toben die Schmetterlinge. Wir müssen schleunigst was dagegen tun!"

„Das finde ich auch!" jauchzte Jonas.

Jonas selbst würde es nicht glauben, wenn er es nicht selbst höchstpersönlich erlebt hätte, wie sehr sich eine Frau auf die Rückkehr ihres Geliebten freuen kann und ihn ihre Freude miterleben lässt. Als sie sich fürs Erste gesättigt hatten, beruhigt einander umarmten, konnte Eva nicht anders als zu gestehen; sie sprach zu ihm, wie sie noch nie zuvor zu jemanden gesprochen hatte:

„Mein Geliebter, wenn du nur im Geringsten ahnen würdest, wie sehr ich dich und deine Berührungen vermisst habe, dann würdest du mich für total verrückt erklären. Vielleicht bin ich das sogar. Mein Köper schmerzte, meine Haut brannte, weil du sie nicht berührt hattest. Ich stellte mich unter die kalte Dusche. Nichts half. Mein Herz wollte nicht mehr, weil es den Gleichklang mit deinem vermisste. Meine Seele war eine offene Wunde, weil sie deiner entrissen wurde. Nun liegst du bei mir, und alles ist geheilt. Wie hast du das nur geschafft, diese endlose Zeit ohne…?"

„Ich habe meine Sehnsucht mit Arbeit betäubt!!" flüsterte er.

Eva streichelte über sein Haar:

„Komm wieder zu mir! Ich brauche dich! Ich habe es so sehr vermisst, und wir haben eine Menge nachzuholen!"

Ihr Wunsch ließ Jonas aufglühen und stillte ihr gemeinsames Verlangen.

Jonas fand zum Ausgleich zurück. Er begriff, dass das Eine nicht das Andere ausschließen muss. Seine Mitarbeit in der Schule war ernsthafter denn je. Die Liebesstunden mit Eva waren sein Lohn. Niemand erfuhr davon, auch seine wachsame Mutter nicht.

Doch an manchen Tagen sprach Eva auch ganz anders zu Jonas:

„Meine Güte, was habe ich da nur zugelassen. Das kann doch niemals gut gehen! Was habe ich nur angerichtet! Hörst du, mein Junge, du darfst dich nicht in mich verlieben! Ich bin viel zu alt für dich, ich könnte deine Mutter sein!"

„Bist du aber nicht!" antwortete er.

„Du kannst aber nicht mein Liebhaber sein!"

„Bin ich aber!" antwortete er.

„Wenn du vierzig bist, bin ich über sechzig!" argumentierte sie.

„Soll das jetzt Nachhilfe in Mathe sein?" fragte er zurück."

„Wenn das rauskommt, was werden dann die Leute über uns sagen?" klagte sie.

„Das ist mir vollkommen gleichgültig!" gab er zurück.

„Du hast auf Alles immer diese einfachen Antworten!"

„Es ist aber ganz einfach!" sagte er und küsste sie, sodass sie nicht mehr zweifelte, wohin sie gehörte.

Nachdem sich Jonas' Leistungen auch in der Schule wieder stabilisierten, kündigte das Elternpaar ihren vierwöchigen Urlaub an. Diesmal protestierte Jonas ganz und gar nicht, dass sie ohne ihn fahren werden. Eltern brauchen auch mal Urlaub von den Kindern und seit Neustem wusste er, Kinder brauchen auch mal Urlaub von den Eltern. Eva würde sich um ihn kümmern.

Das erste Wochenende verbrachten sie nonstop von Freitagabend bis Montag früh im Bett. Man könnte meinen, das Repertoire der Liebenden sei irgendwann einmal erschöpft. Das schien bei den beiden nicht so. Ihre Schatzkammer an Ideen schien unerschöpflich. Sie entdeckten immer wieder neue Nischen mit frischen Anregungen. Selbst weitere Türen zu immer mehr Kammern waren noch nicht einmal geöffnet. Sicher, da trat viel Skurriles, Freches, Verspieltes, Albernes, Unerhörtes, Kitschiges, Frivoles aber niemals Vulgäres zu Tage. Was geht's uns auch an, wenn sie Dinge tun, an denen sie Spaß haben. Im Zuge solcher Albernheiten biss Eva ihrem Jonas einmal kräftig in den Hintern. Das war schmerzvoller als beabsichtigt. Jonas schrie auf, griff sich seine Lehrerin, legte sie übers Knie und versohlte ihr den Hintern. Tapfer hielt Eva stand. Als er abließ, wischte sie sich eine Träne aus dem Auge und schluchzte:

„Wenn ich dir wehtat, entschuldige bitte. Was du getan hast, war richtig. Nur sei mir nicht böse!"

„Schon alles vergessen!" sagte Jonas und zog sie in seine Arme. Zärtliche Verspieltheit war zurückgekehrt.

Der Samstag war scheußlich, aber nur außerhalb ihres Schlafzimmers. Draußen war es nasskalt und niemand, der nicht unbedingt musste, war auf der Straße. Im halbdunklen Schlafzimmer glühte es behaglich. Der Vorhang blieb geschlossen. Sie beide wollten ihre Grenzen kennenlernen und falls notwendig überschreiten. Sie entschlossen sich zu einem Marathon. Dabei wollen wir nicht stören.

Die Phase intensiver Vorbereitung auf das Abitur setzte ein. Jonas stand unter Schutz und Fürsorge von allen Seiten. Mit Eva traf er sich seltener. Ihre Begegnungen verliefen sanfter; sie dienten der Entspannung und dem emotionalen Ausgleich. Ihre sonst auf Hochtouren laufenden Körper konnte man nicht einfach abschalten. Diese Treffen bestätigten, dass sich nichts zwischen ihnen änderte. Selbst Eva tolerierte diese relativ seltenen aber nichtsdestoweniger innigen Begegnungen. Sie hatte Zeit, um nachzudenken.

Seit diesem Verhältnis mit Jonas war sie sich streckenweise selbst ein Rätsel. Davor verlief ihr Leben nach außen hin ungeordneter bis chaotisch aber doch für sie und in ihrer Logik schlüssig. Dann kam Jonas; was war da neu? Nun, neu in Sinne von unbekannt war ihr Jonas nicht. Sie kannte ihn ja von seinen ersten Lebenstagen. Oft war sie Babysitter, wenn Jonas' Eltern ausgehen wollten. Sie tat das gern, sagte sogar eigene Verabredungen ab. Mehrmals rettete sie die Ehe ihrer Freundin Karin vor dem Verstauben. Sie passte auf Jonas auf, als sie seine Eltern in einen eherettenden Urlaub trieb. Ja, dann kam

Jonas' Liebeskummer. Warum ihm nicht behilflich sein? Doch dann schien sich der Lauf der Ereignisse zu verselbstständigen. Sie hätte eingreifen können, auf die Bremse treten können, Begonnenes behutsam zurückfahren können. Sie hatte es nicht getan! Sie hatte doch reichlich Erfahrung mit Männern. Was war anders? Was faszinierte sie so an diesem unerfahrenen, über zwanzig Jahre jüngeren Sohn ihrer besten Freundin? Sowohl echte als auch unaufrichtige Offerten von gestandenen, erfahrenen Männern hatte sie genug. Oft erlegte sie sich selbst Zwangspausen auf, um sich zu erholen. Männer waren eher anstrengend als bereichernd. Warum ist das mit Jonas nicht so? Gut, Jonas war ihr vertraut, weniger ein Rätsel. Sie wusste, dass er ihre Meinung, ihre Beurteilungen, ihre Erfahrung, ihren Rat schätzte, mehr als den seiner Eltern. Sie gab ihm immer das Gefühl, gleichwertig zu sein; nie sprach sie von oben herab. Sie hörte ihm zu, was seine Eltern selten taten. Sie waren der Meinung, er habe zuzuhören!

Dann gestand er ihr seinen Liebeskummer. Als sie begann, ihm von den Frauen und der Liebe zu erzählen und anfing mit ihm zu flirten, waren ihre Motive, ihm wirklich etwas die Schüchternheit zu nehmen. Aber als er sie küsste, spielte sie etwas leichtsinnig mit dem Feuer. Seine Unschuld faszinierte sie, weckte die Lust, mit ihm zu spielen. Sie kleidete sich am nächsten Tag bewusst sexy. Er bemerkte es und weckte in ihm eine unbekannte Neugier. Ursprünglich hatte sie fest vor, es bei dem gemeinsamen Bad zu belassen; seinen Reaktionen und dem Aufflammen ihrer eigenen Lust konnte sie nicht widerstehen. Sein neugieriges Betreten einer neuen Welt war auch für sie so neu. Da schlief zum ersten Mal ein junger Mann mit ihr und seine etwas unbeholfene, unschuldige Art bereitete ihr mehr Vergnügen als all die Männerschar zuvor. Längst hatte sie alle Bedenken beiseite gewischt, als sie begann, ihn in die Feinheiten des Liebesspiels einzuweisen. Freimütig gab sie ihm Tipps, wenn er mit ihr spielte. Niemals verurteilte, beurteilte oder entwertete er, was sie ihm vorschlug. Das ermutigte sie fortzufahren. Sie öffnete eine Schatulle geheimer Wüsche nach der anderen. Alle erfüllte er ihr, und sie war überrascht, was alles mit ihr geschah, was selbst ihr noch unbekannt war. Sie teilte all ihre Überraschungen und unbändige Freude mit ihm. Sie begeisterte seine schier unerschöpflichen jugendlichen Energiereserven. Niemals überschritt er die Grenze zum Vulgären oder Perversen, wenn er mit ihr experimentierte. Da fiel es ihr wie Schuppen von den Augen; sie hatte ihn natürlich nur das beigebracht, was sie sich selbst von ihm wünschte. Seine Bereitschaft, ihr diese Wünsche zu erfüllen, ermutigte sie, immer weiter zu gehen. Nie zuvor hatte sie gewagt, diese Wünsche einem ihrer ehemaligen Geliebten ins Ohr zu flüstern. Sie war die Erfüllerin deren Wünsche. Mit Jonas hatte sie sich ihren Liebhaber maßgeschneidert; sie hatte sich ihren Geliebten selbst gebacken und nur die Zutaten verwendet, die ihr am meisten zusagten und Glückseligkeit versprachen. Er war ihre Kreation! Sollte sie das bedauern? War das schändlich, unmoralisch? Was ist dabei herausgekommen? Kam jemand zu Schaden?

Jonas bestand sein Abitur mit knapp ‚Gut'. Auf der Abschlussfeier saß Jonas zwischen seinen Eltern, Eva an Karins Seite. Alle strahlten. Jonas' Vater, Arnim, platzte fast vor Stolz. Karin drückte immer wieder die Hand ihres Sohnes. Eva hätte es auch gerne getan. Die Abiturnote erlaubte Jonas, sofort mit seinem Studium zu beginnen. Er wollte moderne Energietechnik und Energiewirtschaft studieren. Dazu war ein halbjähriges Praktikum notwendig. Er absolvierte es bei einer kleinen, aufstrebenden Firma an seinem Heimatsort. Er verdiente sein erstes Geld.

Zum Studieren musste er in eine weit entfernte Stadt reisen. Nur an den Wochenenden fuhr er nach Hause, meist aber zu Eva, um es in ihren Armen zu verbringen. Seine Eltern erfuhren nicht einmal, dass er am Ort ist. Auch Eva besuchte ihn in der Stadt und seit er in einem Studentenheim wohnte, hatte er auch größere Freiheiten. Seine Kommilitonen hielten Eva zunächst für seine Mutter. Jonas korrigierte dies, sprach aber nie weiter über Eva und ihr Verhältnis zu ihm.

Die Bombe platzte wenige Tage vor Jonas' dreiundzwanzigsten Geburtstag. Eva und Karin trafen sich wie so oft in ihrem Café zum Plausch. Eva verspätete sich etwas, weil sie einem Kunden ein dringend benötigtes Dokument nachreichen wollte. Sie bestellte so wie fast immer ihren großen Milchkaffee.

Eva begann:

„Ach ehe ich es vergesse, ich habe dir etwas mitgebracht!" Sie griff nach ihrer Dokumentenmappe und überreichte Karin ein Schriftstück: „Es ist eine Kopie..."

Karin begann zu lesen: Heiratsurkunde... Sie strahlte:

„Du hast geheiratet, warum erfahr ich das erst jetzt...?"

„Lies weiter...!"

„Dein Nachname ist jetzt wie unserer... welch Zufall!"

„Lies weiter...!"

Karin wurde blass, sehr blass. Eva sah sich um, falls Hilfe notwendig würde.

„Wen hast du geheiratet? Jonas??? Also mal ehrlich...das ist Versteckte Kamera!"

„Ja, wir haben vorige Woche geheiratet. Ich trage jetzt seinen Nachnamen." sagte Eva ruhig.

„Und warum hast du das so still und heimlich gemacht, hinter unserem Rücken, so, als hättest du etwas zu verbergen?"

„Viele machen das jetzt so. Eine Heirat geht nur uns beide etwas an. Wir beide wollten nicht das ganze Traditionsgedöns und die Rituale ertragen müssen. Oder hättest du es lieber gehabt, ich wäre bei dir vorstellig geworden und hätte um die Hand deines Sohnes angehalten?" fragte Eva.

Karin schüttelt nur ungläubig den Kopf:

„Ich fass' es nicht! Dann hattet ihr natürlich auch eine Hochzeitsnacht!"

„Ja, das hatten wir! Und damit das auch gleich vom Tisch ist, ich schlafe seit Jahren mit deinem Sohn!"

Da wandelte sich Karins Gesicht von Blass nach Rot vor Zorn:

„Wie konntest du es wagen, dich an meinem Sohn zu vergreifen? Hast du nicht schon genug Männer gehabt?" schrie sie, so dass sich die Leute umdrehten.

„Seit Jonas, hatte ich keinen einzigen mehr!" sagte Eva ruhig. „Außerdem kam die Anregung von dir!" An dieser Stelle schummelte Eva etwas.

„Das wird ja immer schöner! Jetzt soll ich dich auch noch angestiftet haben, meinen Sohn zu verführen!" zischte Karin.

„Erinnerst du dich denn nicht mehr? Es ist zwar schon ein paar Jahre her. Wir saßen dort drüben in der Ecke. Du erzähltest mir von deinen Sorgen, dass Jonas vielleicht schlechte Erfahrungen mit frühreifen Mädchen machen könnte, oder wenn er in falsche Hände geraten würde. Du hast selbst vorgeschlagen, Jonas möge von einer erfahrenen Frau behutsam und liebevoll eingeweiht werden. Ich fand das eine großartige Idee und begann darüber nachzudenken, ob nicht ich diese Frau sein könnte. Es hat sich dann einfach so ergeben. Allerdings war ich dann selbst überrascht, wie sehr er mich in seinen Bann zog. Er war das totale Gegenteil der Womanizer, die ich sonst so kannte. Seine Unerfahrenheit, seine Tapsigkeit, seine Natürlichkeit, seine Neugier, sein Vertrauen, seine erwachte Männlichkeit ließen mich in einen Gefühlsrausch taumeln, den ich selbst nicht kannte und den ich nie wieder missen wollte."

„Erspar mir die Einzelheiten! Du hast ihm das…!"

„Stopp! Verwende nicht dieses Wort, wenn du über uns sprichst; denn das haben wir nicht ein einziges Mal getan. Das mag auf einige der Männer zutreffen, die ich vor Jonas kannte, und du hast Recht, es waren sehr viele… Aber nach Jonas gab es keinen einzigen mehr; ich habe mich unheilbar in ihn verliebt und ich liebe ihn mehr als alles andere auf der Welt! Jonas ist das Beste, was mir je passieren konnte! Nenn' mich meinetwegen nymphoman, aber Jonas gibt mir alles, was ich je vermisst habe und was ich vor ihm nicht einmal kannte. Ende nächster Woche fahren wir in die Flitterwochen…"

„Er könnte dein Sohn sein!"

„Ist er aber nicht!"

„Er kann nicht dein Ehemann sein!"

„Ist er aber!"

„Wenn er vierzig ist, bist du über sechzig!"

„Ja, und ich werde blendend aussehen, weil das, was wir tun, der einzig wahre Jungbrunnen ist und ungemein gesund ist!"

Karin versuchte weiter, in ihr Schuldgefühle zu wecken:

„Du hast mir meinen Jungen weggenommen!"

„Unsinn, er wird immer dein Junge bleiben; du hast sogar eine Tochter dazugewonnen!" warb Eva.

„Untersteh' dich, mich jemals Mutter zu nennen…" fauchte Karin. „…oder mich gar zur Oma zu machen!"

„Du bist aber jetzt meine Schwiegermutter und ich bitte dich inständig, nicht das Klischee der bösen Schwiegermutter zu bedienen!" sagte Eva warm.

Karin begann zu weinen.

„Weißt du Karin, was ich nicht verstehe, ich habe dir nur wunderschöne Nachrichten übermittelt, dennoch bist du unsagbar traurig. Gut, ich habe mit einigem gerechnet; daher habe ich dir auch nur diese Kopie ausgehändigt! Aber sieh es doch einmal so: dein Sohn ist mir das Liebste auf der Welt und daran wird sich niemals etwas ändern. Zwei Menschen, die dir sehr nahe stehen, sind grenzenlos glücklich! Sollte das nicht Anlass zu wahnsinniger Freude sein?"

„Irgendwo hast du Recht, Eva, immer stehe ich mir selbst im Weg!"

„Pass auf, Karin, ich werde dich jetzt nach Hause fahren. Du solltest in deinem Zustand nicht Auto fahren. Ich möchte nicht, dass dir etwas passiert. Zu Hause lässt du dann alles raus, was dich quält. Übrig bleiben sollte nur dein Lachen."

Eva bezahlte. Die beiden verließen das Café.

Als Arnim nach Hause kam, reichte sie ihm wortlos das Dokument. Karin hatte sich etwas beruhigt. Arnim las und brach in ein lautschallendes Gelächter aus:

„Also, dass die beste Freundin meist dem Ehegatten den Kopf verdreht, der Grund für einen Seitensprung oder gar eine Scheidung ist, gilt fast schon als Allgemeinwissen. Aber dass die beste Freundin sich den Sohn zum Geliebten ausbildet und ihn heiratet, ist ziemlich originell. Erzähl', Gemahlin, erzähl!"

„Bist du denn nicht schockiert? Bist du etwa Teil des Komplotts?" Karin witterte noch mehr Unrat.

„Bitte Karin, keine Paranoia! Die beiden sind erwachsen, auch Jonas; er ist volljährig! Sie taten, was sie wollten, aber gewiss nicht in der Absicht, uns eins auszuwischen! Die beiden stehen uns sehr nahe, sie sind offensichtlich sehr glücklich! Meinen Segen haben sie…"

„Sie wollen nächste Woche in die Flitterwochen fahren… unser Sohn… Flitterwochen…" sagte Karin.

„Dann sollten wir schleunigst handeln! Ich schlage ein festliches Dinner im Restaurant des Schlosshotels vor. Ich lade uns alle ein. Kannst du dich darum kümmern? Ein runder Tisch für vier Personen, am Rande, zu sieben Uhr am kommenden Samstag? Wir kommen eine Viertelstunde früher. Ich möchte ihren Auftritt erleben, wenn sie den Saal betreten. Bis dahin sind deine Seelentrümmer auch beseitigt!"

Karin schüttelte ungläubig den Kopf. Sie würde aber morgen einen Tisch bestellen. Ihre Boykottfantasien gab sie nach so viel Opposition auf.

Der Tisch war festlich eingedeckt, sein Standort war günstig gewählt. Jonas Eltern waren erschienen, regelten die Formalitäten mit den Kellnern, nahmen Platz. Beide waren sommerlich elegant gekleidet. Karin bewies seit langem mal wieder, dass sie durchaus eine sehr hübsche Frau ist. Nur mit der souveränen Ausstrahlung klappte es noch nicht so recht. Arnim war sehr stolz auf seine Frau und brachte das auch mehrmals zum Ausdruck. Der Erfolg war mäßig. Sie haderte innerlich, ob sie der Freude oder dem Gekränktsein den Vortritt lassen sollte. Arnim war da eindeutig, er strahlte.

Das junge Ehepaar betrat die Bühne, suchte die Reihe der Gäste ab und fand ihr Ziel. Eva trug einen leichten lindgrünen Sommermantel. Jonas nahm ihn ihr galant ab und gab ihn dem Kellner.

„Er ist etwas größer als sie!" raunte Karin in Arnims Ohr.

„Und dass, obwohl sie High Heels trägt! Erstaunlich!" sagte Arnim.

Jonas trug einen leichten, hellgrauen Anzug, dazu eine rote Krawatte. Karin ein schwarzes, figurbetontes, kurzes Kleid mit schmalen Trägern mit dezentem Dekolleté.

„Ein phantastisches Paar!" lobte Arnim und erhob sich und ging auf die beiden zu. Eva wirkte etwas unsicher.

Arnim streckte freundlich lachend beide Hände aus:

„Willkommen ihr beiden, ganz besonders du, Eva! Danke, dass ihr gekommen seid! Von ganzem Herzen wünsche ich euch beiden nur das Allerbeste zu eurer Eheschließung. Möge es euch gelingen, das zu erhalten, was ihr beide in diesem Augenblick ausstrahlt. Eva, sei du ganz herzlich in unserer Familie willkommen! Sei uns eine willkommene Bereicherung, die du zwar schon immer warst, die aber, da sie nun von unserer Schwiegertochter kommt, besondere Wertschätzung erfahren wird. Meine Güte, wie kläglich doch Worte sind, wenn sie die wahre Freude des Herzens ausdrücken sollen. Ich bin sicher, Eva, du verstehst, was ich sagen will! Nimm bitte Platz!"

Er wandte sich an Jonas:

„Auch dir, mein Sohn, gilt mein von Herzen kommender Glückwunsch. Auch dir sieht man an, dass dir die Ehe gut bekommt. So soll es sein, dein ganzes künftiges Leben lang. Ich trage dir nicht das Geringste für eure Vorgehensweise nach. Ich achte euren Entschluss und habe vollstes Verständnis, dass ihr unbelästigt von den Argumenten anderer euren Plan umgesetzt habt. Wenn sich zwei Menschen die Liebe so machtvoll offenbart und manifestiert, dann hat alles andere zurückzustehen. Alle Achtung, mein Sohn, da hast du dir ein besonders prächtiges Exemplar zu deiner Ehefrau erwählt!"

Eva war die Erleichterung über den warmen Empfang deutlich anzumerken. Sie kämpfte mit den Tränen der Rührung und der Angst, sie könnten das Make-up beschädigen. Alles ging gut. Karin war überrascht über die stark emotionale Ansprache ihres Ehemanns. Sie ging auf Eva zu und ergriff mit beiden Händen die Hand ihrer Freundin.

„Eva, nimm auch von mir die herzlichsten Glückwünsche zu eurer Heirat an. Verzeih' mir meine Reaktion neulich im Café. Doch wenn ich euch beide jetzt zusammen so sehe und spüre, was ihr ausstrahlt, dann bin ich nicht nur beruhigt sondern mit euch glücklich!"

„Karin, du brauchst nicht um Entschuldigung zu bitten. Ich verstand, was in dir vorging. Meine Sorge war nur, ich müsste mich zwischen meinem Mann und dir entscheiden. Zum Glück hast du mir diese Sorge genommen. Lass' uns das bleiben, was wir immer waren, schon lange bevor diese beiden Männer in unser Leben traten!"

Sie umarmten sich innig.

Dann wandte Karin sich an ihren Sohn und umarmte ihn:

„Ach mein Kleiner, wie geht es dir?"

„Danke Mama, mir geht es wirklich sehr, sehr gut!" sagte Jonas.

„Dann ist alles gut! Nimm auch von mir meine herzlichste Gratulation an. Auch von mir sollt ihr beide meinen Segen bekommen, verbunden mit dem Wunsch, dass ihr euch das erhaltet, was ihr begonnen habt!"

Jonas nahm seine Mutter, die sich ein paar Tränen entfernte, in den Arm:

„Danke Mama, ich bin so froh, dass du deinen Frieden mit uns gemacht hast!"

Das Dinner begann mit einer Flasche Champagner, die letzte Reste von Hemmnissen beiseite spülte. Man sprach unbefangen miteinander. Eva lobte Karins hübsches Aussehen. Komplimente, von einer anderen Frau ausgesprochen, kommen besonders gut an.

„Wir wollen euch selbstverständlich ein Hochzeitsgeschenk machen, etwas was euch ein Leben lang begleitet!" sagte Arnim.

„Aber das habt ihr doch schon getan!" wandte Eva ein. „Ihr beide habt mir im wahrsten Sinne des Wortes gemeinsam Jonas, meinen Mann, geschenkt. Es ist das größte Geschenk, das ich jemals hätte bekommen können und er wird mich ein Leben lang begleiten und ich werde alles tun, um dieses Geschenk zu lieben und zu ehren. Wenn das hier nicht ein so feiner Ort wäre, würde ich es hinausschreien, wie sehr ich diesen Mann liebe!" Sie küsste Jonas auf die Wange.

„Nun, dann denkt einmal über das zweitschönste Geschenk nach. Aber was sind eure Pläne?"

Jonas antwortete, um die Stabilität des geschlossenen Einvernehmens zu testen:

„Zuerst werden wir in die Flitterwochen fahren. Wir haben ein einsames Haus auf einer der Liparischen Inseln gemietet. Ich werde bei Eva wohnen. Dann werde ich mein Studium beenden in etwa zwei Jahren. Eine gutbezahlte Stelle werde ich bestimmt finden. Allerdings gefällt mir nicht, wenn ich für längere Zeit auf irgendwelchen Baustellen eingesetzt werde. Ich möchte nicht von Eva getrennt sein, und ob sie sich drei Monate in einer Wildnis wohlfühlen würde, bezweifele ich. Ich muss abwarten!"

„Warum es nicht bei einer hochgestellten Behörde versuchen, in einem Ministerium zum Beispiel." schlug Papa vor.

Jonas lächelte:

„Das ist eine gute Idee! Ich werde darüber nachdenken! Danke!"

Der Abend zog sich nicht in allzu große Länge. Die Eltern ahnten, dass das Brautpaar noch etwas vorhatte. Alle waren froh, dass Harmonie, Respekt und Wohlwollen zurückgekehrt ist.

Als Eva und Jonas zu Hause ankamen, meinte Eva, nachdem die Wohnungstür ins Schloss gefallen war:

„Mein Liebster, als du das erzähltest, mit mir auf den Baustellen, das würde mir nicht so recht behagen, da kam mir spontan ein mir unbekannter Gedanke: ich möchte nicht nur dir gehören, ich möchte dir auch gehorchen. Wollen wir jetzt einmal gleich ausprobieren, wie sich das anfühlt für mich, dir zu gehorchen?"

Auch bei Karin und Arnim kehrte überraschend Erotisches ein. Als sie beide im Bett lagen, meinte Karin:

„Du Arnim, du bist doch Arzt! Eva meinte neulich, dass häufiger Sex jung, gesund und geschmeidig erhält. Stimmt das?"

„Da hat sie wie in Vielem Recht. Namhafte Institute haben nachgewiesen, dass sich bei häufigem Sex der Stoffwechsel bei Mann und Frau positiv verändert. Sie stellen sich gewissermaßen der Natur zur Reproduktion zur Verfügung. Dafür werden sie belohnt, insbesondere die Frau. Eine Schwangerschaft ist keine einfache Geschichte. Der Körper muss auf die schwere Belastung vorbereitet sein. Botenstoffe veranlassen alles, was die Frau braucht, sie verjüngt, kräftigt, psychisch stabil, gesund und fit macht. Ich habe das oft in meiner Praxis erlebt, wie Frauen aufblühen."

„Dann müssten doch gerade Prostituierte das blühende Leben sein!" warf Karin ein.

„Diesen Einwand kenne ich. Auf diese Frauen trifft das nicht zu. Eine wesentliche Voraussetzung beim gesunden Sex ist die emotionale Komponente. Wenn sich ein Paar beim Sex auch mental, psychisch, emotional vereinen, zu einem wahren vereinten Freudentaumel werden, nur dann werden diese Botenstoffe ausgesandt. Denn für ein gesundes Aufwachsen eines Kindes sind diese positiven emotionalen Signale des Elternpaares enorm wichtig. Sie garantieren Stabilität und gesundes Wachstum auf der körperlichen und seelischen Ebene."

„Das kann ich gut verstehen. Wir beide hatten unsere Tiefs, dennoch hast du in allen Lebensphasen unverbrüchliche Stabilität signalisiert. Ich weiß, dass du schöne Frauen magst und verehrst, aber das hat mich stets mit eingeschlossen. Ich hatte nie Grund zur begründeten Eifersucht."

„Nein, das hattest du wirklich nicht! Dennoch habe ich manchmal deinetwegen ziemlich gelitten. Ich wollte unsere Ehe auf keinen Fall gefährden. Viel Zeit ist verstrichen, die wir nicht mit notwendigen Gesprächen genutzt hatten." sagte Arnim mit einem Hauch von Traurigkeit.

„Ich weiß, und das tut mir von Herzen Leid. Vielleicht ist gerade jetzt unser Sohn, der uns zeigt. was Ehe sein sollte. Er setzt sich einfach über alle Konventionen hinweg und liebt einfach! Ist das nicht großartig? Meinst du, wir sollten uns ein Beispiel an Jonas nehmen?"

„Jonas ist jung! Aber wir sind gewiss nicht zu alt!" antwortete Arnim und zog seine Frau etwas näher zu sich.

„Du bist Arzt, was meinst du, wie oft sollten wir etwas für unsere Jugend, unsere Schönheit, unsere Gesundheit und unser Liebe tun?" lockte Karin.

„Ich schätze zweimal würde schnelle Erfolge zeigen!"

„Pro Woche oder Monat?"

„Nein, pro Tag!"

„Oh! Würdest du das noch schaffen?" fragte Karin verdutzt.

„Ich glaube kaum! Aber würdest du das wollen?" lachte Arnim.

„Nein, ich glaube nicht! Aber vielleicht dreimal die Woche..."

„... und jeden Tag am Wochenende!"

„Abgemacht!" lachte Karin.

„Es ist ebenfalls eine medizinische Binsenweisheit: was gebraucht und gefordert wird, bildet sich heraus; das gilt für Muskeln, das Gehirn und natürlich auch für die männliche Besonderheit! Du hast lange nicht dein Outfit für deine Paarungsbereitschaft eingesetzt. Hoffentlich habe sich nicht die Motten daran vergangen!"

„Arnim, ich mag solche zündelnden Gespräche; sie wärmen ganz schön an. Wie wär's, wenn du dein Streichholz...?" schnurrte Karin.

Arnim lachte aus vollem Halse:

„Karinchen, sollte ich dich unterschätzt haben?"

„Kann schon sein!"

Man sieht, die beiden haben sich unverkennbar angesteckt. Sie sind von diesem besonderen Virus befallen, dem einzigen Virus, dessen Symptome niemand bekämpfen möchte und für den es kein Heilmittel gibt. Wünschen wir den beiden auf keinen Fall ‚rasche Genesung'.

Die Schule zur Liebe.

Fast alle Menschen sehnen sich nach einer erfüllenden Liebe in einer lebendigen, lebenslangen Partnerschaft. Diesen Wunsch in die Realität umzusetzen ist eine Kunst, die erlernt und kultiviert werden kann. Dazu sind bestimmte Voraussetzungen, Fertigkeiten und Kenntnisse notwendig, in allererster Linie aber ein fester Wille, Geduld und Beharrlichkeit. Wie überall beim Erlernen gibt es auch hier Talentierte und weniger Talentierte. Die Kunst zu lieben, kann in einer Art Schule von jedem erlernt werden. Beim Studium der Liebe sollte grundsätzlich nicht der kleinste, gemeinsame Nenner angestrebt werden, sondern das größte gemeinsame Vielfache. Liebe ist unerklärbar, unfassbar. Über sie zu philosophieren, ist müßig, man muss sie leben – jeden Tag – nur dann entfaltet sie ihren unbeschreibbaren Zauber.

Eine solche Institution zur Unterweisung in der Kunst zu lieben - nennen wir sie zunächst Schule, obwohl manche negative Assoziationen zu diesem Begriff haben werden – soll die Besonderheiten der Liebe bewusst machen und zu einer universellen Liebesfähigkeit heranbilden. Die Liebe ist der wichtigste Bereich innerhalb des menschlichen Lebens. Ihr Facettenreichtum durchdringt alle Bereiche unseres Daseins. Eine solche Schule beschränkt sich allerdings auf die Liebe zwischen Paaren und bezieht deren sexuellen Anteil ausdrücklich mit ein. Sie wiederholt nicht den Sexualkundeunterricht der staatlichen Schulen. Erfahrene Psychologen werden eine solche Schule leiten. Dieses Team setzt sich zu gleichen Teilen aus Frauen und Männern zusammen. Zu spezifischen Themen werden Fachdozenten hinzugezogen, zum

Beispiel Biologen/Genetiker oder Mediziner. Eine Erziehung zur Liebe bezieht die emotionalen, psychischen, mentalen und vielleicht auch die spirituellen Anteile und die unterschiedlichen genetischen Vorgaben beider Geschlechter mit ein; sie ist holistisch, ganzheitlich.

Eine solche Liebesschule wäre ein absolutes Novum. Erfahrungen der Lernenden werden einfließen, die im Laufe der Zeit den ursprünglichen Rahmen verändern und erweitern. Eine solche Schule wird in den Fokus der Öffentlichkeit geraten. Es wird nicht nur Lob geben. Der Sensationsjournalismus wird versuchen, vermeintlich Schwüles und Schlüpfriges zu entdecken und in herabsetzender Weise darüber berichten. Es heißt, wachsam nach innen und außen zu sein. Alle Teilnehmer sollen zum Schutz der Privatsphäre Stillschweigen nach außen bewahren. Während der Gespräche muss eine Atmosphäre höchster Vertraulichkeit und Geborgenheit herrschen.

Eine solche Einrichtung soll Partner aufeinander vorbereiten, sie, falls nötig, eine Zeit lang begleiten und, falls gewünscht, bei Krisen intervenieren. Die Schule steht Paaren aller Altersstufen offen. Entscheidend für die Teilnahme ist die Motivation eines Paares: die gemeinsame Überwindung einer Krisensituation oder die Erweiterung und Intensivierung einer scheinbar stagnierenden Entwicklung beider Partner. Ob ein interkultureller Dialog sinnvoll und bereichernd ist, wird sich zeigen müssen. Lobgesänge auf das südeuropäische Machowesen sind vollkommen überflüssig, genauso wie die Stellung der Frau in der muslimischen Welt. Sicher ist es sinnvoll herauszufinden, wie ein Junge zum Macho wird, denn bekanntlich hat jeder Macho eine Mutter. Es ist ebenfalls äußerst interessant zu erfahren, warum sich viele durchaus emanzipierte Frauen des Westens ausgerechnet den Machos des Südens aussetzen und sich entwürdigend behandeln lassen.

Offen bleibt zunächst die Frage, ob ausschließlich Teilnehmer einer gleichen Altersgruppe eine „Klasse" besuchen sollten, oder ob es sinnvoll ist, unerfahrene und erfahrene Paare zu mischen. Anfänger könnten aus den Erfahrungen älterer Paare lernen. Junge Paare können Erinnerungen bei älteren Teilnehmern wecken und mit ihrer unverbrauchten Spontanität, vielleicht auch Naivität, neue Begeisterung schaffen. Wichtig ist, dass man einander achtet, überhebliches Auftreten unterlässt und zuhört!

Es soll eine klare aber nicht verletzende **Sprache** verwendet werden, die ohne vulgäre oder entwertende Begriffe auskommt. Sie soll aber auch nicht zu wissenschaftlich daherkommen, was nur unnötige Distanz und Kälte schafft. Menschliches, Zwischenmenschliches muss allen verständlich geschildert werden. Veränderungen können nur geschehen, wenn man versteht, auch akzeptiert, dass manches unveränderbar ist und bleiben wird. Werde ich mit dem Unveränderbaren leben können?

Grundsätzlich sind Frauen und Männern in jeder Hinsicht gleichgestellt. Die naturbedingten aber auch die individuellen Unterschiede beider Geschlechter hinsichtlich Physiologie, Anatomie, genetischer Disposition, Psychologie, Emotionalität und Mentalität werden respektiert. Sie zu durchleuchten und bewusst zu machen, soll Gegenstand der Ausbildung sein. Sie unterliegen keiner Bewertung und schon gar keiner Verurteilung.

Eine Klasse ist voll, wenn sich fünf oder sechs Paare zusammenfinden. Ein psychologisch geschultes Paar leitet den Kurs. Vor Beginn werden alle Teilnehmer dazu verpflichtet, gegenüber Außenstehenden uneingeschränktes Stillschweigen zu bewahren. Denken Sie an die Unverletzbarkeit des Beichtgeheimnisses. Alle Teilnehmer befinden sich in einem geschützten Raum, jeder muss sicher sein, dass ihm nirgendwo Nachteile durch seine Bekenntnisse und Beiträge entstehen. Ein Paar muss absolut sicher sein, dass seine Intimsphäre nach außen gewahrt bleibt. Um aber tatsächlich Hilfe zu erfahren, ist es unvermeidlich, eine Grenze zum Privatesten zu überschreiten. Das darf nicht zum Risiko werden. Die Leiter werden ermutigen, sich zu öffnen. Dennoch kommt manches Geheimnis, manches Geständnis, mancher unerfüllte Wunsch nur stockend ans Tageslicht.

Die Einstellung zu Liebe und Sex, Nähe und Distanz, sexuelle Untreue, Trennungsgedanken scheinen die wichtigsten, immer wiederkehrenden Themen zu sein. Paare finden aus unterschiedlichen Gründen zusammen. Einer davon ist sicher ihr Wunsch nach sexueller Betätigung. Die Erwartungen sind hoch, aber doch sehr unterschiedlich. Meist ist die Enttäuschung der Grund für Krisen eventuell sogar für Untreue. Frauen erfahren sehr leicht Anteilnahme und Mitgefühl, wenn sie verlassen werden – Männer weniger und gelten sehr rasch als schuldige, gemeine Schufte. An einer Trennung wirken über einen längeren Zeitraum beide mit, genauso wie beide zu einem Gelingen der Beziehung beitragen. Frauen sind nicht automatisch das Opfer, zumindest ist eine solch einseitige Sichtweise nicht hilfreich bei der Aufarbeitung eines Trennungsdramas.

Die Paare sollten akzeptieren, dass sie und er grundsätzlich unterschiedliche Einstellungen zu sexueller Betätigung haben. Frauen und Männer haben divergierend biologische Aufgaben und sind demzufolge genetisch unterschiedlich vorbereitet. Daran lässt sich wohl kaum etwas ändern, es sei denn dieser Umstand wird bewusst gemacht und emotional neu besetzt. Zum Beispiel hieße das, nicht sie ist schwanger, das Paar ist schwanger. Der partnerschaftliche Zusammenhalt festigt sich. Es ist fast schon gängige Praxis, zumindest in der westlichen Wertegemeinschaft, dass der Mann seine Frau begleitet und bei der Geburt ihres Kindes beisteht. Natürlich soll er dem geschulten medizinischen Personal nicht dazwischen pfuschen und nerven; aber seine Gegenwart ist seiner Gefährtin eine gewaltige und vor allem wohltuende Hilfe. Sie ist nicht allein; sie spürt das ‚Wir'.

Die unterschiedlichen biologischen Aufgaben.

Im Laufe der Evolution hat sich die Natur verschiedene Methoden einfallen lassen, um biologische Informationen an eine nächste Generation weiterzugeben. Sie begann mit der Zellteilung; aus einer Mutterzelle entstehen zwei identische Kopien. Die Mutterzelle verschwindet und geht gleichsam in den beiden Tochterzellen auf. Die Varianz, das heißt, die Mutationsrate ist äußerst gering. Zur Einschätzung: nur etwa nach jeder millionsten Zellteilung ereignet sich eine Veränderung, eine Mutation! Zur Schaffung neuer Individuen ist dieses Prinzip äußerst ineffizient.

Bei der sogenannten Inkorporation eines kleinen Zellorganismus durch eine größere Zelle verschmelzen diese zu einer neuen Zelle zum wechselseitigen Nutzen (Mitochondrien, Flechten). Ein neues Individuum ist entstanden.

Noch effizienter und schier unendlich variabel ist die **sexuelle Vermehrung**. Sie ist der Königsweg! Zwei Informationsträger, eine weibliche Eizelle und eine männliche Samenzelle verschmelzen zu einer neuen einmaligen Kombination von Eigenschaften. Dabei werden einzelne Informationen, weil doppelt vorhanden, gelöscht; andere arrangieren sich zu einer einzigen und manches wird neu kombiniert. Varianz und Vielfalt sind nahezu unbegrenzt. Eventuell vorhandene

Defekte, wie z.B. schädliche Mutationen, können korrigiert werden. Dies schien eine geradezu perfekte Strategie, um Überlebenschancen, Selbsterhaltung und Arterhaltung sowie Weiterentwicklung zu sichern. Allerdings müssen in diesem Fall zwei Akteure bereit sein, diesen Verschmelzungsakt zu vollziehen.

Beide Partner haben sehr wohl und sehr rasch begriffen, dass sie unterschiedlich große Folgelasten zu tragen haben. Der eine war nur allzu gern bereit, seinen kleinen Beitrag zu leisten, weil er keine Konsequenzen zu befürchten hatte. Der andere Partner schien benachteiligt: er hatte die ganze Last von Schwangerschaft und Aufzucht über mehrere Jahre zu schultern. Es ist leicht nachzuvollziehen, dass sich aus dieser Erkenntnis unterschiedliche Verhaltensweisen ergeben.

Beide Geschlechter folgen ab einem gewissen Alter ihrem Sexualtrieb. Während des Geschlechtsakts werden beide mit einer gehörigen Portion an Glückshormonen belohnt. Die sexuelle Vereinigung wird als extrem angenehm empfunden, so dass man sie ständig und gerne wiederholen möchte. Sex macht sehr viel Freude. Doch bei nüchterner Betrachtung erkennt man rasch den Trick: Sex ist nichts anderes als eine biologische Falle!

Sex genießt allerhöchste Priorität, denn er dient der Erhaltung der Art. Männern und Frauen fallen dabei unterschiedliche Aufgaben zu. Die Natur hat sie dafür vorbereitet. Der männliche Beitrag zur Arterhaltung dauert aber meist nur wenige Minuten, der der Frau bei Erfolg wenigstens neun Monate. Dieser Zeitspanne schließen sich weitere Monate bis Jahre der Versorgung eines Kleinstkindes an, ein gewaltiger nicht zu unterschätzender Auftrag. Diese Konsequenzen beeinflussen das unterschiedliche Sexualverhalten von Mann und Frau erheblich. Ein weiterer Umstand vergrößert noch diese Kluft der Lastenverteilung zwischen beiden Sexualpartnern. Eine Frau erhält im Laufe ihres Lebens bestenfalls nur etwa dreißig Chancen, ihre biologische Information an eine neue Generation weiterzugeben. Der Mann hat dagegen Tausende von Gelegenheiten, seine Gene zu vererben.

Eine Frau produziert im Monat ein einziges Ei. Es ist über einige Tage bereit zur Befruchtung. Der Mann hingegen produziert ständig Millionen von Samenzellen, die nur über sehr kurze Zeit lebensfähig und aktiv bleiben. Die Grenze zwischen Qualität und Quantität verläuft genau zwischen den Geschlechtern.

Aufgrund dieser Gegebenheiten verhalten sich beide Partner bei der Suche nach einem geeigneten Gefährten unterschiedlich. Der weibliche Teil benötigt im Falle einer Schwangerschaft über einen sehr langen Zeitraum Beistand, Unterstützung, Schutz und Ernährung. Dies erwartet sie von ihrem Mann. Der Wunsch nach Treue, Beständigkeit, Harmonie, Häuslichkeit, Verlässlichkeit wird hauptsächlich von Frauen geäußert. In einem solchen günstigen Klima kann die Nachkommenschaft vortrefflich heranwachsen. In früheren Zeitepochen bevorzugte sie den kraftvollen Mann. Muskelkraft versprach Schutz und Erfolg bei der Jagd – eine blendende Gesundheit ließ auf widerstandsfähige Gene schließen. Die Wunschvorstellungen der Frauen haben sich während der letzten Jahrtausende deutlich verändert. Heute gilt Intelligenz, ein gut gefülltes Bankkonto und materielle Sicherheit mehr als strotzende Muskelpakete. Doch nicht alles, was mit materiellem Wohlstand protzt, beweist auch Intelligenz. So mancher reiche Erbenbubi schafft es nur einigermaßen mühelos vom Gameboy zum Playboy.

Frauen werden von der Überlegung geleitet, mit welchem Mann haben wir die besten Chancen, unsere Nachkommenschaft aufzuziehen. Welcher Mann ist in der Lage, unser aller Leben und Überleben zu garantieren? Bei der Beantwortung dieser Fragen haben Frauen während der letzten zwei Millionen Jahre erstaunliche Wendungen vollzogen und sich dem modernen Leben angepasst. So ist das Berufsziel so mancher Krankenschwester unverkennbar der Ober-oder gar der Chefarzt! Männer traten da eher auf der Stelle; gewisse körperliche Vorzüge sind noch immer ausschlaggebend, für welche Gefährtin er sich entscheidet.

Ein Mann hat zahllose Gelegenheiten, Teile seines genetischen Codes an die nächste Generation weiterzugeben. Allerdings eine Frau kann absolut sicher sein, dass ihre Information bei der Geburt ihres Kindes tatsächlich die kommende Generation erreicht, ein Mann dagegen nicht. Dieser Umstand tiefer Verunsicherung wird gerne als Argument benutzt, um die Umtriebigkeit so mancher Männer zu entschuldigen. Er folge, so heißt es, nur der Anweisung seiner Gene, eben seine genetische Information weiterzureichen, und weil er ja nie sicher sein kann, ob sein Tun erfolgreich war, versucht er es eben an verschiedenen Orten, so oft wie möglich, seine genetische Botschaft auszusäen. Extrem leidenschaftliche Eifersuchtsszenen werden dann zuweilen entfacht und mitunter bis auf Leben und Tod ausgefochten.

Die erotische Liebe wird also durch die Beimischung sexuellen Verlangens gewürzt und auf diese Weise für beide Partner so unwiderstehlich. Doch warum all die Rosenkriege, die Stacheldrahtzäune um Herzen, die verminten Zugangswege zu Gefühlen, die Mauern und Zugbrücken zur Verteidigung des Ego? Was, wenn der zauberhafte griechische Gott Eros plötzlich zum gottverdammten Griechen wird? Gibt es da etwas jenseits des biologischen Auftrags, etwas außerhalb der Triebhaftigkeit? Macht nicht eben erst die Liebe den Sex so unwiderstehlich und bezaubernd schön?

Ein ewiges Rätsel wird also immer die unbewusste Partnerwahl bleiben. Wen suchen wir aus und warum? Warum klingelt's bei ihr? Warum stimmt die Chemie mit ihm? Gleichfrequente Schwingungen scheinen aufeinander zu treffen und sich wechselseitig zu verstärken. Doch diese Schwingungen hat noch niemand gemessen. Andere benennen die sexuellen Duftstoffe, die Pheromone, als Verantwortliche für Anziehung und Paarungsverhalten. Jedenfalls senden beide nonverbale, ermutigende Signale aus, zum Beispiel: ‚Sprich mich an, du kannst nichts falsch machen!' Wie viele Begegnungen sind unterblieben wegen allzu großer Schüchternheit aber auch wegen allzu nassforschem Gebalze. Eine kleine unverfängliche Frage genügt, um ersten Kontakt herzustellen. Besteht der Wunsch, diesen zu verlängern, auszubauen, um weiter sondieren zu können, dann wird dieser Wunsch gewiss in irgendeiner Weise geäußert.

Einen kleinen Vorschlag für ihn: Sorgen Sie für etwas witzige Irritation. Tragen Sie einen Ehering, auch wenn Sie nicht verheiratet sind. Zeigen Sie Interesse an ihr, eine Tasse Kaffee, ein Spaziergang, vielleicht sogar eine Einladung zum Dinner. Wird sie Sie auf Ihren Ring ansprechen? Wenn ja, dann hat sie Sie bereits gescannt. Sie will sich nicht mit einem verheirateten Mann einlassen – aber auf der Suche ist sie durchaus. Erklären Sie ihr, dass Sie verheiratet sind, aber sie wüssten nur noch nicht mit wem. Der andere dazu passende Ring liege zuhause in der Schreibtischschublade und wartet nur darauf, getragen zu werden. Sie weiß nun, dass Sie auf der Suche sind. Wie wird sie sich jetzt verhalten? Wie wird das ganze Experiment ausgehen?

Auch das Internet Dating ist populär und wird von vielen genutzt. Allerdings wird dort sehr viel gelogen. Wer dort sucht, tut dies aus unterschiedlichsten Gründen. Eins wird dort überdeutlich, das Bedürfnis nach Zweisamkeit in vielfachen Variationen ist ungebrochen.

Doch was ist diese rätselhafte Anziehung? Einige vertreten recht glaubwürdig die These, uns zieht das an, was uns vertraut ist. Vertraut ist das Elternhaus. Ein Kind beobachtet, wie Eltern miteinander umgehen. Was sie zu sehen bekommen, sind oft keineswegs Vorbilder. Dennoch ist es vertraut und die Bereitschaft, die Verhaltensweisen von Vater und Mutter zu kopieren, ist groß. Wer häusliche Gewalt erlebt hat, toleriert Gewalt. Ich bin in einem Elternhaus aufgewachsen, indem zwischen meinen Eltern nie ein harsches Wort fiel. Mein Vater liebte meine Mutter über alles. Sie küssten sich bei jedem Abschied und bei jeder Begrüßung, auch als sie schon über achtzig waren. Eine solche Ehe war für mich nichts Besonderes, sie war mein Alltag. Als ich jedoch selbst geheiratet hatte und der erste Streit ausbrach, fiel ich aus allen Wolken. Streit zwischen Eheleuten gibt es nicht! Ich war sicher, mit meiner Frau eine falsche Wahl getroffen zu haben. Ich besuchte einen Volkshochschulkurs: ,*Miteinander streiten lernen!*' Viel brachte er nicht; immerhin war er desillusionierend.

Uns zieht an, was uns vertraut ist, aber auch das, was uns unvertraut ist. Interkulturelle Ehen haben für einige einen besonderen Reiz, können aber wegen der unterschiedlichen Wertesysteme auch äußerst problematisch sein. Die Stellung der Frau in Gesellschaft und Ehe haben anderswo eine andere Bedeutung. Wenn man anerzogene Verhaltensweisen kritisch hinterfragt und sie als eine Art Programmierung versteht, wird man auch begreifen, dass Programme verändert werden können. In die Sprache der Computer übersetzt würde es heißen: ein gesundes, lebendiges Paar wird stets Updates und Upgrades durchführen. In der Regel verhalten sich Frauen anpassungswilliger; sie ordnen sich dem Mann unter. So sollte es jedoch nicht sein. Einem Mann, auch einem Macho ist es durchaus zumutbar, die Sichtweise seiner Frau zu verstehen, zu achten und zu befolgen. Frauen haben andere Strategien zur Konfliktbewältigung; Frauen verfügen über eine Intelligenz des Herzens; sie ziehen friedvolle Einigungen vor. Nicht die Frauen, die Männer haben so viel Elend in Form von Kriegen über diesen Planeten gebracht.

Uns ziehen bestimmte Qualitäten an, die wir im anderen erkennen. Dies können körperliche Vorzüge sein, zum Beispiel die Schönheit einer Frau. Es könne aber auch charakterliche Merkmale, besondere Verhaltensweisen oder ein Wertesystem sein, das wir teilen. Frauen orientieren sich vorzugsweise an diesen inneren Qualitäten in Ermangelung einer äußerlich erkennbaren männlichen Schönheit.

Anhänger der **Esoterik** und fernöstlicher Philosophien erweitern den Kreis der Vertrauten auf Begegnungen aus früheren Leben, eine faszinierende Ansicht. Stellen Sie sich vor, Sie treffen Ihre große Liebe aus einem früheren Leben. Sie erkennen einander rasch und sind überglücklich, wieder vereint zu sein. Sie können Ihre Liebe fortsetzen, die der Tod einst auseinanderriss. Wahre Liebe überdauert alle Zeit; kein Tod kann sie auslöschen. Sie beginnen ein neues Leben, das auch einmal enden wird. Doch Sie wissen schon jetzt, dass Sie wieder zueinander finden werden. Oder ein in einem früheren Leben liebevolles Geschwisterpaar erkennt sich im aktuellen Leben wieder. Jetzt kann endlich die ersehnte sexuelle Komponente akzeptiert und gelebt werden.

Viele sprechen von einer Liebe auf den ersten Blick. Ich mag nicht so recht dran glauben und halte es für eine Anziehung nach Stimmung und Laune, ein oberflächliches Abrastern, ein Ansprechen auf Primärreize. Sicher, die Symptome sind die gleichen, doch ein Strohfeuer ist rasch niedergebrannt.

Bezichtigen Sie mich jetzt bitte nicht der Scharlatanerie! Ernsthafte **Partnerastrologie** kann für Aufgeschlossene ein wertvolles Instrument zur Diagnose sein. Astrologie ist keine Wissenschaft, sie ist eher ein Kunstwerk, das sich nur denjenigen erschließt, die sich nicht auf der rational-intellektuellen Ebene auf die Wirkung eines Gemäldes oder einer Sonate beschränken. Paare setzen unterschiedliche Akzente und Wertehierarchien, die sich jedem Urteil entziehen. Es gibt Ehen, mit freundschaftlich verlässlichem Charakter, mit einem friedvollen, geschwisterlichen Miteinander, mit harmonisch resonanten Ansichten, oder rein ökonomischer Ausrichtung, die hervorragend funktionieren. Wer will da urteilen? Harmonien und Disharmonien sind in einer astrologischen Partnerschaftsanalyse erkennbar. Wie man damit umgeht, bleibt den beiden Partnern überlassen. Was ist, wenn einer Mangel verspürt? Sind beide in der Lage, erste Hilfe zu leisten und Abhilfe zu schaffen?

Ich habe alle meine eigenen gelungenen und misslungenen Beziehungen anhand astrologischer Daten überprüft. Ein Gelingen oder Misslingen war nicht prognostiziert. Aber meine Beziehungen hatten unterschiedliche Schwerpunkte, die befriedigend oder unbefriedigend für uns waren. Problematisch erwiesen sich für mich stets stark erotisch betonte Verbindungen. Die elementare starke Anziehung und das Ausleben genoss ich durchaus, solange nicht das Eifersuchtsspiel beigemischt wurde. In den dann nicht ausbleibenden Dramen erkannte ich mich selbst nicht wieder. Giftige, ätzende Säure zerfraß alles, bis nichts mehr übrigblieb. Fatal waren die Glaubenssätze, die ich aus diesen Episoden formulierte. Hätte ich mich selbst nicht ermahnt, wäre mein ganzes Leben blockiert geblieben.

Wir alle sind mit einem verheerenden Irrtum aufgewachsen. Wie ein Virus hat er sich in unser Unterbewusstsein eingeschlichen und richtet unglaublichen Schaden an. Dieses Virus wird weiter genährt in Filmen, Büchern und allen Medien. Nun ist die weitaus größte Mehrheit der biologischen Viren uns Menschen wohlgesonnen. Viele unterstützen unsere Lebensfunktionen. Dieser Virus, von dem hier die Rede ist, ist kein biologischer Virus. Die Fachwelt nennt so etwas einen *Mind Virus*. Wir sind kollektiv von ihm befallen.

Ich spreche von der Mär vom **Happy End**. Ich verabscheue diesen Begriff, weil er nichts als die pure Lüge ist. Nicht nur in Paarbeziehung wurde dieser Begriff inflationär benutzt. Auch die Kriegspropaganda während des Zweiten Weltkriegs schürte reichlich den Glauben an ein Happy End: *Ich weiß, es wird einmal ein Wunder geschehn!* Es geschah ja auch tatsächlich eins; es entsprach aber nicht der Vorstellung der Getreuen des Führers. Es äußerte sich in der Weise, wie die Sieger mit den Besiegten umgingen.

Doch zurück zu unseren Paaren. In der Fiktion der Filme und Literatur hat ein Paar trotz aller Widrigkeiten endlich zueinander gefunden. Diese Endgültigkeit wird mit einer Heirat besiegelt und festgezurrt. Im Abspann dieser Filme wird unter entsprechender zu Tränen rührender Begleitmusik der Eindruck erweckt, dass das Schicksal ein solches Paar mit immerwährendem Glück belohnt. Die Realität sieht meist anders aus. Paare begannen, an sich, ihren Fähigkeiten und an der Qualität ihrer Beziehung zu verzweifeln. Auch in der Filmbranche räumte man alsbald mit dem Irrtum des Happy Ends auf. Filme wie *Szenen einer Ehe* (Ingmar Bergmann) und *Kramer gegen Kramer, Masters of Sex* öffneten Millionen Zuschauern die Augen.

Vergessen wir das Happy End und ersetzen es, wenn alles gut geht, durch einen Neuanfang, ein *Fresh Beginning*. Befreit von allen Illusionen, weiß ein kluges Paar, dass sie beide ein wunderbares Geschenk erhalten haben, das Geschenk ihrer

Liebe und Zuneigung. Nun müssen sie sich dieses Geschenks würdig erweisen. Viel Ich wird dem Wir geopfert werden müssen. Stimmt die Gewinn-Verlust-Rechnung? Besonders langzeitige, gut funktionierende Ehen basieren auf solch einer Gewinn - Verlust - Rechnung. Wenn die Bilanz stimmt, kommen keine Klagen auf.

„Das ist jetzt nicht mehr meins, das ist unseres!"

Das Teilen von Tisch und Bett wird gern akzeptiert. Zum Glück hat man neuerdings diese Weisheit etwas umformuliert in das Teilen von Bett und Tisch. Wobei Männer gerne großzügig die Küche der Frau Gemahlin allein überlassen. Hingegen an Kritik sparen sie nicht:

„Wo bleibt sie denn nur so lange? Sie sollte doch längst hier bei mir im Bett sein!"

Beständig wachsende Liebe entsteht, wenn man die Gesetze der Liebe kennt, beherrscht und anwendet. Liebe ist zunächst ein Geschenk, das einem Paar überreicht wird. Das Paar entscheidet, wie es damit umgeht und ob es sich dieses Geschenks würdig erweist. Liebe braucht Pflege, Beachtung, Aufmerksamkeit und Wachsamkeit. Liebe kann blühen, Liebe kann erkalten. Wer Liebe vernachlässigt und unachtsam behandelt, muss sich nicht wundern, wenn sie ihm abhandenkommt. Ich vergleiche die Liebe gerne mit einem ungeschliffenen Diamanten, den man zufällig in der Erde gefunden hat. Man muss erkennen, welch wertvollen Schatz man in den Händen hält, und man muss wissen, was zu tun ist, um diesem Rohdiamanten sein funkelndes Feuer zu entlocken. Der Diamant ist das Symbol für Pracht und Unvergänglichkeit; ihn zu bearbeiten, ihn zu schleifen ist eine Kunst. All das verlangt ein lebenslanges Engagement. Welches Paar ist dazu bereit?

Liebe ist ein Kunstwerk, das von zwei Künstlern erschaffen wird. Es hat keinen Bestand, wenn einer der Künstler seinen Beitrag verweigert.

Liebe ist auch vergleichbar einer außergewöhnlich schönen aber auch empfindlichen, verletzbaren Pflanze, die nur dann gedeiht, wächst, sich vermehrt und uns erfreut, wenn wir sie beständig pflegen und schützen. Man muss die Eigenart dieser Pflanze kennen; braucht sie viel Sonne? Gedeiht sie besser im Schatten? Sie braucht Wasser und Nährstoffe. Sie muss täglich untersucht werden, ob sich Schädlinge eingenistet haben.

Ein Paar muss wachsam sein; jeder beobachtet sich selbst und den anderen. Wie fühle ich mich allein? Wie fühle ich mich mit ihr/ihm? Gibt es Hinweise, sendet sie oder er unbewusste Signale? Ein Paar muss im Gespräch bleiben.

Setzen wir voraus, ein Paar ist über ihr Geschenk überglücklich und bereit, alles zu unternehmen, dass ihre Liebe stets und unabhängig vom Alter frisch und lebendig bleibt. Welche Ratschläge können wir solchen Menschen geben?

Halten sie die Erinnerung an ihren Hochzeitstag und die Versprechen, die sie einander gaben, wach. Vielleicht haben sie ein sehr eigenes, individuelles Hochzeitsritual abgehalten, nachdem die Gäste endlich gegangen waren. Rituale haben große Bedeutung. Sie materialisieren sich stärker als Worte. Rituelle Handlungen mit ihrer Symbolkraft prägen sich stärker ein als jedes Wort. Für Außenstehende mag ihr Ritual albern wirken, für sie ist es sehr ernsthaft, denn sie wünschen sich den Bestand Ihrer Ehe. Das Urteil anderer sollte ihnen vollkommen gleichgültig sein. Wie sie Ihr Ritual ausgestalten ist ihre Sache. Aber glauben sie mir, es hat etwas verbindlich Magisches, sehr viel mehr als die Standesamt Routine.

Zur Anregung: Vielleicht schenken sie sich einander. In einem gemeinsamen rituellen Bad reinigen sie sich gegenseitig von der Last der Vergangenheit, befreien einander von den Verunreinigungen durch negative Erfahrungen und treten frisch und befreit in eine neue, unbelastete Ehe.

Vielleicht erkennen sie beim Ablegen all ihrer Kleidung, dass sie nun auch all ihren Schutz ablegen und letztendlich ungeschützt voreinander stehen; übertragen sie dieses Symbol auf ihren inneren Schutzwall! Keine Mauer mehr zwischen uns – eine Mauer um uns! Sprechen sie ihre Bekenntnisse für einander. Beziehen sie in ihre intimen Handlungen auch die Intimität ihrer Gedanken, ihrer Gefühle, ihrer Seele, vielleicht sogar die Intimität ihrer Spiritualität mit ein. Ihre physischen Intimitäten werden im Laufe der Jahrzehnte wahrscheinlich geringer, die ihrer Emotionen, ihrer Gedanken, ihre seelische Verbindung wird wachsen. Ihre Liebe schwindet nicht, sie verändert nur ihr Gesicht. Ihnen helfen die Erinnerungen.

Feiern sie ihren Hochzeitstag jeden Monat, vielleicht bei Vollmond, beleben sie die Erinnerung an ihre Rituale, bereichern sie sie durch neue Rituale. Halten sie Rückschau; was lief gut, was lief schlecht? Was ist zu verbessern? Würden sie sich noch einmal das Ja-Wort geben? Beschließen sie ihren Hochzeitstag mit einer jubelnden Hochzeitsnacht und alles wird gut!

Lernen sie, sich einander Hinweise zu geben, ja gar zu kritisieren. Kritik soll hier nicht Nörgeln heißen, sondern Anleitung sein, Hilfe zur Veränderung, Verbesserung, Vorschläge zum Experimentieren. Richtiges Kritisieren muss erlernt werden; es soll nicht verletzend sein. Ihr Lebenspartner mag Ihnen zwar sehr nahestehen, aber hellsichtig ist er nicht. Er wird Ihnen für jeden kleinen Hinweis dankbar sein. Er ist natürlich selbst am Bestand und Wachstum ihrer Liebesbeziehung interessiert – helfen sie ihm/ihr heraus aus seiner/ihrer momentanen Ratlosigkeit! Gute, wohlmeinende Kritik ist ein starker Beweis für das Interesse am Bestand und Ausbau ihrer Beziehung. Sie wird ihr Miteinander festigen.

Vielen gelingt es nicht, ihre Bedürfnisse zu äußern. Sie nehmen ihre eigenen Wünsche nicht ernst. Sie ertragen lieber einen Mangel. Der andere hat Vorrang. Dies klingt edel, ist es aber nicht. Emotionaler Mangel schafft Unzufriedenheit – Unzufriedenheit äußert sich dann auf andere Weise, deren wahre Ursache keiner mehr erkennt. Die Qualität einer Beziehung lässt sich am Grad der Vertraulichkeit der Gespräche erkennen. Unterlassen sie Klagen und Anschuldigungen. Leicht kann so etwas entgleisen. Sprechen sie über ihre Bedürfnisse, zum Beispiel ein Mangel an gemeinsamen Unternehmungen, ein Mangel an Festlichkeit... Ja, sie sollten sich oft feiern. Der kleinste Anlass ist willkommen. Kleiden sie sich hübsch oder sexy, wenn ihnen der Sinn danach steht. Decken sie den Tisch festlich. Erheben sie das Glas zum Wohl des Partners. Bekunden sie einander ihre Bewunderung, Wertschätzung, ihre Liebe. Glauben sie mir, man kann es nicht oft genug hören.

Männern fällt es in der Regel schwerer, über ihre Gefühle zu sprechen. Viele Männer mussten im Verlauf ihrer Kindheit lernen, ihre Gefühle zu ignorieren. Viele sind darunter echte Meister. Moderne Männer können von Frauen lernen, diese Fähigkeit neu zu beleben. Die Qualität einer Beziehung misst sich leicht an der Bereitschaft, miteinander zu reden, besonders wenn es um heikle Dinge im Sexualverhalten geht. Kritik zu ertragen und zu üben, ohne zu verletzen, muss geübt werde. Auch das einander ausreden lassen ist ein ungemein wichtiger Faktor. Wer nicht ausreden lässt, will nicht zuhören! Vielleicht gelangen sie zu der hohen Stufe des Dankens, Kritik als einen wohlmeinenden Hinweis zu werten und sich dafür zu bedanken.

Eine weitere Hilfe könnte es sein, wenn sie die Rollen tauschen. Sie ist er und er ist sie! Zum Beispiel er sagt zu ihr:

„Wenn ich deine Frau wäre, würde ich dir viel öfter die Zeitung wegnehmen, um mit mir zu schmusen."

Oder sie:

„Wenn ich dein Mann wäre, würde ich dir viel öfter sagen, wie sehr ich dich liebe und begehre!"

Pillow Talks! Führen sie erotische Konversationen. Verwenden sie nur ein Kopfkissen, ihre beiden Gesichter dicht voreinander. Sprechen sie leise. Regen sie auf positive Weise an, was sie schätzen. Beginnen sie abwechselnd jedes ihrer Geständnisse: „Ich mag es sehr, wenn oder wie du…" So lassen sich auf positive Weise kleine Hinweise selbst in heiklen Dingen vermitteln. Wenn's dennoch nicht gelingt, die süße kleine unerfüllte Sehnsucht auszusprechen, dann hilft eine kleine *Box der unerfüllten Wünsche"*. Dort legt man seinen Wunsch hinein und hofft auf baldige Erfüllung.

Vielleicht mögen sie ein Moodometer? Das ist ein Stimmungsbarometer. Es hängt an der Wand. Wie eine Uhr hat es zwei Zeiger, einen roten und einen blauen. Entscheiden sie welcher ihr, welcher ihm gehört. Erfinden sie eine Art Ziffernblatt. Statt Ziffern stehen dort emotionale Begriffe, wie Angst, Freude, Sehnsucht, Trauer, Wut, Melancholie, Dankbarkeit, Gier, Verlangen, Einsamkeit, Frust, Enttäuschung und andere; alles bleibt ihnen überlassen. Stellen Sie morgens ihren Zeiger auf…, der Partner weiß sofort, in welcher Stimmungslage Sie sich befinden. Er kann auf Sie eingehen.

Auch das Befragen von Tarot-Karten kann anregend sein und ein Gespräch in Gang setzen.

Ein möglicher weiterer Konfliktpunkt ist das Bedürfnis nach **Nähe bzw. Distanz.** Es gibt Paare, die sind 24 Stunden und sieben Tage pro Woche unentwegt zusammen und sind dabei glücklich. Sie können und wollen nicht voneinander lassen. Unbehagen entsteht, wenn Umstände sie zwingen, auch nur kurzfristig getrennt zu sein. Es gibt Paare, die leben in verschiedenen Städten und sehen sich nur am Wochenende und sind damit glücklich. Das gelegentliche seltene Zusammentreffen sei dann besonders heftig und belebt das gemeinsame Glück immer wieder aufs Neue. Sie brauchen Raum und Freiheit – allzu große Nähe raubt ihnen die Luft zum Atmen. Sexuelle Treue gilt als ein exklusives Gebot für beide. Soweit so gut, wenn beide Paare mit ihrer Wahl glücklich sind, soll ihrer Lebensführung nichts im Wege stehen. Doch wenn einer von beiden leidet, wenn er von ihrem Klammern keine Luft mehr bekommt, wenn sie sein Bedürfnis nach noch mehr Freiraum als mangelndes Interesse an ihr oder gar als Überdruss interpretiert. Ein unausgewogenes Bedürfnis nach Distanz oder Nähe wird zum Dauerärgernis. Wird man es durch Gespräche bereinigen können? Frauen scheinen, einen stärkeren Wunsch nach Nähe zu haben. Sie begründen es mit dem Verlangen nach Schutz und Geborgenheit. Manche sagen, sie müssen nicht nur wissen, sie brauchen deutliche Beweise, wohin sie gehören. Oft ist der Grund für eine solche Erwartung nach ständigen Liebesbeweisen eine von Minderwertigkeitsgefühlen belastete Persönlichkeitsstruktur. Sie findet sich auch bei Männern. Auch Männer können klammern und das expansive Lebensgefühl ihrer Gefährtin einengen. Der Wunsch nach Nähe oder Distanz ist durchaus innerhalb ein und derselben Person wandelbar. Ein bisher distanzierter Mann entwickelt bei einer noch distanzierteren Frau plötzlich den Wunsch nach mehr Nähe.

Viele leben eine so genannte Jo-jo-Beziehung, das heißt nach Phasen größter Nähe suchen beide wieder das Weite, um zu regenerieren. Sie bemerken, wie sie ineinander zerfließen, ihre eigene Struktur verlieren. In der Distanzphase restrukturieren sie sich, festigen ihr deformiertes Ego. In sehr innigen Liebesbeziehungen beginnt sich, das Ego aufzulösen. Das starke Ego ist in Gefahr!

Nutzen sie den gemeinsamen Urlaub, um sich deutlich miteinander zu beschäftigen, Altbewährtes wieder zu aktivieren. Es gibt nichts Großartigeres als eine gesunde Liebesbeziehung. Wie sie sie gestalten, ist ihre Sache.

Die Teilnehmer an den Kursen der Liebesschule werden ständig mit diesem Konflikt zu tun haben. Der Psychoanalytiker Fritz Rieman schrieb in seinem Buch *Die vier Grundformen der Angst*, dass ein ausgewogenes Verhältnis im Bedürfnis nach Nähe und Distanz den gesunden Menschen ausmacht. Doch was ist *ausgewogen* in einer Liebesbeziehung? Wer bezahlt mit Verzicht? Was erwartet er oder sie für seinen/ihren Verzicht?

In einer distanziert angelegten Beziehung entwickeln sich leicht Sehnsucht und süßes Verlangen nach mehr inniger Zweisamkeit. Ich neige zu dieser Variante. Nach Phasen großer Nähe, regeneriere ich beim Alleinsein.

In einer Beziehung hat der das Sagen, der am geringsten am Bestand der Beziehung interessiert ist. Sie oder er wird weniger kompromissbereit sein, wenn sie oder er das Scheitern der Beziehung mit einkalkuliert. Einsame Entscheidungen provozieren den Partner, Vereinbarungen werden gebrochen. Einer lässt den anderen spüren, wie wenig er den anderen braucht. Der Erhalt der Verbindung lastet auf den Schultern nur eines Partners. Wie lange ist einer bereit, sich ständig zu unterziehen? Wieviel wird er/sie bezahlen, um nicht allein zu sein? Schwermut, Angst zieht ein. Der Bruch ist vorprogrammiert, sobald Linderung von anderer Seite signalisiert wird.

Wie könnte eine Institution wie die Schule zur Liebe mit folgendem sehr häufigen Fall umgehen? Eine oder einer bleibt auf der Strecke, findet in der aktuellen Beziehung weder Erfüllung noch Stabilität. Nach jahrelangen Bemühungen ist eine Person ausgelaugt. Sie braucht Auffrischung und bekommt sie nicht. Ermattet streicht einer die Segel und fragt sich, was habe ich nur falsch gemacht? Aber ich kann nicht mehr! Das Eingeständnis, ich will auch nicht mehr, ist noch nicht in Sicht. Wie wird Verwundung erlebt? Hilft mir denn niemand? Vielleicht diskutiert man ein Leben lang und kommt zu keinem Ergebnis. Woher soll es denn noch kommen: Das Wir ist auch in ihm/ihr? Oder es kommt die Neue, der Neue, die neue Hoffnung belebt. Warum meide ich Konfrontation und Konflikte? Ist die Angst zu groß, sie könnten den Weg zur Einigung erschweren oder gar ganz versperren? Was riskiere ich? Hat es ausgereicht, seitenweise Tagebücher zu schreiben? Kann hier eine solche Schule helfen, den verstellten Blick zu entschleiern und neue Wege weisen?

Ein Seitensprung ist ein ernster Vertrauensbruch. Intimität hielt man für unteilbar. Warum ist er geschehen? Kann eine ernsthafte Unterredung helfen, Trümmer zu beseitigen, Wunden heilen? Narben werden allemal bleiben. Wozu? Doch warum wird dieses Vorkommnis so überaus stark bewertet?

Hier ein Deutungsversuch: In der Liebe heben sich zwei Menschen wechselseitig heraus aus der Menge, heraus aus dem Durchschnitt. Sie sind einander etwas ganz Besonderes. Ihre Gefühle bestätigen, dass mit ihnen Wunderbares geschieht. Sie empfinden sich als Auserwählte, auserwählt vom anderen. Sie werden reich beschenkt an gemeinsamen Erlebnissen, überbordenden Emotionen, sie betreten unbekannte, zauberhafte Welten. Zerbricht die Liebe, zerbricht auch dieses erhabene Lebensgefühl. Man fühlt sich verstoßen, nichts mehr wert, unwillkommen und ungeeignet für das herausgehobene Leben. Man hat versagt. Das gewöhnliche Leben wird sinnloser empfunden als je zuvor. Kurzschlusshandlungen können geschehen.

Ein anderer Grund mag genetisch begründet sein. Länger als andere Säugetiere benötigen die menschlichen Nachkommen jegliche Art von Fürsorge. Diese Leistung erbringt meist die Mutter. Sie ist auf den Schutz und die Versorgung (Jagd, Landwirtschaft) des Mannes angewiesen. Bei den arabischen Stämmen der vorislamischen Zeit war es üblich, alleinstehende Frauen und Witwen auszustoßen. Das alltägliche Leben war äußerst hart und entbehrungsreich. Je weniger unnütze Mitesser, umso besser. Kleine Kinder wurden oft den Karawanen mitgegeben. Auch Mohamed erlitt ein solches Schicksal. Ein Verlassenwerden hat hier weit höhere Dimensionen, es geht ums Überleben von Mutter und Kind. Nur reiche Männer steckten ihren Liebesdienerinnen gelegentlich etwas Unterhalt zu. Sklavinnen, die dem Herrn zu Willen waren, hatten besonders unter dem heftigen Zorn ihrer Herrin zu leiden. In unserer modernen Zeit ist das Gefühl, in Zeiten der Not von der Sippe, dem Stamm geschützt und getragen zu sein weg gebrochen. Das Singledasein erlaubt mehr Freiheiten und Autonomie, solange man nicht bedürftig ist. Doch was, wenn das Alleinsein sich zur Einsamkeit wandelt?

Doch am Scheitern einer Liebesbeziehung sind meist beide beteiligt. Es gibt Anzeichen, Hinweise. Werden sie als Warnsignal ernst genommen? Warum zieht es eine Frau zu einem anderen Mann? Warum zieht es einen Mann zu einer anderen Frau? Sind Meinungsverschiedenheiten unüberwindbar?

Können Gespräche in Gegenwart eines Mediators helfen? Kann eine Liebesschule helfen? Welches sind die wahren Gründe für eine in Seenot geratene Liebesbeziehung? Senden sie SOS, wenn sie wollen, dass ihnen geholfen wird.

Ja, eine solche Liebesschule sollte helfen können. Paare drehen sich selbst bei besten Absichten in ihren Konfliktgesprächen meist im Kreis, hören einander nicht zu, lassen einander nicht ausreden, finden keinen Ausweg. Emotional nicht involvierte Außenstehende haben eher einen unverstellten Blick, erkennen rasch den kritischen Stolperstein. Der Wille zur Veränderung liegt jedoch allein bei den Betroffenen. Sind sie bereit, konsequent neue Wege zu gehen oder ziehen sie eine Trennung vor? Man trennt sich leichter von seinem Partner, als von der eigenen Neurose. Bedenken sie, bei einer längeren Beziehung haben sie bereits erfolgreich einige Klippen umschifft; sie haben Erfahrung und sie haben bewiesen, wie sehr ihnen am Erhalt dieser Beziehung gelegen ist. Eine neue Beziehung ist gewiss anders, aber ist sie auch besser? Meist ist eine siechende Sexualität der Grund für das Bröckeln der Grundfesten. Ein gesundes Sexualleben beflügelt die Liebe; eine warme, stabile Liebe beflügelt das Sexualleben. Liebe ist allumfassend – sie durchdringt Körper, Seele und Geist. Man sollte ihr überall Zutritt gewähren. Auch hier kann ganz gewiss eine einfühlsame Schule zur Liebe Hilfestellung leisten.

Es mag seltsam klingen, aber besonders tief erlebte Liebe kann Angst machen. In sehr innigen, intensiven und langen Begegnungen beginnt sich das Ich aufzulösen und sich mit dem des Partners zu vereinen. Aus zwei Ichs wird ein Wir. Das **Ego** ist in Gefahr. Ein ganzes Leben lang hat es sich durchgesetzt, die Person geleitet und beschützt und vor Unheil bewahrt. Jetzt soll es geopfert werden, gezwungen werden, sich mit einem anderen Ego zu einem *Wir* zu vereinen.

Niemals! Wer soll dich jetzt beschützen? Kannst du überhaupt ohne mich überleben? Kannst du dem anderen Ego vertrauen? Tiefe Liebe zerstört das Ego! Dieses Gefühl des sich Auflösens kann tatsächlich Angst auslösen, so dass viele Paare diese totale Innigkeit meiden. Gerät man unwissend in diesen Zustand, erlebt man die ungeheure Macht der Liebe, die zwei Menschen zu einer Einheit verschmelzen. Dies wird ein unvergessliches Erlebnis sein, selbst wenn man erschrocken und vielleicht am ganzen Leibe zitternd aus diesem Energieraum zurückkehrt. Anschließend wird man das beschädigte Ego wieder Stück für Stück zusammensetzen. Beim nächsten Mal wird man befreit von Angst alles zulassen, was geschehen will. Meine Güte, es gibt doch nichts zu verlieren, außer diesem bisschen Ego!

Einer alten Ansicht zu Folge, sollen gemeinsame Kinder eine Ehe stabilisieren. Bei genauerem Nachfragen ist das nicht der Fall. Die überwiegende Mehrzahl der Befragten verneinte diese Hypothese. Sie hatten ganz andere Erfahrungen gemacht. Mütter wenden sich dem Kind zu; Mütter wenden sich vom Gatten ab. Es soll Männer geben, die schon während der Schwangerschaft ihrer Frau, andere Frauen aufsuchen. Mütter sollten wissen, was in ihren Männern vorgeht. Ein offenes, klares Gespräch ist allemal besser, als konfliktgeladene Vorwürfe. Männer und Frauen folgen ihren Genen – eine gute Gelegenheit, Herr bzw. Frau der eigenen Gene zu werden.

Doch es gibt sehr viele Männer, die froh sind, dass ihre Frau nunmehr von ihnen ablässt. Nun können sie sich wieder ihren eigentlichen Leidenschaften wie Fußball, Trinkgelage, Kriegsspiele, technisches Spielzeug, Karriere zuwenden. Allerdings die Jagd nach neuer weiblicher Beute ist oft eingeschlossen; denn das Interesse und die Beachtung durch das andere Geschlecht sind von übergeordneter Bedeutung und dürfen niemals ausbleiben. Doch was ist, wenn die Gattin mit ihrem Geständnis ihm zuvorkommt? Da lässt man gern die frisch erlegte Beute liegen, um Besitzstand zu wahren.

Wir altern, ein Liebespaar altert, doch eigenartigerweise, die Liebe altert nicht. **Liebe im Alter** hat ihre besondere Qualität. Mit zunehmendem Alter zieht sich fast unmerklich die Libido, das sexuelle Verlangen zurück. War Sex das einzige Gewürz Ihrer Beziehung? Bei Männern kann sich das Verlangen nach sexueller Betätigung bis ins hohe Alter retten. Die häufiger auftretende erektile Dysfunktion (ED) lässt sich mit Hilfe der pharmazeutischen Industrie kompensieren. Aber auch die weibliche Seite bleibt länger munter. Kürzlich trat in einer Talkshow eine US-amerikanische Lady (56) auf; sie hatte ein Buch geschrieben mit dem Titel: *Erection Killers in Ladies Bedroom*.

Doch selbst wenn der Wunsch nach Sex bei beiden abhandengekommen ist, bleibt das Bedürfnis nach Vertraulichkeit, Innigkeit, Intimität und Zärtlichkeit. Ältere Leute beklagen häufig den Mangel an Berührung und Umarmung. Meist gewähren ihnen das nur noch ihre Enkel, nachdem diese reichlich beschenkt wurden. In Japan entwickelte man Roboter, die alte Menschen mit Berührungsquanten versorgen. Man erkennt, welcher Notstand auf diesem Gebiet herrscht.

Doch sie haben einander noch. Sie sind einander vertraut und haben einen reichen Schatz an Erinnerungen. Warum nicht über Stunden im Bett beieinander liegen, einander streicheln, so wie früher, küssen und in Erinnerungen schwelgen. Ihre Haut ist für Zärtlichkeiten genauso empfänglich, wie eh und je. Mit wem könnten sie sonst so intim beieinander liegen, wie mit ihrem Gatten oder ihrer Gattin? Und wenn dann tatsächlich längst tot geglaubtes wieder aufersteht, warum denn nicht? Lachen hat noch Niemandem geschadet!

Liebe bleibt ein Rätsel, ganz besonders dann, wenn sie zur **Illusion** wird. Wer liebt hat Recht, stimmt durchaus nicht generell. Es gibt Konstellationen, wo der, der liebt, in seinen Gefühlen ausgebeutet wird. Hält er dennoch an der Bejahung, wer liebt hat Recht, fest, wird er untergehen. Was ist aus seinem Ideal geworden? Wird er zum Zyniker, um nicht unterzugehen, vielleicht Strategien entwickeln, die ihn schützen, oder gar sein Ideal verraten? Wir sind doch alle kein Jesus! Oder ist dieses Ideal auf weitere Jahrmillionen Evolution angelegt?

Auf entsprechenden Internetportalen wird unzählige Male Liebe zur Lüge. Während Prostitution durchaus noch ein faires Geben und Nehmen, Geld gegen Leistung sein kann, gilt dies nicht mehr in der Welt der Scammer. Im Cyberspace gegebene Liebesschwüre und Eheversprechen sind oft mit hohen Geldforderungen verbunden, denen nicht einmal die geringste virtuelle Gegenleistung gegenübersteht. Es sollen europäische Männer nach Nigeria gereist sein, um dort gegen teure Geschenke Liebesleistungen zu empfangen. Stattdessen wurden sie von den Ehemännern der vermeintlich Ehewilligen verprügelt und ausgeraubt. Geld für Flugtickets wurde an scheinbar bildhübsche Osteuropäerinnen überwiesen, die sich als geschickte Heuchlerinnen mit gestohlenen Identitäten erwiesen und mit Fotos von Models leichtgläubige Naivlinge im Westen über den Tisch zogen. Endlose Scammerlisten werden mittlerweile mit Fotos im Netz veröffentlicht. Es heißt, in Russland würden Scammer bestraft; die Ukraine behauptet das nicht!

Leider gibt es auch sie, die **Gewalt** in der Ehe, in der Partnerschaft, Gewalt zwischen Liebenden. Glauben sie nur nicht, dass Hass das Gegenteil von Liebe sei. Hass ist pervertierte, verletzte Liebe. Das Gegenteil von Liebe ist Angst! Meist geht körperliche Gewalt von Männern aus. Das heißt nicht, dass nicht auch Frauen Formen subtiler Gewalt anwenden, meist über Worte, Kälte, Entzug oder innerer Emigration. Erinnern Sie sich noch an Friedrich Schillers *Die Glocke*? Wir sollten in der Schule dieses Gedicht einst auswendig lernen. Dort heiß es:

> *Gefährlich ist's den Leu zu wecken,*
>
> *verderblich ist des Tigers Zahn;*
>
> *jedoch das Schrecklichste der Schrecken,*
>
> *das ist ein Weib in ihrem Wahn…*

Versuchen sie, die wahre Ursache ihres Konflikts zu erkennen. Meist ist es immer der gleiche Grund, warum sie aneinander geraten. Konflikte und Meinungsverschiedenheiten sind grundsätzlich nichts Ungewöhnliches auch nichts Negatives. Sie sollten aber fair und ohne Androhung oder gar Anwendung von Gewalt ausgetragen werden. Gewalt beseitigt grundsätzlich keine Probleme, sie verschärft sie und schafft neue. Sie ist also vollständig ungeeignet, genauso wie es unsinnig ist, Unrecht durch Unrecht zu sühnen. Suchen sie nach anderen Wegen. Nehmen sie in der Schule zur Liebe den Rat und die Hilfe anderer an. Sie beide werden erstaunt sein, wie leicht es anderen fällt, ihren individuellen blinden Fleck zu durchschauen. Sie beide werden dankbar sein, gemeinsam aus einem Tief herausgefunden zu haben. Sie beide werden erkennen, dass eine gemeinsam bewältigte schwierige Phase ihre Beziehung vertieft und bereichert. Man nennt das Reifung, Wachstum oder Entwicklung.

Doch wer hat uns gelehrt, mit Konflikten und Aggressionen umzugehen? Warum unterrichten Schulen nicht den Umgang mit Konflikten (Anger Management), warum übt man nicht, eine spannungsgeladene Situation in eine Win-Win-Situation umzugestalten? Heißt es nicht immer, du musst kämpfen, du musst dich behaupten, du musst dich durchsetzen? Ein fernöstliches Sprichwort sagt: Sobald du kämpfst, hast du schon verloren! Du magst gewinnen, doch der andere hat verloren. Wird er nun kämpfen, um sich durchzusetzen mit Waffen, mit denen du nicht vertraut bist? Nicht immer ist der Unterlegene auch der Besiegte!

Wie soll man mit Konflikten, mit Aggressionen umgehen? Ärger, Wut und Ohnmacht eskalieren zu Aggressionen, die sich nicht nur explosiv entladen sondern auch durch tückische Verschlagenheit äußern können.

Dennoch sollen Konflikte nicht unterdrückt werden, sie müssen in einem positiven Sinne ausgetragen werden. Schließlich kann Wut auch – wenn sie sich gewaltfrei artikuliert – zur Selbstbehauptung verhelfen, Respekt verschaffen und Grenzen setzen. Schließlich sollen wir unsere Interessen vertreten. Was, wenn der moderat vorgetragene Wunsch nach Wandel überhört wird, Ärger zur Wut anwächst und sich in Gewalt entlädt? Doch wie ein Konsens, nicht ein Kompromiss, herausarbeiten, eine Lösung, die beide Konfliktparteien mittragen können? Der georgische Mystiker *Georg Ivanovitch Gurdjieff* vertrat die intelligente Ansicht, dass bei genauem Hinsehen, niemand einen anderen beleidigen kann. Entweder der andere hat mit seiner Äußerung Recht, dann kann der Betroffene dankbar für den Hinweis sein. Oder er hat nicht Recht, dann kann sie der Betroffene getrost überhören, denn die Äußerung entspricht ohnehin nicht der Wahrheit. Warum sich also gekränkt, verärgert fühlen? Erkennen sie in der Formulierung, *ich ärgere mich*, wer hier wen ärgert?

Eine Aggression ist zunächst nichts Negatives. Es ist ein Energiephänomen, das es konstruktiv zu nutzen gilt. Keinesfalls sollen Aggressionen unterdrückt werden. Unterdrückte Aggressionen können verheerende Folgen haben, wenn sie im Unterbewusstsein weiter wuchern und vielleicht eine ganze Person vergiften. Es muss Raum und Gelegenheit geschaffen werden, Aggressionen auszuleben, falls es nicht gelingen sollte, sie in konstruktive Bahnen zu lenken. Selbstdisziplin, Atemübungen oder chaotische Meditationstechniken können dabei sehr hilfreich sein. Sie haben sich bereits vielerorts hervorragend bewährt.

Methoden zur Konfliktbewältigung, zum Umgang mit Ärger und Wut könnten in die Lehrpläne aller Schulen integriert werden. Schulen dürfen sich nicht darauf beschränken, Wissen zu vermitteln und gelegentlich etwas Sportunterricht anbieten, der noch dazu das Rivalitätsdenken fördert. Die Schule sollte ein Ort sein, wo hochqualifiziertes, vorbildliches Personal junge Menschen anleitet, sich zu seelisch gesunden, koopertionsfähigen und kreativen Individuen zu entwickeln. Des Menschen Aufgabe ist es nicht, Probleme zu lösen, er solle nur keine neuen Probleme mehr schaffen.

Lieben ist eine Kunst, wie Erich Fromm sagt, die irgendwo erlernt werden muss. Wer eine Liebesbeziehung eingeht und sich wirklich einlässt wird verletzlich. Die Diskrepanz zwischen dem realen Partner und den Träumen und Erwartungen führt ziemlich bald zu Enttäuschungen, gar zur Verbitterung und einer inneren Abkehr. Es muss gelehrt werden, vernünftig miteinander zu sprechen; es muss gelehrt werden, behutsam, eben liebevoll, miteinander umzugehen und nicht zuletzt die hohe Kunst, Ärger, Hass und Eifersucht in Liebe zu transformieren. Der Mensch hat als einziges Wesen zwischen Geburt und Tod das Potential zu Evolution. Kein anderer Ort ist besser zur Weiterentwicklung geeignet als eine Liebesbeziehung.

Liebesbeziehungen müssen nicht zwangsläufig lebenslange Bündnisse sein. Auch die Kunst, sich würdevoll und in gegenseitiger Dankbarkeit zu trennen, sollte erlernt werden. Liebe ist das Kind der Freiheit, sie ist die totale Freiwilligkeit. Liebespartner lernen voneinander, fördern sich gegenseitig in ihrer Entwicklung. Liebe macht nicht blind, Liebe macht sehend! Liebe beschleunigt das Wachstum! Sollte das nicht mehr der Fall sein, dann sollte man sich in Dankbarkeit für die geleistete Hilfestellung voneinander lösen und, falls das möglich ist oder gewünscht wird, in Freundschaft einander zugetan bleiben.

Wenn wir uns dem Gedanken anvertrauen, dass sich jeder von uns auf einem individuellen Weg zur Vervollkommnung und Wachstum befindet, dann sollte man Beziehungen und Beziehungsversuche von einer anderen Warte aus betrachten. Man begleitet einander, solange es dem individuellen Voranschreiten nützt. Wenn sich Partnerbeziehungen durch Streitereien aufreiben, dann sollte man wachsam sein. Ist der Konflikt sinnvoll für mein Wachstum? Oder befinde ich mich in einem Hamsterrad der sinnlosen Wiederholungen, die an meinem Ego abperlen. Dann ist dies ganz einfach nicht der notwendige Schlüssel, der meinem Vorankommen neue Türen öffnet.

Von der niederen Stufe der rein biologisch angelegten sexuellen Begierde sollen Menschen zu den fortgeschrittenen Formen der Liebe geführt werden. Die nächst höhere Stufe ist ein aufrichtiges Gefühl der Liebe, das durch die Begegnung mit einem bestimmten Menschen ausgelöst wird. Über die sexuelle Intimität hinaus, schließt sie eine tiefe geistig-seelische Vertrautheit mit ein. Diese Stufe der Liebe beschränkt sich aber auf eine oder wenige Personen, zum Beispiel der Ehepartner, die Mitglieder einer Familie, eben auf die Personen, die das Liebesgefühl auslösen. Außerhalb dieses Verbundes können solche Menschen alles andere als liebevolle Mitmenschen sein.

Die höchste Form der Liebe ist frei und wird durch nichts und niemanden ausgelöst. Ein solcher Mensch liebt nicht, er *ist* Liebe. Sein ganzes Wesen strahlt Liebe aus. Er ist wie die Sonne; ihr ist es gleichgültig, wer sich in ihren Strahlen wärmt; sie scheint für jeden. Bisher haben nur erleuchtete Meister, Avatare, diese Form der Liebe verwirklicht. Von den überlieferten religiösen Schriften wird behauptet, sie diskreditieren die erstgenannte Form, die sexuelle Liebe, sie seien gegen Sexualität eingestellt und frauenfeindlich. Wie wir wissen, stimmt das so nicht, das ist das Machwerk späterer Religionsdogmatiker. Die Erleuchteten ermahnten ihre Anhänger lediglich, nicht auf der Stufe der sexuellen Liebe zu verharren, sondern voranzuschreiten, sich höheren Formen der Liebe zuzuwenden.

Frauenfeindlichkeit ist eine verkorkste Reaktion seitens der Männern, denen die Einsicht in die Gesetze von Liebe und Zuneigung fehlt und den Einfluss der Gene und Hormone unterschätzen oder sie nicht beherrschen. Viele Männer haben am eigenen Leib erfahren, wie machtvoll weibliche Anziehungskraft sein kann, wie Frauen Männern den Kopf verdrehen können und totalen Sinneswandel auslösen können. Es gibt in der Geschichte und der Literatur genügend Beispiele, wie Männer Frauen gehorchen, von ihnen vereinnahmt werden, Männer von Frauen besessen und abhängig werden oder gar nach ihnen süchtig sind, nur um ihre Liebe nicht zu verlieren. Viele Männer fürchten auch einfach die weibliche Macht, anstatt sie zu genießen. Da hilft nur totale Verschleierung. Wer Macht über uns hat, ist unsere Feind. Der Islam gestattet dem Manne, bis zu vier Frauen zu ehelichen, solange er in der Lage ist, sie alle gleichberechtigt zu behandeln. In einigen Regionen hilft nur die grausame Art der Genitalverstümmelung bei Mädchen, um diese Selbstüberschätzung aufrecht zu erhalten.

Ich bin zutiefst davon überzeugt, dass eine friedvolle, von Liebe getragene Beziehung das Potential einer Keimzelle zu einem global friedvollen Planeten in sich trägt. Wahrhaft liebevolle Menschen können keinen Unfrieden und Zwietracht säen. Analog hierzu sagte bereits vor etwa 150 Jahren der russische Romanautor Leo Nikolajewitsch Graf Tolstoi:

Solange es Schlachthöfe gibt, wird es auch Schlachtfelder geben.

 Mit anderen Worten: sobald du bereit bist, in deinem nahen Umfeld positive Energien zu schaffen, deine Liebe, deinen Frieden ausstrahlst, dein kreatives Potential lebst, werden sie sich um dich herum verbreiten.

Für wenig hilfreich halte ich die Aufforderung: *Liebe deinen Nächsten wie dich selbst!* Was, wenn ich mich selbst nicht liebe? Wenn ich nicht gelernt habe, mich selbst zu lieben, eben liebevoll und fördernd mit mir umzugehen, mir antue, was mir gut tut und zu Wachstum und zu dem innerlich aufrechten Gang verhilft, wie kann ich da andere lieben? Wenn ich aufhöre, nach Liebe aus Bedürftigkeit zu suchen, anstatt sie großzügig zu versprühen, bin ich schon einen gewaltigen Schritt vorangekommen. Keiner hat behauptet, dass das einfach ist. Könnte eine Schule zur Liebe hier Hilfestellung leisten?

Bedenken wir eins: Trilliarden von Steuergeldern werden in die Ausbildung von Soldaten und die Beschaffung von Waffen gesteckt. Der *Neue liebevolle Mensch* wäre preiswerter zu haben! Das ist die Sprache der Ökonomen, die einzige Argumentation, die sie noch verstehen.

Bruno - der Maler

Die Sonne war bereits hinter der Gebirgskette des benachbarten Kontinents aufgegangen, aber es war noch frisch, für einige sogar noch zu kühl, um sich schon nach draußen zu wagen. Margit Wichmann kam vom Frühstücksbüffet ihres Hotels. Sie war guter Dinge. Sie mochte den sämigen griechischen Jogurt, den würzigen griechischen Honig und das herzhafte griechische Körnergemisch, das sie zu einem Müsli vereinte und mit frischem Obst garnierte. Abschließend zwei große Becher Milchkaffee... der Tag konnte nicht besser beginnen. Sie trug nur ein leichtes, kurzes Sommerkleid und darunter einen schwarzen, ganzteiligen Badeanzug mit hohem seitlichem Beinausschnitt. Ja, es war noch frisch, aber sie mochte auch dieses leichte morgendliche Frösteln; es war belebend und steigerte die Vorfreude auf die ersten wärmenden Sonnenstrahlen, die schon bald ihre Haut treffen sollten. Sie betrat ihr kleines hellblaues Haus mit der großen Terrasse zum Strand. Es lag etwas außerhalb des belebteren Hotelkomplexes und war Teil einer sehr hübschen Nachbildung eines kleinen griechischen Dorfes – das *Village* - in einer sehr liebevoll gepflegten Parkanlage. Innen war der Bungalow recht komfortabel, wenn auch nur schlicht und einfach eingerichtet. Ein Wohn- und ein Schlafzimmer, eine winzige Kochecke und ein kleines Bad. Natürlich waren diese Appartements deutlich teurer als die Hotelzimmer. Für Margit lohnte es sich, diesen höheren Preis zu bezahlen, weil sie genau diese Variante suchte und sie sich diese Mehrkosten problemlos leisten konnte.

Sie war mutig, als sie vom Badeanzug in einen schicken Bikini wechselte. Sie griff ihre Badematte und schritt barfuß zum Strand. Auch das Meer schien noch zu dösen. Es war spiegelglatt und nur winzige Wellen plätscherten fast geräuschlos an Land. Sie streckte und räkelte sich vor Wonne in der frischen Morgenluft und begrüßte den Tag. Erste kalte Wellen küssten ihre Füße. Sie war eine sehr hübsche, wenn auch nicht mehr ganz junge Frau. Sie hatte eine schöne feminine Figur mit einer makellosen Haut, brünettem Haar und schlanken Beine. Sie konnte mit ihrer Ausstattung zufrieden sein und sie war es auch.

Sie blickte den Strand dieser weiten Bucht hinauf und hinunter; kaum ein Mensch war zu sehen. Vom Dorf im Osten kam eine noch winzig erscheinende Person den Strand herauf. Es war ein junger, schlanker Mann, ebenso mutig wie sie, barfuß, Badeshorts und ein kurzärmeliges, flatterndes Hemd.

„Hallo, guten Morgen!" sagte sie als er näher gekommen war.

Er erwiderte ihren Gruß mit einem leichten Kopfnicken.

„Sprechen Sie deutsch?" fragte sie etwas verunsichert, denn er hatte dichtes schwarzes Haar wie die Einheimischen.

„Ja, ich spreche deutsch! Ich bin Deutscher!" antwortete er höflich.

„Darf ich Sie um einen Gefallen bitten und Sie bitten, das nicht miss zu verstehen." fragte Margit.

„Gewiss doch! Ich helfe gerne!" erwiderte er.

„Kommen Sie, ich möchte, dass Sie mir den Rücken mit Sonnenschutz einreiben. Die Sonne wird bald schon kräftiger scheinen."

Sie überreichte ihm das Fläschchen mit Sonnenmilch. Sie legt sich auf die Matte, er kniete sich neben sie. Er begann sie bei den Schultern einzureiben, den Oberarmen. Margit schien es hörbar zu genießen. Sie schnurrte. Sie öffnete den Verschluss ihres Bikinioberteils.

„Damit ich dort keinen Sonnenbrand bekomme…!" kommentierte sie.

Es erleichterte ihm das Einreiben. Dezent übernahm er auch noch Körperbereiche, die sie auch selbst hätte erreichen können. Aber sie hielt einfach nur still, als er auch noch ihre Beine bis hinab zu den Fersen hingebungsvoll versorgte. Abschließend schloss er die beiden Häkchen des Bikinioberteils.

„Das war wunderschön und ich bedanke mich ganz herzlich…. Sie haben sanfte Hände, die gewiss auch zupacken können, wenn es notwendig ist." sagte sie versonnen und setzte den Sonnenschutz an ihrer Vorderseite fort.

„Wenn Sie mögen, setzen Sie sich doch zu mir! Oder haben Sie noch etwas vor?"

„Nein, ich habe nichts vor! Ich bin gewissermaßen im Urlaub und laufe gerne in der frischen Morgenluft am Strand!" sagte er. „Übrigens, ich heiße Bruno!"

„Ein seltener Name - Bruno! Ich heiße Margit Wichmann!"

„Ja," sagte Bruno „Mein Vater ist Italiener, meine Mutter Deutsche. Sie suchten nach einem Namen, der in beiden Ländern bekannt ist!"

„Dann sprechen Sie zwei Sprachen?" fragte Margit.

„Noch zwei weitere, Englisch und Französisch; aber die habe ich in der Schule gelernt!"

„Dann haben Sie auch eine gehobene Schulausbildung?"

„Ja, ich habe vor kurzem Abitur gemacht und bin nun hier, um gewissermaßen herauszufinden, wie es weitergehen soll?"

„Aber warum gerade hierher, nach Samos?"

„Samos ist ein ganz besonderer Ort. Vor zweitausendfünfhundert Jahren lebte Pythagoras genau hier. Vielleicht lief er damals wie ich über diesen Strand. Er war einer der gelehrtesten Männer aller Zeiten. Er hat sehr viel mehr geschaffen als nur diesen Satz des Pythagoras. Er erklärte die Harmonie in der Musik durch mathematische Gesetze. Musik und Mathematik ziehen mich an; aber auch die Malerei; was löst ein Bild in uns aus – auch ein Foto. Wie Sie wissen, Fotos verändern mehr als Worte. Sie verändern die Welt!"

„Sie scheinen eine sehr vielseitige Person zu sein, Bruno!" lachte Margit.

„Kann schon sein. Vielleicht macht es mir gerade das so schwer, mich zu entscheiden...!"

„Mit jeder Entscheidung gewinnt man etwas und gibt etwas auf!"

„Ich weiß! Ich will mir nur mit meiner Entscheidung nicht den Weg verstellen. Manchmal entscheide ich mich und versuche herauszufinden, wie ich mich mit diesem Entschluss fühle."

„Ich verstehe, manche Leidenschaft ist nicht geeignet, einen ausreichenden Lebensunterhalt zu erwirtschaften!"

Bruno nickte:

„Wie bestreiten Sie denn Ihren Lebensunterhalt?"

„Ich bin Witwe. Mein Mann hatte einen sehr lukrativen Großhandel mit Elektrogeräten. Nach einem relativ harmlosen Autounfall vor gut zwei Jahren starb er durch einen Ärztefehler. Ich wurde mit einer hohen Versicherungssumme abgefunden. Finanzielle Sorgen muss ich mir wohl bis zu meinem Lebensende keine machen. Nach einer sinnvollen Tätigkeit suche auch ich, wenn auch nicht, um meinen Lebensunterhalt zu bestreiten! Aber warum reden Sie nicht mit Ihrer Freundin darüber?"

„Das ist ganz einfach; ich habe keine Freundin!"

„Na gut, dann mit Ihrem Freund!" drängte Margit.

„Ich bin nicht schwul, falls Sie das meinen!" erwiderte Bruno.

„Hm! Gibt es denn kein Mädel, das für Sie schwärmt. Sie sind doch ein schmucker, junger Mann!"

„Finden Sie? Jedenfalls habe ich davon nichts bemerkt!"

„Meine Güte!" sagte Margit etwas ungeduldig. „Schwärmen denn Sie nicht für ein hübsches Mädchen in Ihrer Umgebung!"

„Das schon! Sie ist eine Klasse unter mir. Sie hat das aber wohl auch noch nicht bemerkt!"

„Dass Sie sich da mal nicht täuschen. Wir Frauen bekommen mehr mit, als ihr Männer ahnt. Uns entgeht nichts. Wir lassen uns das meist nur nicht anmerken. Aber ein einziger feuriger Blick oder ein herzzerreißender Hundeblick genügt eben nicht. Viele Mädchen mögen die Mutprobe, sie erwarten, dass er den Reigen eröffnet. Einer Frau entgeht kein noch so winziges Zeichen seitens eines interessierten Mannes. Bewunderung und Aufmerksamkeit ist unser Nektar. Offenbar wissen Sie noch nicht so richtig über die andere Seite Bescheid?"

„Da mögen Sie Recht haben. Aber ich werde dieses Jahr neunzehn!"

„Oh, ich hätte Sie schon etwas älter geschätzt, so Mitte zwanzig!"

„Aber dann hätte ich ja schon seit Jahren mein Abitur!"

Er hatte nicht bemerkt, dass Margit ihm ein verstecktes Kompliment hatte machen wollen.

„Aber wie alt schätzen Sie mich, wenn wir schon einmal beim Schätzen sind?" legte sie nach.

Bruno sah sie genauer an. Er wusste schon, dass Frauen mit ihrem Alter hadern. Er sagte:

„Ich schätze Sie auf so Anfang, Mitte dreißig!"

„Ehrlich?"

„Ehrlich!"

„Danke! Ich bin einundvierzig!"

„Das überrascht mich! Sie sehen sehr jugendlich und attraktiv aus!"

Aus seinen Worten war die Aufrichtigkeit herauszuhören. Sie schwiegen eine Weile.

„Es ist heiß geworden! Erlauben Sie mir, mein Hemd auszuziehen?" fragte er.

„Aber natürlich! Aber ich werde jetzt Ihre Schultern und Rücken mit Sonnenschutz einreiben!"

„Gerne! Aber sollten wir nicht, uns zuvor kurz im Wasser abzukühlen?"

„Das ist eine gute Idee. Das Meer ist noch ruhig und man kann leichter schwimmen! Ich möchte nur schnell meine Schwimmkleidung wechseln, dieser Bikini ist zum Sonnen bestimmt! Es wird nicht lange dauern; ich wohne gleich hier hinter uns in diesem Bungalow!"

Margit sprang auf und verschwand in ihrem Domizil. Sie kam zurück in ihrem schwarzen, Figur betonenden Badeanzug mit dem hohen Beinausschnitt. Sie bemerkte den Funken in Brunos Augen. Ihren Bikini und ein großes Badetuch legte sie auf den Liegestuhl. Sie schwammen weit hinaus, wortlos und verständigten sich alsdann durch ein Kopfnicken umzukehren.

„Bruno, darf ich Sie noch einmal um einen Gefallen bitten?"

„Ja natürlich gern. Nur zu! Sagen Sie einfach, was ich für Sie tun kann!" sagte er.

„Ich möchte meinen nassen Badeanzug wechseln; würden Sie bitte das Badetuch um mich breiten?"

Bruno nahm das Badetuch vom Liegestuhl. Sie hatte bereits die Träger von den Schultern gestreift.

„Wäre es nicht besser, zum Wasser zu gehen. Dann vermeiden Sie den Sand in Ihrem Badeanzug!" schlug er vor.

„Gute Idee!" Margit ging bis zu den Knien ins Wasser. Bruno hielt das Handtuch um sie, während sie den Badeanzug abstreifte und fallen ließ. Er nahm ihn an sich. Sie trocknete sich ab. Er holte ihren Bikini und hielt erneut artig das Badetuch, während sie zuerst das Unterteil anzog, sorgsam darauf bedacht, dass es nicht nass wurde. Mit dem Oberteil ging es einfacher, abschließend ein paar Korrekturen per Hand für den akkuraten und sicheren Sitz.

„Nun müssen Sie die Badehose wechseln! Es ist extrem ungesund, nasse Badekleidung an zu behalten, selbst bei warmem Sonnenschein!"

„Ich habe aber keinen Ersatz mit!"

„Das weiß ich! Daher wickeln Sie das Badetuch um Ihre Hüften. Ich war Krankenschwester! Glauben Sie mir, eine nasse Badehose ist nicht nur unangenehm, es ist äußerst gefährlich!" mahnte sie.

„Gute Idee!" dankte er. Auch er bevorzugte, seine Badehose ins Wasser fallen zu lassen und nicht in den Sand. Er wrang sie aus und breitete sie zum Trocknen auf die Liege.

„Nun kann ich Sie mit Sonnenschutz einreiben." sagte sie. Während sie es tat, fragte sie weiter:

„Wo wohnen Sie denn hier auf Samos?"

„Da links im Ort, in Pythagorion, in einer kleinen Privatpension. Es ist sehr einfach aber preiswert dort. Ein älteres Ehepaar vermietet zwei Zimmer. Es ist nicht weit vom Hafen. Dort esse ich meist zu Abend."

„Und sind Sie das erste Mal auf dieser Insel?" wollte sie wissen.

„Ich war vor zwei Jahren schon einmal hier, mit zwei Freunden. Ich habe mich heftig in diese Insel verliebt. Ich kam auch diesmal mit dem Schiff von Piräus, nicht mit den Schnellbooten. Am liebsten mit der alten *Miaulis*; dieses Schiff versorgt unterwegs auch noch andere Inseln. Es ist sehr romantisch, auf Deck zu schlafen…"

„Sie sind romantisch?"

„Manchmal schon! Also, ziemlich sehr!" gab er zu.

Sie schwiegen eine ganze Weile, verarbeiteten Informationen.

„Sind Sie das erste Mal auf Samos?" fragte Bruno.

„Ja!" kam es von Margit, die die Augen geschlossen hatte. „Es ist wunderschön hier. Ich habe nicht die gleichen Assoziationen wie Sie, aber man kann sich hier schon wohlfühlen, auch wenn ich hier im Hotel noch keine näheren Bekanntschaften gemacht habe. Heute ist der erste Tag, an dem ich mich wohlfühle."

„Heute ist auch mein erster Tag an dem ich mich wohlfühle!" sagte er.

„Woran das wohl liegen mag?" fragte die Weise.

„An uns natürlich!" antwortete der Weise.

„Wenn Ihr Bekleidungsstück trocken ist, laufen wir etwas und essen eine Kleinigkeit. Etwas weiter oben gibt es eine kleine Taverne direkt am Strand." schlug sie vor.

„Gerne!" gab er zurück und übergab sich wieder dem Fluss seiner Gedanken.

Als sie entlang der Bucht zu dieser Taverne schlenderten, ertappte sie sich, wie sie nach seiner Hand griff. Rasch zog sie sie zurück; aber es war genug Zeit, dass er sie herzhaft drücken konnte. Sie sahen sich an.

„Ich weiß nicht, was in mich gefahren ist!" murmelte sie verwirrt.

„Schon gut, ist ja nichts passiert!" sagte er. Sie aßen eine Kleinigkeit, tranken eine Flasche Retsina und wanderten zurück. Diesmal griff er nach ihrer Hand, die sie nicht losließ. Im Schatten der Terrasse dösten sie in einem kleinen Mittagsschlaf zur Siesta. Sonne und Wind hatten zugelegt. Nach dem Erwachen schwammen sie zusammen in einem aufgeregteren Meer. Gegen Sonnenuntergang wollte er sich verabschieden. Sie fragte, was ihr nicht zustand:

„Was haben Sie vor?"

„Ich werde in meine kleine Pension gehen, duschen, meine Kleidung wechseln und unten im Hafen zu Abend essen – so wie immer!" antwortete er.

„Wollen Sie das wirklich?" fragte sie nach.

„Nein!"

„Was wollen Sie dann?" fragte sie.

„Ich möchte, dass Sie mich begleiten!" gestand er.

Sie lächelte:

„Einen Augenblick, ich dusche und ziehe mich nur rasch um! Fünfzehn Minuten?"

Auch Bruno lächelte und war mit sich allein und mit sich im Reinen. Als Margit aus ihrem Häuschen trat, musste Bruno herzhaft lachen.

„Ich hoffe, Sie lachen mich nicht aus!" fragte Margit, die so viel Ältere.

„Nein, überhaupt nicht! Ich freue mich und bin nur überrascht, wie vielseitig Sie sind!" sagte Bruno.

„Das heißt, ich gefalle Ihnen?" fragte Margit verunsichert.

„Natürlich gefallen Sie mir. Sogar sehr! Ich lache nur über mich und wie ich auf Ihre Überraschungen reagiere. Da kommt ein Feuerwerk nach dem anderen!"

„Ich habe doch nur weiße Shorts und eine farbige Bluse angezogen!"

„Genau! Einfach schlicht und begeisternd! Ich finde Sie wunderschön! Nur wir müssen den Strand entlang zum Dorf gehen. Ich wohne nahe der Kirche!"

„Daher meine Sandalen! Ich nehme sie einfach in die Hand! Sie sind auch barfuß gekommen!"

„Daran können Sie sich noch erinnern?"

„Ich kann mich an jede Sekunde dieses Tages erinnern!"

„Und habe ich einen Fehler gemacht?"

„Soweit ich mich erinnere, nicht! Aber hätten Sie einen Fehler gemacht, würde ich mich nicht daran erinnern!"

Lachend gingen die beiden hinüber zum Dorf, während die Sonne sich langsam verabschiedete. Natürlich gingen sie Hand in Hand, falls da ansatzweise Zweifel bestehen sollten! Hinter dem Schulgebäude bogen sie links ab, an der Kirche mit dem kleinen Friedhof vorbei zu seiner Pension. Margit wartete im kleinen, schummerigen Garten, während Bruno duschte und sich frisch einkleidete. Gestern hätte sie noch nicht im Traum daran gedacht, dass sie schon heute auf ihren Liebsten warten würde, der nicht einmal halb so alt war wie sie. Als sie ihn kommen hörte, da war sogar schon das seit langem vermisste Kribbeln im Bauch zu spüren.

Rund um den kleinen Fischerhafen, den aber jetzt moderne weiße Yachten dominierten, reihten sich viele Restaurants. Sie wählten ein kleineres am Rande der Betriebsamkeit. Die Bedienung nahm trotz einiger Verständigungsprobleme korrekt ihre Wünsche auf. Als der einmalige *Sameina* kam, beide Gläser gefüllt waren, erhob Margit ihr Glas:

„Lieber Bruno, seit langem habe ich nicht mehr einen solch schönen Tag erlebt wie heute! Ich weiß, es liegt an Ihnen! Daher möchte ich Sie um Ihre Freundschaft bitten, weil sie mich bereichert. Ich hoffe, dass auch ich Ihnen ein bisschen von dem geben konnte, was dich bereichert. Falls ja, dann möchte ich von nun an Bruno und ‚du' zu dir sagen und dir anbieten, mich Margit und ‚du' zu nennen – als Zeichen unserer Vertrautheit!"

„Gerne, sehr gerne! Dein kleiner Toast war sehr berührend. Du findest immer die richtigen Worte im richtigen Augenblick. Ich wünschte, ich hätte auch dieses Talent. Erlaube mir eine kleine Korrektur: Es liegt nicht an mir – es liegt an uns! Dein Beitrag ist unschätzbar. Heute Morgen noch eine Fremde, lässt mich nun nicht mehr los! Wenn du dem zustimmen kannst, möchte ich dich nur allzu gerne meine Freundin Margit nennen."

Margit nickte und sie ließen die Gläser klingen. Sie tranken und küssten sich auf die Wange.

„Danke Bruno!"

„Danke Margit!"

Die Dämmerung zog herauf und wurde rasch zur Nacht. Tausende farbige Lampen beleuchteten den Hafenplatz. Das Essen wurde serviert. Es war ländlich einfach und schmeckte vorzüglich. Margit fragte:

„Wie lange hast du vor, hier auf Samos zu bleiben?"

„Ich weiß es nicht genau, aber gewiss noch zwei Monate, bis die große Reisewelle einsetzt. Der Massentourismus zerstört den Charme der Insel, und er hinterlässt hässliche Spuren. Vor zwei Jahren war die Insel noch nicht so leicht erreichbar; sie war ursprünglicher, familiärer, die Bevölkerung trotz Sprachdefizite freundlicher." sagte Bruno bedauernd.

„Die Abkehr von lang gewachsenen Strukturen und Traditionen ist überall auf der Erde zu beobachten. Doch können wir es ihnen verdenken, haben wir das Recht dazu? Wir haben doch selbst vielfachen Schaden beim zivilisatorischen Aufbau unserer Regionen angerichtet. Fortschritt ist nicht immer auch das Bessere. Wir selbst wollen unsere Annehmlichkeiten genießen, aber andere sollen in ihrer Tradition und vielleicht in ihrer Rückschrittlichkeit verharren. Auf beiden Seiten mangelt es an Behutsamkeit."

„Schön gesagt!" lobte Bruno. „Aber muss es denn immer nur das schnelle Geld sein, der satte Profit ganz gleich, wer später dafür bezahlt? Ich befürchte, dass es noch schlimmer kommt! Der Bevölkerungsdruck wächst und die, die etwas dagegen tun könnten, sehen weg, weil sie einfache Zusammenhänge nicht erkennen und eindeutige Naturgesetze ignorieren."

„Bruno, hilf mit, dass wir jetzt nicht in finstere Diskussionen abgleiten und uns die Stimmung verderben. Der Tag war zu schön und er soll es bleiben. Ich denke, das ist das, was wir tun können, ist diesen Tag mit uns zu bereichern. Was hältst du davon, morgen etwas gemeinsam zu unternehmen?"

„Gerne! Wir könnten uns Mopeds leihen und die Insel auf eigene Faust erkunden!" schlug er spontan vor.

„Das kann ich nicht; ich trau es mir auch nicht zu! Aber vielleicht lässt sich ein Motorroller leihen, für zwei Personen. Gesehen habe ich schon solche Dinger mit zwei Personen."

„Sicher, die gibt es! Aber manche Straßen sind sehr steil. Wir werden sehen! Ich bestehe darauf, unser erstes gemeinsames Abendessen zu bezahlen. Es gehört sich einfach so und es ist mir ein Bedürfnis! Keine Widerrede! Entschuldige mich einen Augenblick, ich gehe rein. Bis gleich!"

Als er zurückkam sagte sie:

„Ich werde ein Taxi nehmen! Der letzte Teil des Weges ist sehr finster!"

„Das kommt gar nicht in Frage! Wir können ein Taxi nehmen; ich begleite dich und bringe dich nach Hause! Auch das gehört sich so! Wir können aber auch zu Fuß laufen und am Ortsende links runter zum Strand abbiegen. Das ist gewiss sehr romantisch!"

„Genau das werden wir tun! Ehrlich gesagt, das habe ich mir gewünscht!" lächelte Margit bezaubernd. „Ich mag es gerne romantisch, trifft man bei Männern aber nur in homöopathischer Dosis an. Umso mehr freue ich, es bei dir sprudelnd vorzufinden.

Sie liefen Hand in Hand und sprachen nicht viel. Am Strand zogen sie ihre Schuhe aus und liefen barfuß.

Im Hotel spielte eine kleine Band griechische Musik. Ihnen stand nicht der Sinn danach.

„Ich danke dir, dass du mich sicher nach Hause begleitet hast. Bitte setz dich noch etwas zu mir auf die Terrasse. Es war ein schöner Abend!" dankte Margit.

„Gerne! Es war ein schöner Tag!"

Eine feine Mondsichel stand am Himmel und raubte kaum den Sternen das Licht. Sie setzen sich auf die Schaukel. Margit legt den Kopf an seine Schulter. Ihr Haar kitzelte seine Wange. Seine Gegenwart tat ihr gut. Ihre Lippen näherten sich seinem Ohr:

„Bitte küss' mich!" flüsterte sie.

Er sah sie an und seine Lippen huschten über ihre. Margit lächelte, dann griff sie zu. Sie schlang ihre Arme um seinen Hals und küsste ihn, erst warm und freundschaftlich, dann heiß, verlangend, unmissverständlich. Er rang um seinen Atem; sie gab ihm ihren. Ihre Hand griff in sein Haar, fuhr unter sein Hemd, ließ ihn etwas ihre Fingernägel spüren. Lange entließ sie ihn nicht aus ihrem Kuss. Sie trank ihn wie eine Ertrinkende. Zu lange war es her, als sie das letzte Mal... Sie löste sich, sah ihm in die Augen:

„Bleib bei mir heute Nacht! Schlaf bei mir, schlaf mit mir!"

Sie erwartete eine Reaktion. Er schien sich zu winden. Wollte er ihr etwa einen Korb geben, sie abweisen? Sie krallte sich in seinen Oberarm. Schließlich öffnete er den Mund:

„Ich habe es noch nie getan!"

„Was hast du noch nie getan?"

„Ich habe noch nie mit einer Frau geschlafen, also nicht geschlafen, also nicht beigeschlafen..." druckste er herum.

„Hmmh!" damit hatte sie nicht gerechnet, aber sie wollte deswegen ihr Vorhaben nicht aufgeben – im Gegenteil, das war auch für sie eine neue Erfahrung. Vielleicht nicht einmal eine schlechte... so sagte sie:

„Alles ist irgendwann einmal das erste Mal. Wichtig ist nur, dass du es möchtest. Möchtest du, dass ich es dir beibringe, dass ich dir zeige, wie es geht? Du wirst sehen, es tut überhaupt nicht weh!" Sie lachte.

Bruno nickte heftig:

„Ich habe nur keine Kondome bei mir. Ich hatte nicht damit gerechnet, dass es geschehn könnte...!" druckste er nervös weiter.

„Das ist gut, dass du so umsichtig bist. Aber da es für dich das erste Mal ist, bist du auch nicht infiziert – und ich bin es auch nicht. Du brauchst dir also keine Sorgen zu machen. Alles ist gut!" beruhigte sie ihn und sich. Sie küsste ihn wieder lang und deutlich; nach einer Weile fragte sie:

„Aber theoretisch weißt du schon, wie es geht?"

Bruno nickte heftig. Margit küsste ihn sanft auf die Wange und flüsterte:

„Ich freue mich riesig, wenn du mit mir schläfst. Damit werde ich dir dein ganzes Leben lang unvergesslich bleiben."

„Hoffentlich hinterlasse ich bei dir keine schlechten Erinnerungen." seufzte er.

„Unsinn! Du kannst gar nichts falsch machen, dafür hat die Natur gesorgt. Und beim zweiten Mal wird's besser... Man nennt das lernen. Und nun komm' in mein Schlafzimmer. Gib mir noch ein paar Minuten, damit ich mich für dich hübsch machen kann! Zieh dich schon mal aus!"

„Alles?"

„Alles! Soweit ich mich erinnere, sind die wichtigen Dinge, die wir benötigen werden da unten!" lachte Margit und verschwand mit einem Augenzwinkern im Bad.

Bruno zog sich aus und verschwand rasch unter der Bettdecke. Sein Herz schlug bis zum Hals, vor Angst, vor Freude, vor Aufregung... er konnte seinen Zustand nicht so richtig zuordnen. Der Gang der Dinge hat ihn überwältigt. Margit sang im Badezimmer und kam zurück. Sie war barfuß und kaum zu hören und sie trug ein seidenschimmerndes, taubenblaues Hemdchen mit zarten, kaum sichtbaren Trägerchen. Es war viel zu kurz, provokant kurz. Selbst dem Schüler Bruno entfuhr ein Oh, das ihrerseits mit einem Lächeln gedankt wurde. Sie entnahm der Kommode ein farbiges Tuch, das sie um den Lampenschirm wickelte. Sogleich wurde der Raum in ein sanftes, magisches Licht getaucht. Sie ging zu den beiden kleinen Fenstern und zog die Vorhänge zu. Dazu musste sie sich auf ihre Zehenspitzen stellen.

Sie drehte sich schwungvoll um, das Röckchen flog nur so:

„So, nun ist unser Nest vor neugierigen Blicken geschützt; vor deinen Blicken werde ich mich allerdings nicht schützen, ganz im Gegenteil. Mir gefällt, wie du mich ansiehst! Jedenfalls nicht wie eine Sünderin!"

Sie schob die Trägerchen von ihren Schultern, schüttelte sich etwas und das Hemdchen segelte zu Boden. Elegant trat sie heraus. Sie duftete umwerfend.

„So, mein lieber Mann, mir wird kühl, nun rück' etwas beiseite, damit ich mich an dich kuscheln kann!"

Bruno hob die Decke und ließ sie zu sich schlüpfen. Sie schmiegte sich an ihn und legte ihren Kopf auf seine Brust. Es kitzelte etwas.

„Schön, dass wir beide nackt sind – so herrlich ungeschützt!" raunte sie.

„Du riechst so gut!"

„Danke! Gefalle ich dir? Weißt du, mein lieber Mann, es ist ein sehr kritischer Moment für eine Frau, wenn ihr Lover sie zum ersten Mal nackt sieht. Natürlich möchte sie ihm gefallen. Findet er sie aufregend, erregt sie ihn? Die Skala geht bis hin zum verfällt er ihr, wird er verrückt nach mir sein? Kann ich ihn so sehr betören, dass er sich nicht mehr von mir abwendet?"

Margit küsste ihren jungen Anfänger mit Genuss und drängte ihren Körper enger an ihn. Er ließ sich von ihr einfangen, betören, verführen und führen. Die süße Kunst ihrer Verführung ergriff jede seiner Gehirn- und Körperzellen und vertrieb die Angst zu versagen, nicht zu genügen und die Furcht vor der neuen Erfahrung. Sie streichelte seine Brust, ließ ihn etwas ihre Fingernägel spüren und kreiste mit ihrer Hand über seinen Bauch. Er streichelte sanft ihren Nacken, Schultern und Rücken.

„Auch etwas tiefer…" bat Margit.

„Noch tiefer… ermunterte sie.

„Sei nicht schüchtern! Noch tiefer…"

„Ja dort…und schön über die Hüften und Oberschenkel! Du gestattest mir, dass ich beim ersten Mal die Führung übernehme?"

Bruno hatte keine Einwände. Er spürte die Gänsehaut, die seine Fingerspitzen auf ihrer Haut hinterließen.

Sie streichelte und küsste ihn.

„Gefällt dir das, mein Liebster?" flüsterte sie in sein Ohr und biss in sein Ohrläppchen.

„Oh ja, es gefällt mir sehr! Es ist nicht zu beschreiben..."

„Ich möchte das von dir! Komm' über mich und liebkose mich... ich wünsche mir, dass du mich ansiehst, anfasst, berührst, streichelst!" raunte sie.

Er betrachtete sie, als sie die Position wechselten. Sie verschränkte ihre Arme hinter dem Kopf. Sie lächelte über die scheue Weise, wie er sie betrachtete.

„Sieh mich ruhig an! Ich mag das! Jede Frau mag das; es erregt sie, ihrem Mann zu gefallen! Ich denke, aus Magazinen kennst du das, was du siehst..."

Er nickte:

„Aber in Wirklichkeit ist es viel aufregender. Du bist lebendig, du atmest, du duftest hinreißend, du erwiderst, du ermutigst..."

Margit lächelte:

„Du deutest das alles richtig. Schöner Sex ist nichts anderes als ein zauberhafter Dialog zweier Körper. Ich mag Sex unheimlich gerne; ich schlafe aber nur mit dem Mann, den ich mag. Ich hatte sehr lange keinen Mann mehr so nahe wie dich. Ergo, ich mag dich sehr gerne! Dass alles in Ordnung ist zwischen uns, merke ich daran, dass ich keine Scheu vor dir und deinen neugierigen Blicken habe. Du lässt mich fühlen, dass ich stolz sein kann, eine Frau zu sein! Meine Brust möchte von dir bewundert werden!"

Sie schlang erneut ihre Arme um seinen Hals und küsste ihn innig, geleitete aber dann seine Lippen zu ihrer Brust:

„Du erinnerst dich, wie es einst war...?

Bruno erinnerte sich... und Margit ließ ihn fühlen, wie sehr er sie begeisterte. Doch sie war die Wissende, die Erfahrene... Sie ergriff seine Hand und wies ihr den Weg zu ihrem Bauch:

„In meinem Bauch toben die Schmetterlinge. Beruhige sie etwas aber nicht mich!"

„Die Haut deiner Beine fühlt sich an wie feinster Samt!"

„Lieb von dir! Hör' nicht auf, mich zu berühren! Alles ist deins! Du tust mir so gut!" hauchte sie. Sie genoss seine Unerfahrenheit, seine Zartheit, seine Neugier und Schüchternheit. Auch sie betastete ihn... langsam beanspruchte sie wieder die Oberhand:

„Du bist schon deutlich spürbar; ich werde jetzt beim ersten Mal die Führung übernehmen. Beim zweiten Mal kannst du mir dann zeigen, was du gelernt hast!"

Sie schwang sich behutsam über seine Brust und sah ihn an. Langsam glitt sie seinen Torso hinab, bis sie einen deutlichen Widerstand spürte:

„Holla, das fühlt sich aber gut an!"

Geschickt überwand sie das Hindernis, biss sich genussvoll auf die Unterlippe und ließ es sanft verschwinden. Bruno bäumte sich auf! Soviel Wohlbehagen durch einen solch einfachen Vorgang? Er konnte es nicht verstehen, aber er hieß dieses neue Lebensgefühl herzlich willkommen. Aus Mangel an Erfahrung war er jedoch noch nicht in der Lage, die ihn überwältigenden Emotionen zu bändigen; zu rasch war er ihr Opfer und erfuhr, wie ernüchternd die Enttäuschung war, als alles wie ein aufgescheuchter Vogelschwarm davonstob. Natürlich bedauerte das auch Margit, aber sie ahnte, wie ihm zumute war. Sie sagte:

„Ich hoffe jetzt nur, du machst dir nicht die falschen Gedanken!"

„Was sind die falschen Gedanken?"

„Das werde ich dir nicht sagen. Ich nenne dir die guten Gedanken, die du dir machen solltest!" ...und nach kurzem Nachdenken:

„Der Natur hast du genüge getan; theoretisch hättest du jetzt ein Kind zeugen können. Wir wollen aber kein Kind zeugen, sondern die Freuden der sexuellen Begegnung von Frau und Mann genießen. Wir müssen also noch fleißig üben, denn es ist noch kein Meister vom Himmel gefallen. Eine schöne Liebesbegegnung ist ein Kunstwerk; dazu sind zwei Künstler notwendig; Kunst erfordert Talent und Können! Talent hast du, daher werden wir, sobald du dich erholt hast, einen zweiten Versuch starten. Also kein Grund, die Flinte gleich ins Korn zu werfen. Glaub' mir, da steckt noch viel vielmehr drin! Bist du enttäuscht?"

„Ja schon! Vor allem, dass es so schnell vorbei war!"

„Der Natur genügt das, deiner Partnerin nicht! Halte dich nicht allzu lange bei der Enttäuschung auf, sie belastet dich nur. Du wurdest nicht getäuscht; es ist vielleicht anders, als du erwartet hast. Aber es ist nun mal so, wie es ist! Du beherrscht nur noch nicht alle Feinheiten. Meist ist es beim zweiten Mal viel entspannter..."

Margit hatte tatsächlich einige Mühe, ihrem jungen Anfänger aus seinem Stimmungstief herauszuhelfen.

„Warum hängst du so an deinem Missgeschick? Männer tun das viel zu häufig und zu lange. Ein Fehler bietet eine Chance, etwas gelernt zu haben, nicht einfach die Segel zu streichen. Vielleicht habe ich dich nicht genügend vorbereitet. Du weißt, ich hatte sehr lange niemanden so nah wie dich, und auf dich freute ich mich schon seit vielen Stunden. Ich genoss das Kribbeln und wollte nichts anderes, als dich hierher in mein Bett zu bekommen. Dass es für dich das erste Mal war, ahnte ich nicht, aber dann fand ich das besonders prickelnd. Frauen sind halt manchmal ganz schön egoistisch."

Sie schlang ihre Arme um seinen Hals und ließ ihn in ihrem Kuss wissen, wie sehr sie ihn begehrte. Sehr bald traten ihre Vorhersagen ein; die düsteren Wolken verzogen sich und ein Lusthoch entwickelte sich zwischen den beiden mit sehr viel Sonnenschein und langem Wohlbehagen. Daher lassen wir sie jetzt alleine, stören sie nicht weiter und fragen am nächsten Morgen nach, wie's denn nun weiter gehen soll.

Nachdem auch der neue Tag begonnen hatte, wie der andere schloss, gingen die beiden zur Rezeption des Hotels. Zum Glück war der Herr, der Deutsch sprach, anwesend:

„Guten Morgen! Mein Neffe hat mich nach seinem bestandenen Abitur besucht. Ich möchte gerne mit ihm hier frühstücken. Setzen Sie ihn einfach auf meine Rechnung!"

„Wird Ihr Neffe auch bei uns wohnen?" wollte der Rezeptionist wissen.

„Keine Ahnung! Er wohnt in einer Pension im Dorf. Vielleicht bevorzugt er seine neue Freiheit. Wir haben noch nicht darüber gesprochen. Aber Sie werden es zuerst erfahren!"

Der Rezeptionist verbeugte sich galant:

„Dann wünsche ich Ihnen ein angenehmes Frühstück und einen wundervollen Tag, gnädige Frau."

Er sah den beiden nach. Sie schienen sich gut zu verstehen.

Sie wählten ihre Speisen und zurück an ihrem Tisch am Fenster meinte die fröhliche Margit:

„Danke dir, mein Lieber, dass du mit mir diesen Tag so wundervoll eröffnet hast! Das fühlt sich gut an! Ich hoffe, du fühlst dich nicht geschwächt?"

Bruno schüttelte den Kopf:

„Nein, nicht geschwächt, eher ausgeglichen und voller Dankbarkeit!"

„Dankbarkeit wofür?"

„Für deinen Unterricht!" Er sah sich um, ob jemand ihren Dialog mithören konnte.

„Bruno, du verkennst etwas, ich hatte auch meine Freude daran! Du tust mir gut, sehr gut! Du bist mir im richtigen Augenblick begegnet! Ich brauche dich!"

Bei dieser Bemerkung hatte sie sich zu ihm gebeugt und nur geflüstert:

„Ich bin dir wenigstens genauso dankbar! Wir sind einander dankbar – genauso sollte es sein!"

Nach einer kurzen Pause fuhr sie fort:

„Was meinst du? Angesichts des veränderten Verlaufs der Ereignisse sollten wir unsere Pläne von gestern korrigieren. Kein großer Ausflug, dagegen ein kleiner Spaziergang, vielleicht eine Wanderung und theoretischer Unterricht?"

„Einverstanden!" stimmte Bruno zu. „Ich hole nur meine Badehose und bin gleich zurück!"

„Ach Bruno, bring doch deine Zeichenutensilien mit. Ich möchte so gern, dass du ein Porträt von mir malst! Ich werde derweil etwas auf- und umräumen..."

„Kein Problem!"

Bruno schlug nach dem Frühstück sogleich die Richtung zu seiner Pension ein. Sie winkten einander zu, solange sie sich sehen konnten.

Bruno wunderte sich über sich selbst, wie sehr er sich beeilen konnte, um wieder schnell bei ihr zu sein. Er empfand sein neues Leben um so viel reicher und auf dem Rückweg zu Margit pflückte er ein paar bunte Feldblumen für seine Geliebte. Sie freute sich über alle Maßen darüber und küsste ihn lang und innig. Sie schwammen zusammen im morgenkühlen Wasser, trockneten einander ab und rieben sich liebevoll mit Sonnenschutz ein. Dabei fragte ihn Margit:

„Woran denkst du, mein Lieber?"

„Gut, dass du noch nicht meine Gedanken lesen kannst!" antwortete er.

„Sind sie so schlimm? Sie interessieren mich einfach?"

„Ich wär' gern mit dir auf einer einsamen Insel..."

„...und den ganzen Tag über nackt!"

„Ja! Woher weißt du das? Kannst du etwa doch Gedanken lesen?"

„Du siehst ja, dass ich es kann!"

„Muss ich jetzt vorsichtiger denken?"

Margit lächelte nur weise. Erst als sie beide auf den Liegen ruhten und der noch sanften Sonne erlaubten, sie zu wärmen, fuhr Margit fort:

„Du sollst nicht vorsichtiger denken, auf keinen Fall! Denke an dich und studiere dich, finde heraus, wer du bist, was mit dir geschieht. Du bist hier am richtigen Ort, ich meine nicht nur Griechenland mit seinen großartigen Philosophen; ich meine auch mit mir. Du bist nicht mein erster Mann; aber dass ich für dich die erste Frau bin, bereitet mir süßes Vergnügen. Auch ich denke Gedanken, die ich zuvor nie dachte. Die meisten Frauen wünschen sich einen großartigen Mann, einen hervorragenden Liebhaber in und außerhalb des Bettes, einen Freund und Begleiter für alle Gelegenheiten und Wechselfälle des Lebens. Ich befinde mich nun in einer außergewöhnlichen Situation. Ich habe zwar keine Zukunftspläne, aber mit dir bekam ich eine Chance, mir meinen Liebhaber so heranzubilden, wie ich ihn mir wünsche. Ich kann dir Dinge und Verhaltensweisen beibringen, die ich bevorzuge. Keine Angst, ich will dir nicht deine Besonderheiten abgewöhnen und dich zu meinem Schoßhündchen machen. Ich bin zwar deutlich älter als du, aber ich habe mächtig Lust auf einen fantasievollen, ausdauernden Liebhaber. Warum soll ich ihn nicht dazu machen, wenn er das zulässt und auch will? Ich bin in doppeltem Sinne überglücklich, ich hatte mit dir prickelnden Sex und ich kann mir einen Liebhaber nach meinen Vorstellungen formen. Ich hoffe nur, nicht auf deine Abwehr zu stoßen. Und warum sollte ich meine Gedanken vor dir verbergen?"

„Da kannst du unbesorgt sein! Mir gefällt diese herrliche Bereicherung meines Lebens und ich bin sehr neugierig, mehr zu erfahren!" antwortete Bruno enthusiastisch.

Margit lächelte still und jubelte schweigend in sich hinein:

„Na denn, gut zu hören! Ich kenn' dein Frauenbild nicht. Hattest du Schwestern?"

„Nein, ich bin Einzelkind!"

„Wahrscheinlich von Mama verwöhnt, bedient und verhätschelt?"

„Das gewiss nicht! Mein Vater hat genau darauf geachtet und mir zu verstehen gegeben, dass es die Aufgabe des Mannes sei, seine Frau zu beschützen und zu verehren. Er hat es mir vorgelebt. Meine Eltern kenne ich nicht anders als ein immerwährendes Liebespaar ohne Streit oder harsche Worte. Über das, was wir gestern taten, wurde nie gesprochen. Ich hatte Sexualunterricht in der Schule."

„Und vermisst du solche Gespräche mit deinen Eltern?" fragte Margit.

„Nein, überhaupt nicht! Wir Jungs quasselten darüber, aber ohne Substanz, denn niemand hatte Erfahrung." antwortete Bruno.

„Sowohl in der Schule als auch mit deinen Freunden fehlte die Gefühlskomponente, die kleinen unausgesprochenen Geheimnisse, die ein Paar teilen! Die sind aber sehr wichtig! Wenn wir fortfahren, werden wundersame Dinge mit dir geschehen. Sei also wachsam. Magst du solche Gespräche mit mir?"

„Oh ja! Ich brenne darauf! Du bist eine attraktive, kluge und erfahrene Frau!" stimmte Bruno zu.

Margit lehnte sich zufrieden zurück und schwieg. Beide dösten etwas vor sich hin, bis die brennende Sonne sie zwang, sich in den Schatten der Veranda zurückzuziehen.

„Wenn du willst, male ich ein Portrait von dir!" schlug er vor. Setz dich in den Stuhl dort. Ich hole den Block und den Kohlestift!".

Margit nickte und Bruno huschte hinein und holte die Malutensilien. Er beobachtete seine Freundin eine Weile und korrigierte öfter ihre Haltung, bevor er begann. Er arbeitete mit großer Hingabe. Der sanfte Wind, die plätschernden Wellen, die leise wehenden Vorhänge waren die einzigen Geräusche, die die Entstehung seines ersten Bildes von Margit begleiteten. Als er es Margit reichte, atmete er tief durch.

Margit lächelte anerkennend:

„Du hattest Recht; es ist nicht wie eine Fotographie! Von dir sind Elemente mit eingeflossen, Attribute, so wie du sie siehst, so wie du mich siehst. Meine Frisur hast du eindeutig verbessert, etwas verwegener, aber sie steht mir. Mein Mund weicher und recht sinnlich, ja gerne… meine Augen vielseitig, rätselhaft aber freundlich… ich glaubte, ich habe dich liebevoll und etwas verführerisch angesehen…"

„Es war so viel in deinen Augen erkennbar; ich wusste nicht, wofür ich mich entscheiden sollte…!"

„Keine Kritik, mein Lieber, nur was mir so in den Sinn kommt… Mich interessiert zu wissen, wie du mich siehst. Ich sehe mich gewiss anders… Darüber können wir sprechen, aber du bringst das Talent ein, malen zu können ein. Warum nicht einmal, diese Variante einbeziehen? Du wirst mich gewiss verändern, so wie ich dich verändern werde… das wird nicht ausbleiben!"

Ihren Lunch nahmen sie wieder in der kleinen, abgelegenen Taverne am Strand ein, bummelten zurück zu ihrem Nest. Ihre Verliebtheit war unübersehbar. Zuhause zur Siesta schmiegten sie sich liebevoll aneinander.

„Ich möchte, dass wir unsere Kleidung ablegen!" bat Margit.

„Gerne!"

„Mir ist sehr wichtig zu wissen, was in deinem Kopf vor sich geht! Verzeih', wenn ich so beharrlich insistiere! Sag mir, wenn du es nicht möchtest!"

„Nein so ist es nicht! Ich weiß selbst nicht so genau, was alles mit mir geschieht, geschweige denn, wie ich all das in Worte fassen sollte. Da ist etwas, was mich himmelhoch aufjauchzen lässt, etwas, was mich in schwindelige Turbulenzen taumeln lässt. Die Erfahrung meines noch kurzen Lebens lehrte mich aber schon durchaus, dass ich nach einem Höhenflug irgendwann einmal hart auf die Schnauze fallen werde."

„Wenn du weißt, dass so etwas geschehen könnte, solltest du es dann nicht besser sein lassen? Möchtest du die Höhenflüge des Lebens meiden, um dir den Schmerz des Absturzes und der Trauer zu ersparen?" fragte sie nach.

Bruno schwieg eine Weile. Margit streichelte sanft sein Haar und sah ihn an.

„Nein, ich würde es nicht vermeiden. Bisher hatte ich keine Ahnung, wofür es sich lohnt, allen Selbstschutz aufzugeben. Du hast das Tor zu dieser neuen Welt aufgestoßen... Ich bereue nichts!"

„Das klingt sehr erwachsen. Auch ich bin verletzlich! Ich wurde nie verlassen. Immer war ich es, die ging. Nur mein Mann hat mich durch seinen Unfall verlassen. Ältere Frauen fühlen, denken und verhalten sich anders als junge Mädchen. Ich spiele keine Spielchen, ich werde keine Eifersucht bemühe, um meinen Liebhaber zu aktivieren, ich taktiere nicht, um Liebesbeweise von ihm zu erzwingen. Hältst du mich für unanständig, wenn ich mich so wie jetzt dir zeige und dabei Vergnügen empfinde? Erwartest du mehr Zurückhaltung?"

Bruno hörte in sich hinein bevor er antwortete:

„Ja, ich glaubte, Mädchen seien zurückhaltend, schüchtern aber auch frech und provozierend. Sie haben eine Freude daran, mit ihren Opfern zu spielen, sie zu ärgern, wenn sie bemerken, dass ein Junge sie mag."

„Junge Mädchen bauen gerne unbewusst Hürden und Hindernisse auf, um das Gefühl zu bekommen, erobert zu werden. Sie wollen wissen, wie ernst meint er es. Das kann mitunter groteske Formen annehmen. Im Grunde wollen auch sie geliebt und gemocht werden und nicht benutzt werden! Vielleicht haben sie auch tatsächlich kein Interesse. Jungs müssen lernen, mit einer Zurückweisung klar zu kommen!" erklärte Margit. „Als junges Mädchen hatte ich diese Phase der Unsicherheit auch. Jetzt habe ich nur noch den einen Wunsch, möglichst intensiv mit einem Mann zusammen zu sein und zwar mit dem Mann, den ich mir gewählt habe! Wenn's dich nicht erschreckt, ich brauche viel Sex!"

„Und da pickst du dir ein unerfahrenes Bübchen wie mich heraus?"

„Ja! Das ist für mich neu, prickelnd... Ich habe Freude an dir und mit dir. Wohlbemerkt, ich spiele nicht mit dir und werde es nie tun!" bekannte Margit. „Du bist jung, unerfahren aber neugierig, begierig, eingeführt zu werden, und das ist genau die Mischung, die mich anzieht. Ich bin deutlich älter als du mit einiger Erfahrung aber mit zu lang erzwungener Abstinenz. Meine Energie ist zum Bersten. Ich glaubte, mit zunehmendem Alter schwindet die Begierde; aber das Gegenteil scheint der Fall zu sein. Lange war das eine Qual. Seitdem ich dir begegnet bin, freue ich mich darüber. Trotzdem werde ich mit dir behutsam umgehen. Ich will dich nicht verschrecken, aber mach dich schon einmal mit dem Gedanken vertraut, dass manche Frauen ihren Liebhaber unmissverständlich intensiver nutzen als der Durchschnitt. Habe ich dich bereits verängstigt?"

Margit zog ihn zu sich und küsste seine Wange und sog an seinem Ohrläppchen. Sie erhob sich und schritt elegant zum Kühlschrank, entnahm ihm eine Flasche Wasser und stellte zwei Gläser an ihr Lager. Bruno hatte begeistert jede ihrer Bewegungen verfolgt. Er selbst verfügte zwar noch über bescheidenen praktischen Anschauungsunterricht, aber er war sehr angetan von ihrer reizenden weiblichen Anatomie.

„Es soll Frauen geben, die ihren Liebhaber anschließend verschlingen; aber zu dieser Kategorie gehöre ich nicht! Hab also Vertrauen, schließ' deine Augen und überlass dich mir!" sagte Margit, nachdem sie wieder neben ihm lag.

Bruno gehorchte, denn ihm gefiel ihr Bekenntnis, und ihre streichelnde Hand empfand er als sehr angenehm. Nie zuvor hatte ihn die zärtliche Hand einer Frau in dieser Weise berührt. Gewiss, früher seine Mutter, aber sie tat es aus anderen Motiven. Er spürte genau den Unterschied: er fühlte sich als Mann, als umworbener, als begehrter Mann; das tat ihm unglaublich gut. Margit berührte ihn auch besonders zärtlich dort, wo ihn selbst seine Mutter nicht berührte.

„Mmmmh! Herrlich, wie du auf mich reagierst; ich genieße das. Würdest du mir einen Gefallen tun und mir stets einen diskreten Hinweis geben, wenn es dich nach mir verlangt? Sei nicht schüchtern! Es hilft mir ungemein, dich besser kennenzulernen." raunte sie in sein Ohr.

„Würdest du es auch tun? Ich möchte dich und deine Gedanken auch besser kennenzulernen!"

„Wirklich?" lachte sie. „Das freut mich aufrichtig; aber sei unbesorgt, ich werde dir gewiss Dinge verraten, von denen du bisher noch nie gehört hast! Für ein Liebespaar gelten andere Gesetze! Das, was allgemein als unanständig gilt, wird von Liebenden besonders geschätzt!"

„Unterschätz' mich nicht!" antwortete er geheimnisvoll.

„Ich unterschätze dich gewiss nicht! Du warst bisher immer für eine Überraschung gut! Aber lass mich lieber nicht länger auf dich warten, mich verlangt nach dir! Das wolltest du doch hören! Wir können dann gewiss entspannter miteinander sprechen!"

Sie nahmen eine komfortable Position zueinander ein:

„Herzlich willkommen! Tue nichts, lass uns nur einfach weiter sprechen wie bisher. Ich erzähl' dir ein bisschen von mir. Ich bin ein spät erwachtes Mädchen. Auch ich hatte das Glück, bei meinem ersten Mal an einen charmanten, sehr viel älteren

Mann zu geraten. Es war der Kollege und Freund meines Vaters. Ich kannte ihn schon lange. Er war zunächst der freundliche Onkel, der später, als ich mich zur jungen Frau entwickelte, durchaus keinen Hehl daraus machte, dass er mich bezaubernd fand. Seine Komplimente waren so charmant, niemals anrüchig, so dass er sie auch in Gegenwart der anderen aussprach. Er hat mir sehr geholfen, dass ich mich als Frau, so wie ich war, akzeptieren konnte. Er bat sogar einmal meinen Vater, mich zu einem Abendessen ausführen zu dürfen. Ich machte mich besonders hübsch. Er war galant und behandelte mich wie eine junge Dame, die er verehrte. Mir tat das außerordentlich gut. Ich glaube, ich hatte mich in ihn verliebt, zumindest hielt ich es damals dafür. Jedenfalls er tat mir gut.

Eines Tages, im Sommer, kam er zu Besuch, um nach dem Rechten zu sehen, wie es abgesprochen war mit meinen Eltern, die im Urlaub waren. Mein Bruder war auf einer Radtour. Herbert, so hieß der Freund meines Vaters, begrüßte mich mit einem galanten Handkuss. Ich war übermütig an diesem Tag; so ein kleiner Lolitaschalk saß mir im Nacken. Ich schlang meine Arme um seinen Hals und küsste ihn auf den Mund. Er erwiderte ihn und ich geriet in einen Taumel. Er fragte freundlich:

„Die junge Dame will es wohl wissen?"

Ich nickte und schüttelte den Kopf gleichzeitig. Er deute alle Zeichen richtig, nahm mich bei der Hand und wir setzten uns in den Garten. Er begann ein wunderbares einfühlsames Gespräch. Er sprach in einer Klarheit und Deutlichkeit, wie als wenn er zu einer erwachsenen Frau sprach. Nichts war peinlich oder schlüpfrig. Er gestand mir auch, dass er sehr gerne mit mir schlafen würde. Da es aber für mich das erste Mal sein würde, riet er mir zu einer Bedenkzeit. Sein Angebot würde gelten, er fühle sich geehrt, dass ich ihn für das erste Mal ausgewählt habe. Wenn ich mich entschieden habe, solle ich ihn das einfach wissen lassen. Er wollte sich zwischenzeitlich überlegen, wie er dieses Ereignis für mich besonders schön und unvergesslich gestalten konnte. Kurzum, er war der erste und er nahm mir alle Ängste, er war so wunderbar, so einfühlsam, geduldig, sinnlich und liebevoll, dass ich ihm für den Rest meines Lebens dafür dankbar sein werde. An all das erinnerte ich mich, als du als Unerfahrener in mein Leben tratst.

Aber, mein Liebster, frag' du mich das, was du gerne wissen willst. Ich werde ausschließlich von mir sprechen, dir also keine allgemein gültigen Ratschläge erteilen. Nur Mut!"

Sie hatte Bruno eingestimmt, als er sie fragte:

„Was erwartest du von deinem Mann? Oder anders, wenn du dir deinen Ehemann gestalten könntest, welche Eigenschaften würdest du ihm verleihen?"

Margit lächelte liebevoll:

„Gute Frage, mein Freund! Mit Männlichkeit verbinde ich Aufrichtigkeit, Verlässlichkeit, Beständigkeit – eben diesen Fels im Meer – Geradlinigkeit, Zuverlässigkeit, Vertrautheit, Freund, Bruder, Vater und Liebhaber in einer Person. Mein erster Liebhaber hat mich ermuntert, anspruchsvoll zu sein. Ich suchte lange nach einem Mann wie ihn. Ich wurde unruhig, ungeduldig. Schließlich fand ich ihn in meinem Mann, den ich viel zu früh durch einen medizinischen Kunstfehler verlor. Die Qualität einer Liebesbeziehung wird im Wesentlichen im Bett entschieden. Mein Mann hatte magische Hände; sie konnten zupacken, mich beruhigen, mich über alle Maßen erregen, mir Schmerz zufügen, wenn ich aus dem Ruder lief; ich mochte diesen Schmerz, wenn diese Hände mich zwangen, auf unserem gemeinsamen Weg weiter voranzuschreiten. Ich bat ihn sogar, mich mit diesen Händen, die mich liebkosten auch zu schlagen, um ihre Allmacht zu erfahren. Ich wusste, was sie mir sagen wollten, je nachdem, wo sie nach mir griffen. Einmal in einem Restaurant legte er seine Hand auf meinen Oberschenkel und drückte mich sanft. Ich hatte ein kurzes Kleid an; ich biss mir in den Handrücken, damit niemand meinen Aufschrei hörte. Wir schliefen fast täglich miteinander, am Wochenende auch häufiger. Nie war es Routine und ich möchte kein einziges Mal missen. Ich versuchte Spielchen zu spielen; ich fühlte mich emotional von ihm abhängig; er duldete es nicht, weil er mich durchschaute.

Aber ich spüre, dass dich diese Schilderungen ermatten lassen. Kann ich verstehen... Ich genieße dich! Es ist ein gutes Zeichen, wenn man vereint ist und man sich wünscht, es würde niemals enden. Mein Gott, ich rede schwärmerisch daher, wie ein junges Mädchen. Du bist mir, als sei mit dir mein Leben zurückgekehrt!"

Margit schwieg eine genießerische Weile lang und lächelte geheimnisvoll.

„Woran denkst du?" fragte Bruno.

„Ach, ein alter unerfüllbarer Wunsch... Ich wünsche mir manchmal, einfach du zu sein, damit ich weiß, wie du dich fühlst, was du denkst, wie du tickst...!"

„Das wirst du mit der Zeit schon herausfinden. Ich habe jedenfalls nicht die Absicht, irgendetwas vor dir zu verheimlichen. Ich bin im Augenblick aber selbst noch so unaufgeräumt und überrascht über all das, was an Neuem auf mich einstürmt!"

„Das kann ich verstehen, mein Lieber, meine Sorge ist nur, dass du nicht schlecht über mich denkst!"

„Das tue ich gewiss nicht! Das kann ich bereits jetzt mit aller Bestimmtheit sagen. Ich und schlecht denken über die Lehrerin, die mir das Schönste beibringt!" sagte Bruno im Brustton seiner Überzeugung.

„Wenn das denn so ist, und du jetzt schon ein großer Junge bist, dann lass uns doch einfach einander etwas Vergnügen schenken. Ich möchte ganz gerne, den erwachten Mann in dir genießen!"

Da ließ sich Bruno nicht zweimal bitten.

Nachdem sie zurückgekehrt waren, etwas geruht hatten, beschlossen sie, noch bis nach Mili zu wandern. Mili war ein winziger Ort, der im Westen am Fuß der sich aufrichtenden Berge lag. Bruno hatte gehört, dass dort ein altes Ehepaar auf dem Dorfplatz hervorragende traditionelle Speisen zubereiten soll. Die beiden waren die ersten Gäste. Die Alten waren noch bei den Vorbereitungen. Ein Teller mit kräftigem Tsatsiki war aber rasch als Vorspeise serviert. Margit und Bruno wählten viele kleine Portionen an Gemüse, Fisch und Fleisch und leckeren Beilagen, um möglichst die ganze Vielfalt der griechischen Küche auszukosten. Alles wurde nach und nach auf kleinen, schlichten Porzellantellerchen gereicht. Dazu gab es offenen, etwas trüben Retsina. Die beiden waren begeistert. Bald wurde es dunkel und ein paar Straßenlaternen erhellten den Dorfplatz, wo sich allmählich immer mehr Gäste einfanden. Ein kleiner Junge, der aber erstaunlich gut Englisch sprach, half dabei, die Bestellungen aufzunehmen.

„Bruno, ich will dich etwas fragen und erwarte nichts anderes als eine ehrliche Antwort!" sagte Margit etwas ernst.

Bruno legte beruhigend seine Hand auf ihre.

„Ich möchte nicht, dass du heute zurück in deine Pension fährst. Ich wünsche mir, dass du bei mir bleibst. Aber ich möchte es nur, wenn auch du das willst."

„Margit, du bist mir einfach zuvorgekommen. Ich hätte dich das Gleiche gefragt!" sagte er sanft.

„Dann ist alles gut. Jetzt kann ich mich entspannen, das Essen genießen und mich einfach auf dich freuen." strahlte sie.

Margit bezahlte das hervorragende Essen und dankte mit einem großzügigen Trinkgeld. Der kleine clevere Junge rief ein Taxi, das die beiden zurück ins Hotel fuhr. Ohne große unnötige Umwege fanden sie sich sehr bald im Bett wieder. Sie spielten ausgelassen miteinander, als sie fragte:

„Bruno, halt mich bitte nicht für aufdringlich, aber ich kann es nicht mehr zurückhalten. Ich hatte nicht gedacht, dass ich all das hier mit dir so sehr brauche. Darf ich dich etwas fragen?"

„Du solltest grundsätzlich nicht so eine Geschichte aus deinen Fragen machen. Du hast dein Herz auf der Zunge, das mag ich. Das sollte ich auch von dir lernen. Also frag', was immer es auch ist; ich kann mich wehren!"

„Danke, also ganz kurz! Zieh zu mir in dieses Ferienhaus. Wir holen morgen deine Sachen und ich kläre das an der Rezeption!"

„Keinen Einwand! Nur als was gelte ich? Ich meine, uns sieht man an, dass wir heftig ineinander verliebt sind." sagte Bruno.

„Das geht niemanden etwas an! Es interessiert mich auch nicht, was andere von uns denken? Ist denn der Altersunterschied so deutlich sichtbar?" fragte Margit unsicher.

„Und wenn schon? Darf Frau nicht entscheiden, wen sie mit sich ins Bett nimmt? Schließlich bin ich nicht minderjährig. Ich bin freiwillig hier!"

„Nur freiwillig hier?"

„Ich bin rasend gerne hier, nur um etwas zu lernen, versteht sich!"

„Als deine Lehrerin habe ich auch das Recht, dir deinen Hintern zu versohlen, wenn du ungehorsam bist!" freute sie sich.

Sie liebten sich befreiter! Am nächsten Morgen waren die Abmachungen der Nacht nicht vergessen und wurden schleunigst umgesetzt! Keiner bereute diesen Schritt; im Gegenteil, sie unternahmen viel, sorgten aber stets dafür, dass geraume Zeit für das Wesentliche blieb. Beide blühten auf. Margit fragte ihn:

„Ich fühle mich lebendiger, seitdem ich von dir so gründlich versorgt werde. Auch sexier, daher frage ich dich als mein Begleiter, ob ich mich auch so kleiden darf, wie ich mich fühle."

Bruno lachte:

„Wenn's nicht gegen die Landessitten verstößt! Was möchtest du denn anziehen? Du weißt, ich kenne dich doch schon ganz ohne..."

„Hot Pants trage ich gerne, weil ich so schöne Beine habe! Natürlich werde ich damit auf keinen Fall ein Kloster oder eine Kirche betreten!"

„Das sieht bestimmt aufregend aus! Stört es dich nicht, wenn dir dann so viele männliche Blicke folgen?"

„Ich mag das! Aber ich will nicht angequatscht werden. Ich bin vergeben – und zwar mit Haut und Haaren! Die anderen sollen nur erfahren, welch hübsche Freundin du hast! Übrigens, im Norden der Insel soll es einen Strand geben, wo ausschließlich holländische Mädels oben ohne baden!"

Bruno lieh einen kräftigen Motorroller und sie machten Ausflüge auf eigene Faust. Margit schmiegte sich von hinten an ihn. Übergriffe, die die Sicherheit gefährden könnten, unterblieben. Sie umrundeten sogar die gesamte Insel. An einem anderen Tag fuhren sie südöstlich hinauf in die Berge mit herrlichen Aussichtspunkten. Eine Attraktion lag ganz in Osten, der kleine Fischerort Posidonio mit einer kleinen Taverne. Eine Meerenge von nur etwa einem Kilometer trennte die Insel Samos vom türkischen Festland. Bruno erfuhr, dass es von Pythagorion täglich Überfahrten zur winzigen Insel Samiopoula gab. Davon machten sie reichlich Gebrauch. Margit war überglücklich in ihren Hot Pants und mit ihrem Begleiter, der ihr galant half, das kleine Fischerboot zu besteigen. An einem kleinen Strand waren sie ungestört und Margit konnte topless baden und sich sonnen.

Der Aufenthalt wurde um drei Wochen verlängert. Margit beanspruchte ihn auch als Berater beim Shopping. Er tat's, um ihr eine Freude zu machen. Besonders Schuhe und Sandalen hatten es ihr angetan. Eines Tages, als sie wieder einmal durch die Altstadt von Samos schlenderten, stieß Margit auf einen winzigen Laden mit Kunstmalereibedarf. Spontan trat sie ein und kaufte einen Satz Aquarellfarben und einen Strauß unterschiedlicher Pinsel; sie wählte eine Art Staffelei und erwarb einen großformatigen Block mit reichlich hochwertigem Malpapier.

„Damit du deine anderen Talente nicht vernachlässigst!" meinte sie zu Bruno. „Ich könnte dir als Model sitzen. Wenn ich mir vorstelle, mal im Louvre zu hängen..."

Bruno stellte das Malgestell sogleich auf der Terrasse auf. Das Licht war gut, nicht zu grell nicht zu schwach. Margit wandte ein:

„Kann man uns denn nicht beobachten?"

„Was werden sie sehen? Ein Mann, der versucht, das Portrait einer Frau zu malen." sagte Bruno.

„Hey du! Das wird nicht bei Portraits bleiben! Dafür habe ich das hier nicht gekauft. Ich möchte, dass du mich nackt malst – und zwar in unterschiedlichen Posen!"

„Dann lassen wir die Vorhänge herunter, damit du dich sicher fühlst. Außerdem wird das Licht etwas gedämpft; es nimmt den Schatten...!" erklärte er.

Margit war einverstanden, ergänzte aber, dass Portraits zu malen sich ohnehin erledigt habe, da er sein Können anhand der Kohlezeichnung bereits bewiesen habe. Sie schien es kaum abwarten zu können, um für ihn zu posieren. Sie setzte sich rittlings auf einen Stuhl, ihm den Rücken zugewandt, in die Ferne blickend, nackt. Bruno skizierte sie zunächst, verlieh ihr langes Haar und malte sie dann in zarten Aquarellfarben aus. Schwierig war das Spiel von Licht und Schatten auf ihrer Haut. Zum Schluss transferierte er sie an ein offenstehendes Fenster mit luftigen Vorhängen. Als sein Erstlingswerk war es recht gut gelungen. Margit war begeistert. Sie betrachtete ihr Abbild sehr genau:

„Du hast mir längeres Haar gemalt und etwas üppigere Hüften?"

„Das sind weibliche Attribute; sie sollen deine Weiblichkeit betonen!" erklärte er.

„Mein Haar könnte ich wachsen lassen, aber meinen Hintern... Vermisst du etwas mehr Weibliches an mir?"

„Nein, Margit, versteh' mich nicht falsch. An dir gibt es nichts zu korrigieren. Aber du bist gewissermaßen meine erste innige weibliche Begegnung. Ich bin begeistert von deinem Körper! Außerdem liebe ich dich nicht wegen deiner Beine oder deine Brust oder sonst etwas; ich liebe dich in deiner Gesamtheit, deine Komposition von allem!"

Margit lächelte:

„Danke für dein Kompliment! Ich bin sehr darauf angewiesen, dir zu gefallen. Ich höre gerne, wenn du über meinen Körper sprichst, geniere dich also nicht! Wenn du es möchtest, kann ich für dich verschiedene weibliche Verhaltensweisen spielen!"

„Zum Beispiel?"

„Na, zum Beispiel die schüchtern verschämte Unerfahrene bis hin zur versierten Prostituierten...!"

„Das hört sich gut an! Darauf will ich gerne einmal zurückkommen. Dazu muss ich aber wohl erst einmal mein erstes Liebesexamen bestehen?"

„Das hört sich für mich gut an. Soll ich dich etwa prüfen? Keine schlechte Idee..." lachte sie.

Obwohl der Künstler mehrere Stunden an seinem ersten Bild gearbeitet hatte, wollte sie sogleich ein weiteres. Doch Bruno verlangte eine Pause. Daher bat sie ihn, sich anderweitig mit ihr zu beschäftigen, was er dann auch ausgiebig tat.

Von nun an wurde fleißig gemalt: Margit als Marmorskulptur ohne Arme vor einem farbenprächtigen Bougainvillea Busch, Margit als einsame Strandläuferin, Margit als Venus, einer riesigen Muschel entsteigend, Margit als schlafende Schönheit, Margit am Fenster auf den Liebsten wartend, und viele andere Kompositionen, die stets eines gemeinsam hatten, die nackte Protagonistin.

Doch eines Tages geschah es. Bruno brach völlig unerwartet die Konvention. Er legte die Staffelei beiseite, mischte auf seiner Palette ein paar Farben, näherte sich seinem Model und kniete vor ihr nieder. Er besah sich ihre Brust. Mit einigen wenigen Pinselstrichen malte er ein Gesicht. Oberhalb des rosigen, naturbelassenen Näschens zwei große dunkle Augen mit langen Wimpern und unterhalb des rosigen Näschens einen lachenden Mund. Er wandte sich der anderen Brust zu. Wieder malte er ein Gesicht diesmal aber mit einem traurigen Mund und aus den Augen flossen ein paar Tränen. Margit hatte fast atemlos still gehalten, zum einen weil sie gespannt war auf das, was das werden sollte und zum anderen, weil sie seinen Pinselstrich auf ihrer Haut äußerst angenehm empfand. Sie lief zum großen Spiegel im Bad und lachte. Der Bann war gebrochen. Von nun an stand das neue revolutionäre Malvergnügen ganz oben in der Beliebtheitsskala. Ihr Einfallsreichtum kannte keine Grenzen. Jede Komposition wurde fotografiert, denn nach dem Duschen war sie verschwunden. Neuer Leinwandplatz wurde benötigt.

Ihren süßen Po verwandelte er mit seinem Pinsel in einen riesigen Apfel, dann in eine prächtige Birne, schließlich frecherweise in einen Kürbis. Margit schlug vor, direkt auf ihrem Körper sexy Unterwäsche zu entwerfen. Ein talentierter junger Modeschöpfer wurde geboren. Bruno kreierte passgenaue BHs in allen Farben, mit und ohne Träger. Selbst eine prächtige Korsage in den Farben rot und schwarz gehörte zu seinen Entwürfen.

Margit lag meist mit geschlossenen Augen auf einer Liege, wenn er sie bemalte. Sie versuchte heraus zu spüren, was es werden sollte. Meist waren ihre Vermutungen falsch und war überrascht, wenn sie sich im Spiegel besah. Einmal erlaubte sich Bruno einen üblen Scherz. Er malte eine große Vogelspinne mit dicken, haarigen Beinen auf ihre linke Brust. Als Margit zum Spiegel ging, hörte er einen markerschütternden Schrei, der ganz plötzlich verstummte. Bruno rannte ins Haus. War Margit kollabiert? Nein, sie war es nicht, sie grinste:

„Wenn ich mir vorstelle, dieses Tier würde unablässig mit seinen haarigen Beinen über mich hin und her krabbeln, dann könnte ich mir den Mann fast ersparen."

Sie ließ das Konterfei fotografieren.

Einmal malte er einen kostbaren Armreif auf ihren Oberarm. Sie trug ihn stolz zum Dinner ins Hotelrestaurant. Die beiden wurden von den anderen Gästen toleriert. Dass sie ein Liebespaar waren, war nicht zu übersehen. Der Altersunterschied gab Anlass zu zahlreichen Spekulationen. Worüber sollte man auch reden, wenn nicht über andere? Die Version Tante-Neffe glaubten die wenigsten; aber warum eigentlich nicht, sie war Witwe!

Besonders kreativ war Bruno beim Entwurf von sexy Slips. Er war äußerst eifrig bei der Sache und sie hielt sehr still und ermutigte ihn, beim Ausmalen feinster Details sich viel Zeit zu nehmen. Kein Wunder also, dass bei so viel Engagement echte Meisterwerke entstanden. Die Bänder zu den Hüften konnten beliebig dünn gemalt werden. Der Tragekomfort war trotz deren Zartheit erstklassig. Das absolute Highlight einer ganzen Serie von Kreationen war allerdings ein bunter Kolibri, der seine Schwingen bis zu den Lenden ausbreitete. Auch ein süßer, kleiner Bikini war meisterhaft gelungen. Bruno fragte:

„Würdest du damit auch an den Strand gehen?"

„Soll ich?" fragte sie zurück. „Ins Wasser sollte ich allerdings nicht damit gehen. Und das hintere Teil ist äußerst gewagt."

„Naja," meinte Bruno „das hintere Teil ist so gut wie gar nicht vorhanden, dafür dein prächtiges Hinterteil!"

Margit schüttelte lachend den Kopf:

„Was ist nur aus dem unschuldigen Knaben geworden?"

Bruno erweiterte seine Kunst auf Motive, die Margits Körper einbezogen. So ließ er Fantasiepflanzen von Margits Füßen ihre hübschen Beine entlang hinaufranken. Aus ihrem Schoß entsprang ein blütenreicher Busch und schlang sich um ihre Hüften. Aus ihrem Bauchnabel erhob sich ein kräftiger Stängel, der sich unterhalb ihrer Brust teilte und beide Brüste in zwei Blütenkelche verwandelte. Margit gefiel diese dauernde Zuwendung und Beschäftigung mit ihr und ihrem Körper. Oft seufzte sie vor Behagen. Einmal äußerte sie die Sorge, ob er ihrer denn nicht überdrüssig werde, wenn er sie den ganzen Tag über nackt sähe, vielleicht verliert er sogar das Verlangen, mit ihr zu schlafen, was für sie eine entsetzliche Tragödie wäre.

Er antwortete:

„Weißt du Margit, ich mag diese ständige Atmosphäre der sanften Erregung. Du scheinst nicht zu ahnen, was es mir bedeutet, dass sich eine hübsche, reife Frau in dieser Weise mit mir einlässt. Es gefällt mir, deinen Körper mit dem Pinsel zu erkunden. Bevor wir miteinander schlafen, führen wir einen verspielten Dialog mit unseren Küssen. Wenn die gewisse Anfrage von mir kommt, antwortest du mit einem mitreißenden Kuss. Wenn von dir die Initiative kommt, dann lass ich dich meine Begeisterung spüren. Dieser Akt, wer tut den ersten Schritt, ist etwas belastet. Männer gelten rasch als aufdringlich, sexistisch, Frauen dagegen als modern, emanzipiert und beherzt, wenn sie den Mann auffordern. Ich mag das! Ich fürchte, dass du mich vielleicht einmal zurückweisen würdest."

„Das ist ein großes Thema! Bei Gelegenheit werde ich dich einmal aufklären, damit du das Spiel der Geschlechter verstehst und vor allem unsere eigene Dynamik.

Zu diesem Gespräch kam es nach einem handfesten Streit, der in unerwarteter Heftigkeit aus heiterem Himmel auf sie niederprasselte. Der Anlass war nichtig. Sie hatten beschlossen, in der Hotelbar etwas die Kunst des Flirtens zu üben. Margit zog ein bezauberndes, schwarzes Kleid an. Es war sehr kurz, schulterfrei und saß wie angegossen. Bruno war ihr behilflich, den Reißverschluss am Rücken zu schließen. Dabei gerieten ein paar Haare in den Reißverschluss, was etwas ziepte. Margit schrie auf:

„Kannst du nicht aufpassen, du Trottel?"

Bruno bat um Entschuldigung. Doch Margit ließ pausenlos ihre Beschuldigungen auf ihn niederprasseln. Zuerst stand er völlig ratlos da, angesichts all des Unrats, der über ihm ausgekippt wurde. Doch dann ballerte er zurück. Das Gebrüll fand kein Ende. Aus dem Barbesuch wurde nichts. Beiden war die Lust gründlich vergangen. Doch dann fing Margit, plötzlich ganz bitterlich an zu weinen:

„Mein Gott, was habe ich nur angerichtet!"

Wieder stand Bruno wie angewurzelt da und wusste nicht, was tun. Margits sorgsam aufgetragenes Makeup verschwamm. Er nahm sie in den Arm; ihr Weinen wollte kein Ende nehmen. Er nahm sein Taschentuch und trocknete ihr Gesicht. Ihr ganzer Körper zitterte. Er streichelte ihr Haar, um sie zu beruhigen. Allmählich verzog sich das Unheil. Sie setzten sich raus auf die Terrasse. Stille kehrte ein. Verstohlen sah sie zu ihm hinüber.

„Margit, was war das eben. Sprich mit mir, damit ich damit umgehen kann! Es ist wichtig! Der Schutthaufen darf nicht einfach so zwischen uns liegen bleiben. Der Müll muss weg!"

„Ach, ich schäme mich so!" druckste sie.

„Du bist eine erwachsene Frau und schämst dich vor mir?"

„Das ist es ja! Ich könnte deine Mutter sein, und du tust Dinge mit mir, die ich zuvor so noch nie erlebt habe! Seltsame Gedanken schwirrten mir die letzten Tage durch den Kopf!"

„Habe ich dir etwa weh getan, eine ungeschickte Bemerkung, eine unachtsame Frechheit…" fragte Bruno besorgt.

„Keine Spur! Ganz im Gegenteil! Du tust mir unglaublich gut. Das ist es ja! Ich hätte es nicht für möglich gehalten, dass ich noch einmal solch eine Intensität erleben werde. Ich werde 42 und bin beschwingt und fühle mich lebendig wie ein junges Mädchen. Und daran bist du schuld!"

„Margit, du solltest es nicht so einseitig sehen. Auch du tust mir unglaublich gut. Ich glaube, wir beide haben das zwischen uns geschaffen, zumindest zugelassen, dass es von uns Besitz ergreift!"

„Bruno, nie zuvor hat ein Mann so mit mir geschlafen. Deine Jugend, deine Kraft deine Ausdauer. Manchmal bekomme ich beim Abendessen keinen Bissen herunter; ich kann es kaum erwarten, bis wir im Bett sind; wie du mich ansiehst... du bist so unverstellt... allein deine Blicke scheuchen all die Schmetterlinge in meinem Bauch auf; meine Knie werden weich; zum Glück hältst du mich ganz fest, bevor wir ins Bett sinken. Zum Glück kann ich dich noch wenigstens zu einem zweiten Mal gewinnen. Dann kann ich dich etwas entspannter genießen. Mich befällt die pure Freude am Mann! Manchmal dachte ich, ich sei der Torschlusspanik verfallen. Ich war im Sommer meiner Weiblichkeit, jetzt bin ich wieder im Frühling mit all der Erfahrung einer reifen Frau.

Dann frage ich mich, wie weit darf ich das zulassen. Ich ertappe mich beim Anspruch, dass du mir gehörst, mein Eigentum bist. Dabei bin ich nicht einmal im üblichen Sinne eifersüchtig. Wenn ich mir vorstelle, dass du mir eines Tages gestehst, du wärst mit einer viel Jüngeren im Bett gewesen, dann würde ich mich nur darüber ärgern, dass mir dieses eine Mal entgangen ist. Wenn du mit mir schläfst, wünsche ich mir nur eins, es sollte nie zu Ende gehen! Und beim zweiten Mal dauert es herrlich lange! Manchmal spüre ich dich den ganzen Tag danach; das tut vielleicht gut! Es gibt nur noch einen einzigen Mann für mich!

Doch wann beginnt der kranke Teil? Gewiss, ich darf dich begehren; darfst du mir gehören, darf ich dich besitzen? Habe ich ein Recht auf dich? Was ist, wenn du dich mir entziehst? Darf ich dir hörig sein, darf ich von dir besessen sein? Darf ich von dir abhängig sein, darf ich nach dir süchtig sein? All das jagt mir durch den Kopf!"

Bruno legte seine Hand auf ihren Arm:

„Stopp erst mal, Margit! Du stellst viele wichtige Fragen, die tatsächlich eine Jagd auf dich veranstalten. Komm zur Ruhe! Du stehst unter Druck! All das beweist, dass wir viel zu lange gewartet haben, über all das zu sprechen, was dich bewegt. Du hast mich nicht teilhaben lassen an dem, was in dir vorging. Lass' uns das eine Lehre sein und schleunigst damit beginnen, was wir versäumt haben. Mir erging es ähnlich, aber mir fehlten Vergleichsmöglichkeiten. Du bist meine erste Frau und ich war der Meinung, dass das halt so ist zwischen Mann und Frau!"

„Nein, so ist es nicht zwischen Mann und Frau! Zumindest das hier ist für mich auch neu! Ich hatte geglaubt, dass es abklingen würde, so wie immer. Aber das Gegenteil ist der Fall. Ich merke, wie es mir immer leichter fällt, mich dir hinzugeben. Und wenn ich es tue, steigern sich meine Wonnen ins Unermessliche."

„Margit, bitte lass' mich ausreden! Du hast in deinem Gefühlssturm von ungesunden Anteilen gesprochen. Ist Verlustangst nicht etwas ganz normales? Lass alles zu, was dich aufwühlt, unterdrücke nichts, sprich darüber, denn es betrifft uns beide. Sex und sexuelle Aktivitäten sind dein Geburtsrecht. Du hast ein Recht auf Nahrung, auf Luft, auf frisches Wasser; sprichst du da auch von Sucht? Die Natur hat uns so geschaffen. Frauen wurden erzogen, ihr starkes Bedürfnis zu unterdrücken. Die Angst vor einer Schwangerschaft tat das übrige.

Für dich existiert diese Angst nicht mehr. Du bist befreit. Nicht ich habe dich befreit, du hast dich von der Leine gelassen. Soweit ich mich erinnere, hat es auch nicht ansatzweise Perversionen zwischen uns gegeben.

Geh' mit den Begriffen Hörigkeit, Besessenheit und Sucht spielerisch um. Nimm ihnen die Schwere! Du versuchst doch nur dieser neuen Intensität Namen und Begriffe zu verleihen. Erfinde doch ein neues Wort für das, was in uns vorgeht, ein Wort, dass nicht mit negativen Assoziationen belastet ist. Und sei mal ehrlich, beim Gebrauch dieser belasteten Begriffe bekommt man ein bisschen Gänsehaut. Klingt so schön verrucht, außergewöhnlich, fern ab der Norm – und wer will nicht gern zur erwählten Elite gehören?

Mein Eindruck ist, zwischen uns ist alles in allerbester Ordnung! Es könnte nicht besser sein! Nehmen wir das Geschenk an und machen es nicht mutwillig kaputt. Unser einziger Fehler bestand darin, ich sagte es schon, dass wir nicht wachsam genug waren, und früher über das Heraufziehende gesprochen haben."

Margit blickte ihm offen in die Augen:

„Ich hatte solche Angst vor meiner Offenbarung. Daher wollte ich dich mit meinem Ausbruch mit Gewalt aus meinem Herzen reißen. Es war so schmerzvoll!" sagte sie still.

„Warum hattest du Angst?"

„Du weißt jetzt alles über meinen Zustand. Information verleiht Macht! Du könntest deine Macht über mich ausnutzen!"

„Um was zu tun?"

„Um mich zu quälen... mich zu unterwerfen...dich nicht mehr um mich zu bemühen!"

„Bitte, Margit, höre auf mit dem Blödsinn! Du bist mir das Liebste auf der Welt! Warum sollte ich Freude daran haben, dich zu quälen? Lass uns lieber ins Bett gehen und das tun, wovon wir etwas verstehen!"

Margit lächelte ihr bezauberndstes Lächeln:

„Würdest du dann bitte diesen Reißverschluss meines Kleides wieder öffnen, aber diesmal bitte ohne mein Haar auszureißen!"

Bruno tat's ganz behutsam. Danach ging alles ganz flott. So schnell waren sie noch nie im Bett! Margit sah ihm vor ihrem Eröffnungskuss noch einmal fest in die Augen:

„Mein Liebster, ich wünsche mir jetzt, ganz die deine zu sein, mich dir total hinzugeben, dich zu genießen! Sei einfach so, wie du dich fühlst! Liebe mich nach deines Herzens Lust! Lass mich erleben, so wie du es magst!"

Margit schloss die Augen und überließ sich ihm und ihrem Ozean an Emotionen.

Ihre Beziehung war nach ihrem Geständnis inniger geworden. Bruno hatte sich auch zu seiner starken Bindung zu ihr bekannt, gewiss nicht in solch starken, leidenschaftlichen Worten, wie sie es getan hatte. Aber sein italienischer Vater war deutlich aus ihm herauszuhören.

„Ich schlafe wenigstens genauso gerne mit dir, wie du mit mir. Ich kann mir keinen Tag mehr ohne vorstellen. Wenn ich dich manchmal beobachte, wenn du es nicht bemerkst…"

„Täusch' dich mal nicht, ich spüre das!"

„Also, wenn ich dich so betrachte, da liegt mir manchmal schon eine sexistische Bemerkung auf der Zunge, oder ich möchte dir einfach in den Hintern kneifen. Du hast ein so prächtiges Hinterteil!"

„So, ich habe ein prächtiges Hinterteil? Sowas höre ich gerne; schließlich bekomme ich es ja kaum zu Gesicht! Ich höre das gerne aus deinem Munde. Du bist ein so lieber, junger Mann, ein bisschen Macho steht dir ganz gut! Du wirst dich schon anstrengen müssen, bis ich dir für deine Frechheiten eine Ohrfeige gebe!"

Margit lachte vergnügt.

„Brunolein, tust du mir einen Gefallen?"

„Aber sicher doch... jeden!"

„Malst du mir heute Nachmittag Netzstrümpfe, von ganz unten bis ganz oben?"

„Das tu' ich! Versprochen!"

„Ich freu' mich drauf!" sagte sie und besiegelte ihre Abmachung mit einem liebevollen Kuss.

Es wurde tatsächlich ein vergnüglicher Nachmittag.

„Seitdem ich dich als Mann an meiner Seite habe, kleide ich mich gern auch etwas provokanter. Stört dich das, wenn andere Männer mir nachsehen. Du bist mein Begleiter, du sollst dich wohlfühlen, du kannst mir untersagen, zu kurze Röcke oder Hotpants zu tragen."

Bruno überlegte eine Weile:

„Da bin ich geteilter Ansicht! Natürlich zeige ich mich gerne mit meiner hübschen, sexy Partnerin. Du hast auch zauberhafte Beine! Damals, als wir nach Samiopoula fuhren, konnte man etwas die Pobäckchen sehen und der griechische Bootsmann konnte nicht die Augen von dir lassen. Für eine Shoppingtour in der Stadt wäre das nicht geeignet. Manches sollte nur meinen Augen vorbehalten sein. Kleide dich, wie's dir gefällt! Wenn's zu gewagt wird, verpasse ich dir die Burka!"

„Siehst du mich denn gerne nackt?" fragte sie direkt.

„Oh ja, sehr!"

„Ich dich auch!"

„Dann ist ja wieder mal zwischen uns alles in Ordnung!"

Am Abend in der Hotelbar, diesmal war er mit dem Reißverschluss erfolgreich, saßen sie, sie in diesem hinreißenden Abendkleid, in einer ruhigen Ecke und tranken einen Cocktail. Sie war bester Stimmung und wagte ein ernsthaftes Gespräch:

„Die Zeit vergeht hier so rasch, wie die mit dir im Bett! Ferien sind endlich, auch unsere. Wir können nochmal verlängern, wenn du willst. Ich will dir aber einen ganz egoistischen Vorschlag machen! Komm' mit mir nach Berlin! Du willst studieren, du weißt nur noch nicht was. In Berlin wirst du alles finden. Gib dir ein halbes Jahr, sieh dich um, besuche Vorlesungen, sprich mit Leuten! Du wirst bestimmt das Richtige finden. Ich werde dich unterstützen! Ich bewohne allein ein viel zu großes Haus. Ich fühle mich nicht nur einsam, ich habe auch manchmal Angst. Ein- zweimal die Woche kommt eine Reinemachefrau. Doch wenn ich einen Handwerker wegen einer Kleinigkeit benötige, ist mir manchmal ganz mulmig. Den Garten hält auch eine Fachkraft in Ordnung. Ich brauch' dich also nicht für einfache Hausarbeiten. Du wirst dein eigenes Arbeitszimmer haben und wenn du willst, kannst du auch noch ein weiteres Zimmer ganz für dich verwenden. Nur um eins bitte dich, schlafe mit mir in einem Bett in unserem Schlafzimmer!"

„Das klingt großartig! Warum tust du das alles für mich!" fragte Bruno.

„Ganz einfach! Du gibst meinem Leben wieder einen Sinn. Ich kann mich um den Menschen, den ich am meisten liebe, kümmern und fördern. Ich werde geliebt, du lässt mich jubeln, du lässt mich aufblühen, in deinen Armen befriedigst du meine Bedürfnisse nach Sexualität und Zärtlichkeit; mit dir habe ich wieder begonnen zu leben! Willst du noch mehr wissen?"

Gerührt nahm Bruno seine Geliebte in den Arm und küsste ihre Stirn.

„Liebling, mir steht der Sinn nach ganz anderen Küssen! Bitte lass uns gehen..."

Gemeinsam im winzigen Badezimmer bereiteten sie sich vor. Nackt schmiegte sich Margit an Brunos Rücken und biss in seinen Nacken:

„In meinem Haus gibt es eine große Badewanne für zwei!"

„Da vergisst man schnell das oft schlechte Wetter in Berlin!" erwiderte Bruno.

„Das schlechte Wetter wird unser bester Freund sein!" träumte Margit.

„Wie das?"

„Stell' dir ein verregnetes Wochenende vor...wir bleiben die ganze Zeit im Bett und spielen miteinander... Das könnte der erste Berlinmarathon werden, der ausschließlich im Bett stattfindet."

„Du meinst, ich sollte dich...?

„Was denn sonst, mein kluger Junge? Das ist doch nur die Frage eines intensiven Trainings!" lachte Margit vergnügt.

Margit verlängerte um weitere zwei Wochen. Sie habe nun keine Angst mehr vor der Rückreise.

„Ich möchte trotz allem, dass du dich frei entscheidest. Falls du mein Angebot nicht in dieser Form annehmen möchtest, werden wir eine andere Lösung finden." sagte Margit.

„Nein, das ist wirklich verlockend, was du vorschlägst! Ich bin volljährig, aber ich werde mit meinen Eltern reden müssen!" wandte er ein.

„Könnte es da Einwände geben?"

„Ich habe ein gutes Verhältnis zu meinen Eltern. Das will ich mir erhalten!"

„Das kann ich sehr gut verstehen!"

„Es klang in der jüngsten Vergangenheit verschiedentlich an, dass sie erwarten, dass ich bald ausziehe, entweder zum Studieren oder um einen Beruf zu erlernen. Ich wandte dann ein, dass ich das ja auch in Nürnberg könnte. Sie meinten, es sei für meine Entwicklung gut, wenn ich rasch zur Selbstständigkeit finden würde."

„Da haben sie gewiss Recht! Jungs klammern sich nur zu gern an den Komfort des Hotel Mama!"

Bruno fuhr fort:

„Ich vermute, sie haben noch viel vor in ihrer neuen, wiedergewonnenen Freiheit. Verreisen vielleicht... Sie lieben einander sehr!"

„Das klingt alles sehr gut. Es wird also keine Verlierer geben. Mütter hängen gern an ihren Söhnen. Aber was hindert dich, deine Eltern ab und zu zu besuchen?"

Die beiden genossen ihre letzten Ferienwochen nach Herzens Lust. Als die Zeit des Kofferpackens kam, rollten keine Tränen.

Diese Geschichte ist zu Ende, ihre aber noch nicht. Ein Happyend gab es allerdings nicht, dafür aber einen happy Anfang. Ihr Haus war erfüllt von ihrem Lachen und ihren ausgelassenen Spielen. Der Frohsinn wich nicht von ihrer Seite. Und tatsächlich, Verlierer gab es keine.

Ausgesetzt

Robert fand einen DIN A4 Umschlag in seinem Briefkasten. Der Absender war ein renommiertes Institut für Experimentelle und Angewandte Psychologie (I. E. A. P.) der Universität der Nachbarstadt. Im Anschreiben hieß es, eine europaweite Umfrage unter Frauen und Männern zwischen 25 und 48 Jahren soll Klarheit über den Wert von sogenannten Charakterprofilen schaffen, die derzeit in großer Zahl anhand von Fragebögen erstellt werden. Die Teilnahme ist freiwillig und findet anonym bzw. unter Pseudonym statt. Falls Sie sich zur Teilnahme entscheiden, werden Sie monatlich weitere Fragebögen erhalten, die Sie zu Ihrer Meinung über alltägliche Situationen und Ereignissen befragen. Entscheidend für den Erfolg unseres Projekts ist es, dass Sie ausschließlich wahrheitsgemäß antworten. Es ist nicht wichtig, ob etwas richtig oder falsch, moralisch integer, gut oder böse ist. Wir sammeln Ihre Aussagen, bewerten sie aber ausschließlich neutral; moralische Kategorien sind irrelevant. Ein statistisches Ergebnis wird Ihnen nach Abschluss mitgeteilt.

Nach etwa drei Monaten werden wir anhand Ihrer Aussagen ein erstes Charakterprofil erstellen, das Sie nun ihrerseits auf seine Signifikanz bewerten. Gewissermaßen als Anreiz für Ihre Mitarbeit verlosen wir unter den Teilnehmern etwa 100 Urlaubsreisen.

Robert entschloss sich, an dieser Befragung teilzunehmen, da er sich sehr für Psychologie interessierte, obwohl er Naturwissenschaften studierte. Zudem würde er etwas über Menschenkenntnis hinzulernen, und vermutlich auch etwas mehr über sich selbst erfahren. So beantwortete er gewissenhaft alle Fragen. Bei Fragen, mit denen er nichts anfangen konnte, machte er ein ∞-Zeichen, wie es empfohlen wurde.

Auch allen folgenden Fragebögen widmete er die gleiche Aufmerksamkeit. Es machte ihm Spaß, dass sich jemand für ihn interessierte.

Nach drei Monaten machte man seitens der Projektleitung den Vorschlag, künftig ausschließlich elektronisch über das Internet zu kommunizieren; das spare Zeit und Geld, erleichtere die Auswertung und erlaube es, Bildmaterial mit einzubeziehen. Robert hatte keine Einwände.

In einer ersten Testphase sandte man ihm eine unzusammenhängende Fotoserie. Jedes Foto erschien nur für drei Sekunden und war nicht wieder aufrufbar. Er sollte seine Emotionen beim Anblick dieser Bilder schildern. Es waren auch süße Kinder- und Haustierfotos darunter. Er outete sich eindeutig als kein Kinder- und Haustierfreund. Der Grund wurde nicht hinterfragt. Auch schreckliche Darstellungen aus Kriegsgebieten wurden eingeblendet. Er bezeichnete sie als Horror, der ihn zwar aufwühlte und ängstigte, Empathie empfand er nicht.

Man sandte ihm zwei Dutzend Fotos von hübschen jungen Mädchen ohne weitere Informationen. Er sollte sich fünf Mädchen auswählen, die ihm besonders gut gefielen. Warum wurde nicht hinterfragt. Es fiel ihm sehr schwer, sich zu entscheiden. Er fragte sich selbst, nach welchem Muster er vorging. Wenig später erhielt er Profilbeschreibungen der vierundzwanzig jungen Frauen, die aber den Fotos nicht zugeordnet waren. Es viel ihm leichter, fünf Personenbeschreibungen herauszufiltern, für die er sich besonders interessierte. Nur welches Profil gehörte zu welchem Mädchen?

Man wurde konkreter. Er sollte entscheiden, mit welchen fünf jungen Frauen er gerne Kontakt per E-Mail aufnehmen würde und mit welchen er sich später eventuell gerne verabreden würde. Er wählte fünf Kandidatinnen anhand dieser Kriterien aus: Alter, Aussehen, Stil der Selbstbeschreibung, Wortwahl, Selbstironie und Humor.

Er war erstaunt über das Ergebnis, das er nach kurzer Zeit erhielt. Bei vier der fünf Mädchen stimmten das Aussehen und deren Selbstdarstellung überein. Er verfiel ins Grübeln, kann es denn möglich sein, dass ein Foto bereits Auskunft über die Persönlichkeitsstruktur gibt, die dahinter steckt?

Ferner ergab die Auswertung, dass eben diese vier Mädchen unter anderen auch ihn in die engere Wahl gezogen hatten. Das grenzt ja schon ans Übersinnliche! Ging das hier mit rechten Dingen zu?

Robert erhielt vier Telefonnummern. Sollte er davon Gebrauch machen? Er zögerte. Irene zögerte nicht. Sie rief ihn an. Das gefiel ihm und er plauderte mit ihr charmant. Sie war sehr aufgeregt und schnatterte in einer Tour und ließ ihn kaum zu Wort kommen, geschweige denn einen Satz zu Ende reden. Das missfiel ihm und er sagte es ihr. Schweigen – dann Schluchzen – Selbstanklage. Robert schlug vor, es ein andermal noch einmal zu versuchen. Das beruhigte sie. In Wirklichkeit hatte er mit ihr bereits abgeschlossen. Vielleicht sollte er sich gut vorbereiten und den ersten Anruf wagen. So unterhielt er sich ganz zwanglos mit den verbliebenen drei, schilderte seine und erfragte ihre Lebensumstände.

Die Betreiber der Umfrage hielten eine weitere Überraschung bereit. Sie luden für ein ganzes Wochenende alle für sie in Frage kommenden Kandidatinnen und Kandidaten in ein nobles Hotel ein, um sich zum ersten Mal gegenüberzustehen. Alle erhielten Namensschilder mit dem Vornamen. Am

Freitagabend gegen achtzehn Uhr waren alle eingetroffen. Insgesamt waren es 36 Personen, davon repräsentierten sechs Personen die Veranstalter. Robert traf auch seine drei favorisierten Frauen. Er war angenehm überrascht; alle drei waren sehr hübsch, charmant und sehr vorteilhaft gekleidet. Gut, dass er auch in einem einfachen Anzug erschienen war. Die drei sollten sich entscheiden, wer von ihnen mit Robert zuerst zu Abend essen wollte. Anne trat freiwillig zurück mit dem Argument, es gäbe ja weitere Gelegenheiten, gemeinsam zu essen. Zwischen den anderen beiden musste das Los entscheiden. Margit strahlte, sie war die erste, die ihn am ersten Abend für sich allein hatte. Sie war sehr initiativ, meinte, sich um ihn kümmern zu müssen, wenn sein Weinglas aufgefüllt werden sollte, er noch etwas Bohnen wollte. Er bremste sie etwas aus, indem er auf sein Alter und seine Selbstständigkeit hinwies und das Mütterliche nur bei seiner Mutter schätzte. Sie schien, seine höflichen Korrekturen nicht so recht zu verstehen und sagte, sie habe es nur gut gemeint. Das hätte sie nicht sagen sollen. Robert hasste diese Floskel. So kam auch ihr heftiges Flirten nicht so bei ihm an. Sie ließ erkennen, dass sie durchaus nichts dagegen hätte, ihre Unterredung in mehr privatem Rahmen fortzuführen. Robert verabschiedete sich artig; ihm war nicht danach. Margit rauschte pikiert an die Bar.

Anne traf er beim Frühstück. Sie hatte ihr halblanges Haar etwas verwegen hochgesteckt. Das stand ihr sehr gut! Vom Büffet kam sie direkt auf ihn zu. Sie strahlte – er strahlte zurück. Sie redeten nicht viel.

„Morgenmuffel?" fragte sie.

„Nein, überhaupt nicht. Ich komme nur langsam in die Gänge!" erwiderte er.

„War auch nicht böse gemeint. Wollte es nur wissen...!"

Der frische Kaffee tat seine Wirkung und weckte die Geister. Anne trank ihn mit sehr viel Milch.

„Wie war's bei dir mit Margit gestern Abend?" wollte sie wissen.

„Es war irgendwie anstrengend! Sie wirkte so unnatürlich... Ich weiß auch nicht! Aber man sollte das erste Mal auch nicht so überbewerten."

„Du könntest euch eine zweite Chance geben!"

„Kluger Gedanke! Das ist mir aber überhaupt nicht in den Sinn gekommen..." lächelte Robert.

„Sie hat heftig mit dir geflirtet...!"

„Hat sie das?" kokettierte er. „Es war so aufgesetzt, so erzwungen...!"

„Woher willst du das wissen? Vielleicht ist sie so. Vielleicht wollte sie dir gefallen! Vielleicht hast du ihr so gut gefallen... Ich habe euch beobachtet. Sie wirkte später an der Bar ziemlich unglücklich!"

„Du hast uns beobachtet?" fragte Robert erstaunt.

„Ja, das habe ich!" gestand sie. „Ganz einfach, ich wollte wissen, wie es mir dabei geht."

„Und wie ist es dir dabei gegangen?"

„Einerseits hat es mich beunruhigt, ich weiß auch nicht, warum. Dann war ich neugierig, ob du ihre Offerten annimmst und mit ihr in deinem oder ihrem Zimmer verschwindest. Das geschah nicht! Das hat mich beruhigt, ich weiß auch nicht warum."

„Wie war's denn mit deinem Begleiter?" wollte Robert wissen.

„Er hat mich ziemlich gelangweilt. Er erzählte pausenlos von seinen beruflichen Erfolgen. Ich schien ihn überhaupt nicht zu interessieren. Ich mag kein Gebalze, zumindest nicht in dieser hohen Dosis."

„Danke für den Hinweis!"

„Warum?"

„Ich wollte dich fragen, ob wir einen Spaziergang zusammen machen!"

Anne strahlte: „So muss das sein – da sage ich doch niemals nein!"

„Es reimt sich! Dichterin?"

„Wenn, dann von eben auf jetzt – eine Inspiration!" Sie lachten beide.

Sie verbrachten einen fröhlichen Tag und erzählten sich voneinander. Er bat sie, heute Abend das Dinner gemeinsam einzunehmen. Sie kleidete sich sehr hübsch, etwas elegant und etwas sexy. Ihr Umgang wurde vertrauter. Als auch noch stimmungsvolle Barmusik erklang, bat Robert seine Begleiterin um einen Tanz. Charmant errötete sie, als er ihre Hand küsste. Ihr gefiel das, denn alle sahen zu. Später begleitete er sie bis zu ihrer Zimmertür – ein zweiter Handkuss, aber keine Zweideutigkeiten.

Am nächsten Morgen gesellte sich eine der Veranstalterinnen zu ihnen an den Frühstückstisch. Das Namensschild gab Auskunft: Jasmin. Freundlich begrüßte sie Anne und Robert:

„Herzlichen Glückwunsch, Sie beide haben unseren Preis zu einer Reise gewonnen. Wir haben Sie beobachtet und fanden, dass Sie sehr schön zu einander gefunden haben. Oder täuscht mich mein Eindruck?"

„Nein!" bestätigte Robert, „Ihr Eindruck täuscht Sie nicht. Wir haben zwei wunderschöne Tage verbracht, ohne uns groß anstrengen zu müssen! Wir hatten auch selbst vor, unsere Bekanntschaft aufrecht zu erhalten und zu vertiefen."

Jasmin lächelte:

„Gut so! Unser Angebot hat allerdings einen Haken, vielleicht sehen sie das ganz anders, vielleicht ist es für sie eine originelle und sehr willkommene Fortsetzung dessen, was gerade begonnen hat. Wir nennen es den zweiten Teil! Wenn Sie interessiert sind und mehr Information wünschen, kommen Sie beide doch einfach in mein kleines Büro da drüben, dann können wir über alles sprechen. Ich will Sie doch nicht beim Frühstück stören!"

Jasmin erhob sich, winkte und verschwand.

„Bist du neugierig?" fragte Anne.

„Genauso wie du!" lachte Robert.

Sie erfuhren, was man sich ausgedacht hat und auf welche Art das Experiment weitergeführt werden sollte. Bei den beiden verfestigte sich der Eindruck, Versuchskaninchen zu sein, die in einem Käfig unter ständiger Beobachtung stehen. Das irritierte! Jasmin korrigierte:

„Wir möchten, dass Sie beide miteinander zwei Monate in der Einsamkeit der Berge verbringen. Sie werden in einem wunderschönen Haus mit allem Komfort wohnen. Es ist für alles gesorgt. Sie werden stets mit frischen Lebensmitteln beliefert. Sie können dem Überbringer auch eine Liste mit Ihren Wünschen überreichen. Allerdings werden Sie keine Gelegenheit haben, mit der Außenwelt in Kontakt zu treten. Auch werden Sie keine Art der Unterhaltung vorfinden. Sie sind allein auf sich gestellt. Also kein Fernsehen, kein Radio, keine Bücher oder Zeitschriften, keine Computer, kein Telefon, einfach gar nichts. Sie können sich ausschließlich mit sich selbst beschäftigen. Wir wollen herausfinden, wie sich Menschen unter diesen Umständen verhalten und verändern. Natürlich werden Sie nicht von uns beobachtet. Wir möchten, dass Sie beide getrennt jeweils so etwas wie ein Tagebuch führen, wo sie niederschreiben, wie sie sich fühlen und was an diesem Tag für sie wichtig war, was in Ihnen vor sich ging. Für den Fall, dass dieses Experiment entgleisen sollte, haben wir im Vorratsraum einen Knopf für den Notfall angebracht. Sie sind also zu keinem Zeitpunkt in irgendeiner Gefahr. Wir setzen Sie auch nicht den albernen, erfundenen Gefahren aus, die sie eventuell vom Dschungelcamp des Fernsehens kennen. Haben Sie die Möglichkeit, uns diese zwei Monate zur Verfügung zu stellen? Sie sollten sich bis kommenden Sonnabend entschieden haben. Falls Sie an diesem Projekt teilnehmen möchten, werden wir Sie am kommenden Samstag mit dem Taxi abholen und Sie bis vor die Tür Ihres Ferienhauses fahren. Ist es nicht spannend, herauszufinden, wie ein junges, modernes Paar, mit dieser Herausforderung umgeht? Möchten Sie nicht selbst herausfinden, zu welchen Leistungen und zu welcher Kreativität Sie in dieser Ausnahmesituation fähig sind?"

„Könnte es nicht auch zu einer nervenzerreibenden Aneinanderreihung von Konflikten kommen?" warf Robert ein.

Die beiden Frauen sahen ihn wortlos an. Schließlich antwortete Jasmin:

„Über die Qualität Ihres Aufenthalts entscheiden ausschließlich sie beide!"

Jasmin ließ ein ziemlich verwirrtes Paar zurück, was zur Folge hatte, dass die beiden in der darauffolgenden Woche täglich miteinander länger telefonierten. Trotz vieler Bedenken siegte schließlich die Neugier und die beiden stimmten zu. Er packte seinen Koffer, denn die Semesterferien standen bevor. Sie packte ihre drei Koffer, denn ihr Praktikum war zu Ende und sie würde erst im Herbst mit dem neuen Job beginnen. Zwei Taxis brachten sie aus verschiedenen Richtungen an den Ort, wo sie sich kennengelernt hatten. Sie stiegen in ein gemeinsames Fahrzeug um, das sie bei herrlichem Wetter hinauf in die Berge brachte. Oben an einem flach abfallenden Hang angekommen, stellte der Fahrer die Koffer vor die Tür eines schmucken Hauses und händigte ihnen die Schlüssel aus.

„Na dann, viel Glück!" er tippte an seine Mütze und verschwand. Eine große Stille umgab die beiden. Ein milder, sanfter Wind strich durch die zart grünen Blätter und Blüten der Bäume. Anne sah ihren Begleiter an. Unendlich viel ging in ihr vor – in Robert auch. Angst war nicht darunter.

Robert schloss die Tür auf. Er fragte:

„Erwartest du, dass ich dich über die Schwelle trage?"

„Ich denke, dafür ist es noch zu früh. Noch haben wir nicht bestanden!" erwiderte Anne.

Ein kleiner hübscher Vorraum nahm sie auf. Hier konnte man Mäntel und Schuhe zurücklassen. Links befand sich eine moderne Küche, wo man auch Mahlzeiten einnehmen konnte. Zur Rechten öffnete sich ein größeres, ebenfalls sehr modernes Bad und Dusche. Überall waren die Jalousien herunter gelassen. Robert fand rasch den Knopf, um sie fast geräuschlos hoch zu ziehen. Zwei größere Zimmer, das Wohn- und das Schlafzimmer richteten sich nach Südwesten. Beide Zimmer hatten Schiebetüren, die auf eine große Terrasse führte, mit einem einzigartigen Blick über die Berge, Wälder, Wiesen und vereinzelte Seen. Das Paar war überwältigt von diesem unbeschreiblichen Ausblick. Hier konnte man nicht anders, hier musste man sich wohl fühlen. Beide Zimmer waren sehr geschmackvoll eingerichtet. Im Wohnzimmer befand sich sogar ein moderner Kamin, jedoch kein Radio oder TV. An das Schlafzimmer grenzte ein großes kammerartiges Closet, wo sie ihre Kleidung unterbringen konnten. Im Schlafzimmer befanden sich zwei getrennte Betten, eine Kommode mit großem Spiegel und zwei Stühle. Die Seite zur Veranda war eine einzige Glasfläche mit einer Schiebetür, so dass man vom Bett aus einen unverstellten Blick über die Berge genießen konnte.

Im fensterlosen Untergeschoß waren eine elektrische Heizung und der große kühle Vorratsraum untergebracht. Dort befand sich auch unübersehbar der rote Notfallknopf.

Robert trug die Koffer in das Closet. Rasch einigten sie sich, wer welche Seite nutzen wollte. Sie beeilten sich, ihre Sachen auszupacken, denn sie wollten den Rest des sonnigen, warmen Frühsommertages auf der Terrasse genießen. Robert entging es nicht, dass Anne ihre sexy Unterwäsche versteckte. Er nahm an, sie war bei passender Gelegenheit sowieso nur für seine Augen bestimmt.

Ein Teil der Terrasse war überdacht. Dort standen auch ein Tisch und Stühle, so dass man stets draußen essen konnte, wenn es die Witterung erlaubte. Zwei bequeme Liegestühle, zwei Sessel mit einem kleinen Tisch und einem Sonnenschirm standen unter freiem Himmel.

Eine kleine separate Toilette entdeckten sie erst später.

Robert holte zwei Gläser mit Orangensaft und sie setzten sich auf die Terrasse. Es war herrlich. Sie wagten nicht einmal, zu sprechen.

„Es ist fantastisch, ich könnte einfach abheben!" sagte Anne.

„Wir haben nur ein Schlafzimmer..."

„Das macht doch nichts, solange du nicht schnarchst. Das ist mir auch ganz lieb; ich fühle mich sicherer mit dir ganz in der Nähe so tief in der Wildnis... Vielleicht gibt es hier Spinnen, oder gruselige Schreie von Eulen und Käuzchen. Mit dir in der Nähe habe ich eine Sorge weniger!" zwinkerte sie.

„Aber hast du denn keine Angst vor mir, dass ich deine Ängste ausnutze und…!" zwinkerte er zurück.

„Du bist kein Mann zum Fürchten; du bist ein Mann, der einem die Furcht nimmt!"

„Soll ich das als Kompliment verstehen? Oder gelte ich jetzt als Weichei? Aber wenn ich deinen Hilfeschreien erliege und dich fest an mich drücke, um den Gegner zu besiegen? Außerdem bin ich überhaupt nicht kampferprobt!"

„Mein Held, das war ein Kompliment! Mit einer Spinne wirst du wohl noch fertig werden. Wenn's schlimmer kommt, werde ich dich beschützen! Nur Mut!"

„Spontane Regelungen. Was fällt dir ein?"

„Keine Schuhe von draußen im Haus!"

„Und um fünf Uhr Happy Hour!"

„Kein böses Wort! Bei Zuwiderhandlung: Küchendienst! Das läuft doch prima mit der Gesetzgebung!" Anne lachte ihr sympathisches Lachen, das ihm schon beim ersten Mal so sehr gut gefallen hatte.

Etwas nachdenklicher ergänzte sie:

„Wenn ich überlege, noch vor einer Woche hätte ich das alles nicht einmal zu träumen gewagt. Eins sollte ich aber schon noch wissen, hegst du etwa finstere Gedanken?"

„Nein, natürlich nicht! Oder hättest du es gerne, wenn ich finstere Gedanken hege, wegen des Nervenkitzels?"

„Ich hasse bereits TV-Krimis, sehe aber doch hin und wieder dieses Zeug. Man kann sich ja diesem Massenphänomen kaum noch entziehen. Ich bin also etwas abgehärtet. Weitere Thrills würden mein Leben nicht bereichern!"

„Gut, ersetzen wir Nervenkitzel durch anregende Stimulanz!"

„Gute Wortwahl!" lobte Anne. „Findest du mich hübsch und attraktiv?"

„Du weißt, dass du hübsch und anziehend bist!" sagte er.

„Ja, das weiß ich! Aber findest *du* mich hübsch? Ich meine, wie siehst du mich als Mann?" hakte sie nach.

„Glaubst du, wir wären hier, wenn da nicht diese geheimnisvolle Kraft der Anziehung wäre? Du bist sehr anziehend, begehrenswert... ich empfinde dich derzeit als eine Freundin, und schon jetzt bist du eine Bereicherung meines Lebens. Ich bin sehr froh, wie alles gekommen ist. Auf alle Fälle bin ich gespannt, wie sich alles entwickeln wird."

„Es wird geschehen, was wir wollen und was wir zulassen...

...daran ist das Unterbewusste beteiligt, also ein in weiten Teilen unerschlossenes Terrain, weil wir uns selbst ein Rätsel sind. Unvorhersehbar und unvohersagbar..."

„Aber auch korrigierbar!" ergänzte Anne.

„Die Situation ist schon außergewöhnlich. Keine Fluchtmöglichkeiten, nicht einmal in Ablenkung durch Unterhaltung... Es könnte auch Dunkles nach oben spülen!" warnte Robert.

„Möchtest du die Rolle des Bedenkenträgers beibehalten?" erwiderte Anne mit leicht vorwurfsvollem Unterton. Sie wollte sich ihre blendende Stimmung nicht nehmen lassen.

Der Zauber der untergehenden Sonne ließ sie schweigen. Welch Überfluss an Pracht, inszeniert nur für sie.

„Es wird rasch kühl, wenn die Sonne weg ist! Lass uns reingehen!"

Sie gingen früh zu Bett, plauderten noch ein bisschen, keine Zweideutigkeiten und schliefen.

Am nächsten Morgen bestand Anne darauf, das Frühstück zu machen. Er möge sich doch bitte um den Kamin und dessen Funktion kümmern. Sie griff sich Roberts Hemd und verschwand im Badezimmer. Sie sang ein fröhliches Lied. In Roberts Hemd gekleidet verschwand sie in der Küche. Robert protestierte. Sie meinte, er solle das alles nicht so eng sehen, sie hätte sich noch nicht entschieden, was sie anziehen wolle. Sein Hemd wäre also nicht auf Dauer konfisziert.

Er wusste es auch nicht und blieb im T-Shirt. Draußen war es noch empfindlich kühl. Er fand reichlich Holz, dass aber noch zerkleinert werden musste. Ein Hackklotz stand auf dem Hof, in dem ein kräftiges Beil steckte.

„Ich werde heute Nachmittag Holz hacken, wenn dort Schatten ist; dann werde ich nicht so schwitzen!" erklärte er ihr beim Milchkaffee.

„Ich werde dir helfen! Wie findest du mich in deinem Hemd? Es steht mir gut, nicht? Hoffentlich hast du genügend Hemden mit!"

„Wenn ich mich recht erinnere, hattest du drei Koffer und ich nur einen!" sagte er.

„Das sollte ein erster dezenter Hinweis sein, dass ich mir alle Mühe geben werde, dir zu gefallen!" sagte sie und schlürfte bei jedem Komma ihren heißen Kaffee.

„Du gefällst mir in meinem Hemd – weil es so kurz ist?"

„So einfach ist das?"

„So einfach ist das! Aber wie hast du den geschlafen?"

„Diese totale Stille war schon unheimlich. Von dir hörte ich überhaupt kein Geräusch, nicht einmal dein Atmen. Ich bin sogar einmal aufgestanden, um nachzusehen, ob du überhaupt noch lebst!"

„Anne, du sollst dich nicht ängstigen. Lass uns überlegen, was wir tun können, damit du dich entspannter fühlst!"

„Na ja, ich wüsste da schon was… Wenn du einverstanden bist, könnten wir die Betten nebeneinander stellen. Dann weiß ich, dass du da bist…!"

Robert war natürlich einverstanden.

Sie traten auf die Terrasse. Die Sonne hat den größten Teil des Morgendunstes beseitigt. Nur in einigen Tälern hielten sich noch vereinzelte Nebelfelder. Es versprach, ein sonniger, warmer Tag zu werden. Er legte die Hand um ihre Taille:

„Weißt du nun, was du anziehen wirst?"

„Wenn wir einen ausgiebigen Spaziergang machen, werde ich Wanderschuhe anziehen. Vielleicht kurze Hosen, eine Bluse, wenn du eine Jacke in deinem Rucksack mitnimmst, für alle Fälle!"

Schon nach einer halben Stunde kam ihre Wanderung zum Stillstand. Rechts vor ihnen in einer kleinen sonnigen Lichtung erstreckte sich ein großes Feld mit Pfifferlingen. Sie rochen daran, sie dufteten fantastisch. Es bedurfte keiner Absprache. Sie sammelten eine große Menge für ihr Abendessen, kehrten vorzeitig um und säuberten sie sorgfältig. Alsdann breiteten sie die Pilze auf dem großen Tisch auf der Terrasse und ließen sie an der Sonne trocknen.

Die Stelle auf dem Hof, wo Robert das Kaminholz hacken wollte, lag bereits im Schatten. Dennoch würde ihm warm werden und er zog sein Hemd aus. Anne sah ihm zu und stapelte die Scheite in einem Korb. Schon bald glänzte seine

Haut. Sie betrachtete seinen nackten Oberkörper; seine kräftigen harmonischen Bewegungen erzeugten Wonneschauer in ihr. Aber davon brauchte er noch nichts zu wissen. Sie tupfte den Schweiß von seiner Stirn; sie mochte, wie er roch. Er zerkleinerte mehr Holz, als sie im Augenblick brauchten; aber einen Vorrat zu haben, konnte nicht schaden. Ein letzter Hieb und das Beil steckte wieder im Hackklotz.

„Jetzt brauche ich aber eine Dusche!" pustete Robert, als sie gemeinsam den schweren Korb zum Kamin getragen hatten.

„Du Robert, darf ich zusehen, wenn du duschst?" fragte Anne.

Robert sah sie etwas überrascht an:

„Natürlich kannst du das! Aber du erwartest wohl nicht, dass ich in einer Badehose dusche?"

Sie lehnte an der Badezimmertür, während er duschte. Als er heraustrat, reichte sie ihm das Badehandtuch.

Später draußen auf der Terrasse im warmen Sonnenschein sagte sie:

„Danke Robert, dass ich zusehen durfte und keine unpassende Retourkutsche kam. Ich habe lange keinen Adam gesehen und noch dazu keinen so schön gewachsenen."

„Danke Anne, warum sollte ich dich für deine Neugier kritisieren? Wir leben hier unter ungewöhnlichen aber angenehmen Bedingungen. Wir sind aufeinander angewiesen. Wir werden verschiedene Stadien der Nähe durchlaufen. Vielleicht haben wir gerade die Schwelle von Schwester und Bruder überschritten, sind Freund und Freundin geworden. Damit sind auch einige Tabus gefallen...

„Hättest du mich gerne als deine Freundin?" unterbrach sie ihn lebhaft.

„Aber gewiss doch. Du bist ein hübsches, attraktives Mädchen, zu dem ich gerne freundlich sein möchte. Ich habe dich gerne um mich und in meiner Nähe!"

„Ich höre es gerne, wenn du solche Dinge sagst, wenn ich höre, dass ich dem Mann gefalle, dem ich gefallen möchte. Vielleicht wirst du aber auch eines Tages meiner überdrüssig. Aber du hast Recht, ich habe eine Schwelle überschritten, ich hoffe nicht eine Schwelle des Anstands. Meinst du nicht, dass wir das mit einem Kuss besiegeln sollten?"

Robert stand auf und beugte sich über sie.

„Nein, lass mich auch aufstehen!" bat sie.

Er nahm sie in den Arm und sie legte ihre Arme um seinen Nacken; sie sahen sich an und küssten sich auf eine Weise, die keinen Zweifel mehr offen ließ, dass diese beiden keine Geschwister waren.

Als sie sich wieder setzten, fragte Robert:

„Ich bin schon etwas neugierig zu erfahren, was in dir vorging, als du mir zusehen wolltest."

„Na ja; es begann schon beim Holzhacken... Dein schweißglänzender, nackter Oberkörper, deine kräftigen Bewegung, deine Konzentration, deine Ausdauer, das alles hat mich etwas durcheinander gebracht; ich stellte mir vor... Aber dann habe ich dich einfach gefragt... Ich war auch gespannt, wie du reagieren würdest. Na ja, das Kribbeln in meinem Bauch hat deutlich zugenommen. Ich sah auch, dass du etwas erregt warst, und als du aus der Dusche herauskamst und das Handtuch nahmst, war es nicht zu übersehen... Das war schon verwirrend, oder besser, das war schon ganz schön schön und verwirrend."

„Ich glaubte immer, der männliche Körper sei für das Frauenauge nicht gerade eine Augenweide."

„Verwechsle bitte nicht den Erwählten mit dem Exhibitionisten im Park. Der Erwählte sollte für das Frauenauge schon ein schöner Anblick sein. Sie möchte ihm gefallen und er sollte ihr gefallen. Die beiden sollten ein hübsches, aufeinander ästhetisch abgestimmtes Paar sein. Zumindest ist das bei mir so! Gefallen hat mir auch, dass du nicht Gleiches von mir erwartet hast! Das war galant!" Anne lächelte vor sich hin.

„Vielleicht bist du entsetzlich entstellt und willst das verbergen, zum Beispiel viel zu breite Hüften, ein viel zu dicker Hintern, vielleicht riesige Leberflecken, Ausschlag, Pickel, Makel über Makel. Du willst mir deinen Anblick ersparen…

Anne lachte:

„Du weißt, dass das nicht so ist. Du hast mich längst taxiert und mich schon beim ersten Mal genau vermessen. Du weißt ziemlich genau, wie's darunter aussieht. Darin seid ihr Männer meisterhaft. Glaubst du, das habe ich nicht bemerkt? Und das ist auch ganz in Ordnung. Lass es so, wie es ist. Das schätze ich so an dir, dass ich nicht gefallen und Erwartungen erfüllen muss. Du weißt, dass ich dir gefallen will, aber das muss mit meinen Gefühlen übereinstimmen. Du bist ein sensibler Mann, und küssen tust du fantastisch!"

„Küssen kann man nicht alleine; du hast so fantastisch zurückgeküsst…" meinte er.

„Wusste ich's doch, ich bin wieder an allem schuld!" lachte Anne. „Aber ich freue mich auf unser Pilzgericht. Wenn da ein giftiger darunter ist, dann ist das unser letztes gemeinsames Mahl. Kartoffeln dazu und Bratwurst, ist dir das Recht?"

„Sehr, liebe Anne, aber dass da keine Missverständnisse aufkommen, wir machen das gemeinsam. Wir können künftig auch abwechselnd kochen und der andere assistiert!"

„Einverstanden!"

Das Pilzgericht gelang hervorragend und schmeckte großartig. Den milden Abend verbrachten sie auf der Terrasse. In weiter Ferne sahen sie Wetterleuchten. Sie lauschten den Stimmen des Waldes. Den Kamin brauchten sie gar nicht. Sie gingen früh zu Bett, diesmal nah beieinander. Sie plauderten noch lange, bis ein zärtlicher Gute-Nacht-Kuss die vertrauliche Konversation beendete.

Robert erwachte und sah in die Augen seiner Freundin, die ihn betrachteten. Sie lächelte:

„Gut geschlafen?"

„Sehr gut! Und du?"

„Tausendmal besser als gestern! Du warst mir so nah. Ich fühlte mich beschützt! Du bist ein Zauberer! Allein deine Gegenwart schafft Wohlbehagen!" schmeichelte sie.

Nachdem Frühstück sammelten sie zuerst noch einmal Pilze, putzen sie und ließen sie in der Sonne trocknen. Dann wanderten sie in eine andere Richtung und gelangten auf den Gipfel eines Berges. Ihre Anstrengung wurde belohnt mit einer einzigartigen Aussicht. Ganz in der Ferne erkannten sie die Konturen einer Burg und ihr zu Füßen ein kleines Dorf.

„Dies scheinen unsere nächsten Nachbarn zu sein!" sagte Robert versonnen.

„Sie werden sich nicht die Mühe machen und heraufkommen, um uns zu erschrecken! Übrigens Robert magst du Picknicks? Wir könnten unterwegs rasten…"

„Gern, wenn ich nicht allzu viel schleppen muss!"

Auf dem Rückweg sahen sie einen kleinen See mit glasklarem Wasser, das allerdings noch sehr kalt war. Er wurde von einem Wasserfall gespeist. Von einem anderen Aussichtspunkt erkannten sie einen kleinen Fluss.

„Robert, ich muss gestehen, ich habe keinen Bikini mitgebracht!" sagte Anne scheu.

„Das macht nichts, bis das Wasser sich erwärmt hat, wirst du wohl keine Badekleidung mehr brauchen!"

Anne lachte verschmitzt:

„Du meinst, wir beide als Adam und Eva?"

Sie machte eine Pause und wurde ernster:

„Du Robert, ich habe eine Bitte, lass uns beide nie über unsere früheren Beziehungen sprechen!"

„Warum? Hast du eine solch schlimme Vergangenheit?" fragte Robert.

„Nein, natürlich nicht. Ich möchte nur nicht Erinnerungen wecken. Damit würden auch Schmerz und andere unguten Gefühle wieder hoch kommen. Lass' sie ruhen und vergessen. Sie haben keine Bedeutung mehr! Ihr Männer seid vom Leiden verschont; ihr seid da robuster und härter zu euch selbst!"

„Woher willst du das denn wissen?"

„Du nicht? Lass mich wissen…" sagte sie neugierig.

„Ich denke, wir wollen darüber nicht sprechen?"

„Da hast du Recht, vergib bitte einer zeitweilig Neugierigen!"

„Du sprichst gerne über Beziehungsgeschichten?" fragte Robert.

„Ach weißt du Robert, eigentlich nicht! Mit einer Ausnahme, ich spreche am liebsten über uns!"

„Wir haben doch noch gar keine Geschichte!"

„Das schon, aber du bist mir immer noch ein Buch mit sieben Siegeln. Ich wüsste gerne mehr über dich und wie du über mich und uns denkst, was du fühlst..." sagte sie versonnen. „Ich flirte zum Beispiel gerne, du auch?"

„Ich flirte auch gerne! Aber tun wir das denn nicht ständig?" sagte er.

„Etwas schon, aber nicht heftig genug!"

„So so... nicht heftig genug..." brummte er.

„Ich küsse auch gerne! Du auch?" legte sie nach.

„Ich küsse auch gerne!" gestand er schmunzelnd.

„Auch ein Freund sollte seine Freundin öfter küssen..." warf sie ein. „Das wäre durchaus nicht ungewöhnlich..."

„Auch auf die Gefahr, dass die Freundschaft dann zerbricht?"

„Sie kann dadurch nicht zerbrechen! Sie kann sich festigen!"

„Sie kann sogar ganz verschwinden..."

„...und eine höhere Stufe der Annäherung schaffen!" ergänzte sie, bevor sie etwas Unerwünschtes zu hören bekam.

„Und was wäre diese höhere Stufe?"

„Das wäre ein Verliebtsein, ein ständiges Bedürfnis nach Berührung und Zärtlichkeiten..." sagte sie verträumt.

„... die dann immer intensiver und intimer werden!"

„Ja! Du hast es also irgendwie begriffen! Aber willst du mich weichkochen? Warum fragst du mich das alles?"

„Na ganz einfach, ich möchte gerne wissen, wer du bist und wie du tickst!" sagte er entwaffnend.

„Das hättest du mich doch auch ganz direkt fragen können. Ich bin ein junges Mädchen, etwas über Mitte zwanzig; ich bin kerngesund und trotz bisher mangelhafter und wenig ermutigender Erfahrung, sehne ich mich nach dem Zugriff des Mannes, ganz besonders nachdem ich ein willkommenes Exemplar gestern zu sehen bekam!"

„Wenn ich mich nun als eine Fortsetzung deiner schlechten Erfahrungen erweisen würde, was dann?" entgegnete er.

„Das glaube ich nicht! Entscheidend ist, du kannst mir nicht weglaufen. Ich bin voller Begeisterung, mit dir zu üben! Ich habe mir immer innerlich vorgeworfen, ich sei nicht gut genug und entspreche nicht den Erwartungen... Hier habe ich eine Chance, deine Erwartungen zu erfahren!"

„Was hindert dich?"

„Du kannst aber Fragen stellen! Es ist die Angst, ein weiteres Mal verletzt zu werden. Verletzungen hinterlassen Narben; Narben sind verhärtetes Gewebe. Ich will nicht verhärten!"

„Was verletzt dich?"

„Wenn du wegläufst!"

„Ich kann nicht weglaufen..."

„Zumindest nicht physisch, aber innerlich! Es gibt den Tatbestand der inneren Kündigung!"

„Was beruhigt dich?"

„Es gibt keine Konkurrenz, keine Alternative, kein Anderer, keine Andere! Wir haben keine Wahl. Ich finde das kolossal erleichternd!"

Sie schwiegen für den Rest des Weges.

Zuhause ruhten sie auf der Terrasse im warmen Sonnenschein. Jeder ging seinen Gedanken nach, denn das, was heute an Austausch begann, wird bestimmt fortgesetzt. War der Dialog heute noch mental, wird er bald emotional.

Robert begann:

„Unser Gespräch eben war sehr gehaltvoll. Es ist wie abgespeichert in meinen Gedanken, besonders deine Wortwahl. Ich will sie nicht kritisieren, ganz und gar und überhaupt nicht. Du sagtest, du sehnst dich nach dem Zugriff des Mannes!"

„Ja, das habe ich gesagt! Doch Robert wir sollen reden und wir werden reden, aber das, was zwischen uns begonnen hat, findet nicht nur auf einer intellektuellen, mentalen Ebene statt, wir reden auch aus dem Bauch heraus. Wir sollten uns nicht matt diskutieren; gib uns Zeit, zu verdauen und uns zu sammeln und so lass uns diesen Augenblick in Ruhe genießen. Ich bin dir wohlgesonnen und auch mehr als das. Ich genieße deine Nähe und ich bin dir sehr dankbar, dass du dich selbst in Frage stellst, mir zuhörst und mich achtest und beachtest. Eine schöne Zeit hat begonnen! Lass ein bisschen Stille um uns sein!"

„Einverstanden!"

Anne ging duschen aber nach einer Weile rief sie um Hilfe. Robert kam ins Bad und fand Anne artig eingewunden in ein Badetuch.

„Ich finde keine Steckdose für meinen Föhn."

„Anne, du hättest nur dem Kabel von meinem Rasierapparat folgen müssen, dann wärst du am Ziel. Streckdosen im Bad sind immer etwas versteckt angebracht, aus Sicherheitsgründen."

„Danke für deine Hilfe! Es war nicht nur die Steckdose, es war der Beistand des Mannes..." orakelte sie.

Nach dem Abendessen genossen sie schweigend die lange Sommerdämmerung auf der Terrasse. Doch es wurde schwül und drückend. Sie spürten die hohe Luftfeuchtigkeit auf ihrer Haut. Es war windstill und Stechmücken belästigten sie, so dass sie ins Haus flohen. Im Westen zogen dunkle Wolken auf. Robert meinte:

„Es wird wohl ein Gewitter heraufziehen, vielleicht wird es sogar eine Wetterveränderung geben. Schade, dass wir keinen Wetterbericht empfangen können!"

„Robert, ich habe Angst vor einem Gewitter! Lass uns zu Bett gehen, da können wir uns unter der Decke verkriechen."

Sehr schnell verschwanden die Sterne hinter den Wolken und ließen die beiden alleine. Plötzlich und ohne Vorwarnung stand der Himmel in Flammen. Blitzschnell rannten sie ins Schlafzimmer; noch schneller war Anne in ihrem Nachthemd und unter der Decke. Robert kehrte noch einmal um und versuchte die Fensterläden zu schließen, wo es der kräftige Wind zuließ. Der Wind heulte den Hang herauf; Regen peitschte gegen die Fenster; die Zeitspanne zwischen Blitz und Donner wurde immer kürzer. Dann flog die Sicherung heraus. Anne krallte sich an ihren Beschützer. Rasch zog das Wetter ab, als würde es seine Heftigkeit bereuen.

Robert stand auf:

„Komm Anne und hilf mir!"

Sie zitterte am ganzen Körper.

„In der Schublade im Flur liegt eine Taschenlampe. Du musst mir leuchten. Wir gehen hinab in den Keller. Dort hängt der Sicherungskasten!"

„Sollten wir nicht besser hier im Bett bleiben?" meinte sie und lockerte den Griff um seinen Hals in keiner Weise. „Vielleicht kommt das Unwetter zurück!"

„Wieso sollte es? Es hat sich doch ausgetobt und seinen Zweck erreicht!"

„Was sollte das den für ein Zweck sein? Es hätte bei der Bewässerung der Natur auch etwas sanfter vorgehen können!"

„Nun, Blitz und Donner haben dich in meine Arme getrieben. Das hat meinen Beschützerinstinkt ins Unermessliche wachsen lassen." sagte er väterlich.

„Du schlechter Mensch! Du nutzt das Schutzbedürfnis eines schwachen Mädchens aus. Macht dich mein zitternder Körper an? Traust du dich dann, mir dann an Brust und Po zu grabschen?" empörte sie sich in gespieltem Zorn.

„Ich habe nirgendwo hin gegrabscht. Ich habe beruhigend deinen Rücken gestreichelt." sagte er.

„Wo mein Rücken aufhört und wo mein Po anfängt, bestimme noch immer ich selbst." Ihre Empörung sank.

„Anne, bitte bestrafe mich für alle meine Untaten später. Wir sollten unsere Vorräte in der Kühltruhe die Nacht über nicht ungekühlt lassen. Komm' leuchte mir! Es gibt niemand anderen hier, der mir so gut leuchten kann!" Er gab ihr einen leichten Klaps auf ihren Po. Sie gehorchte.

Sie tasteten sich zur Kommode im Flur, fanden auch sogleich die Taschenlampe. So gelangten sie auch, ohne sich zu verletzten, zum Sicherungskasten im Keller. Die Sicherung war glücklicherweise nicht beschädigt und ließ sich problemlos wieder eindrücken – und es wurde Licht!

„Was du alles kannst! Dieser Kerl Robert ist durch nichts zu ersetzen! Daher werde ich dir auch deine Unartigkeiten verzeihen und von einer Bestrafung absehen. Aber sei gewarnt!" sagte sie versöhnlich.

„Sei unbesorgt, liebe Anne, ich werde dich nie wieder anfassen!"

„Tu das ja nicht! Sonst werden bei mir ständig die Sicherungen durchbrennen, damit du sie wieder eindrücken kannst! Ich hoffe, du hast mich jetzt verstanden!" drohte sie.

„Du bist schon ein rätselhaftes Wesen!" sagte er lachend.

„Finde ich gar nicht! Du musst dich nur mehr bemühen und tiefer in mich eindringen. Ich bin sicher, du bist lernfähig!"

Im Bett angekommen, kuschelte sie sich an ihn und schlief sehr rasch ein.

Das Unwetter leitete tatsächlich eine Schlechtwetterperiode ein. Es wurde nasskalt, regnerisch, windig. Manchmal fanden sie sich in dichte Wolken gehüllt oder Windböen rüttelten am Haus. Die Wetterlage trübte auch ihre Stimmung. Schweigend sahen sie aus dem Fenster und konnten nicht einmal das Geländer der Terrasse erkennen. Freiwillig gingen sie kaum noch vor die Tür. Die elektrische Heizung war eingeschaltet.

„Wir können auch den ganzen Tag im Bett bleiben, da ist es kuschelig und wir können plaudern!" meinte Anne versonnen.

„Das ist nicht gut für den Kreislauf!" entgegnete Robert. „Und du willst plaudern, worüber?"

„Wir könnten Gymnastik machen – für den Kreislauf... und wir könnten über meine Sorgen plaudern..."

„Du hast Sorgen?"

„Ja, immer wieder die gleichen. Irgendetwas scheint nicht zu stimmen!"

Robert zog sie sanft in seine Arme:

„Es wird das Wetter sein, was dich bedrückt!"

„Nein, ich fürchte, du findest mich nicht attraktiv, nicht begehrenswert, eben so, wie ein Mann für gewöhnlich eine Frau begehrt!"

„Ännchen, wie kannst du das sagen? Ich habe dich doch noch nie als Eva gesehen!" sagte er unschuldig.

„Ist es das, dass du mich noch nicht wie Eva gesehen hast? Warum sagst du es dann nicht einfach? Warum hast du nicht mal durchs Schlüsselloch geguckt; das ist doch wohl das Mindeste, was ich erwarten kann! " antwortete sie verwundert.

„Dann hättest du mich einen schamlosen Chauvinisten genannt!" sagte er.

„Aber nein! Ich habe so sehr darauf gewartet. Ich sah dich doch auch unter der Dusche...!"

„Frauen sieht man das nach; sie gelten als mutig und selbstbewusst, emanzipiert eben! Männer wollen ja nur immer das eine...!"

„Ach du Dummkopf...! Frauen wollen das auch! Wenn ich das geahnt hätte, dass es daran klemmt!" sie griff ihm gierig ins Haar und zog ihn zu sich in einen Kuss.

„Ich möchte, dass du mutig bist und auch mal eine Ohrfeige riskierst. Manche kleine Frechheit werde ich dir hoch anrechnen. Vergiss das nicht!" Sie küsste ihn wieder.

„Sag es!"

„Ich kann nicht, wenn du mich küsst!"

„Ich küsse dich nicht! Ich höre!" flüsterte sie.

„Ännchen, ich möchte dich so gerne ganz ohne alles sehen; Anne pur, so wie Mutter Natur dich schuf!"

„Dann folge mir! Es wird mir ein Vergnügen sein!"

Sie zog ihn ins Schlafzimmer:

„Setz dich aufs Bett und mach's dir bequem!" Sie stellte sich dicht vor ihn. Ein kurzer Schatten huschte über ihr Gesicht.

„Was ist?" fragte er.

„Wenn ich dir nun nicht gefalle?"

„Das wirst du nie erfahren, wenn du's nicht riskierst!" ermutigte er seine Freundin.

Sie zog die wärmende Strickjacke aus und öffnete die Bluse. Sie glitt von ihren Schultern auf den Fußboden:

„Wenn ich geahnt hätte, dass heute mein großer Auftritt stattfinden würde, dann hätte es jetzt darunter ganz schön sexy ausgesehen!"

„Das ist gut so! Nichts soll mich von dir ablenken!"

So setzte sie sich in schlichter Baumwollunterwäsche auf seinen Schoß:

„Den Rest musst du mir rauben; so will es der Brauch in meiner Fantasie!" empfahl sie ihm.

Seine Hände tasteten über ihren Rücken und öffneten den Verschluss des BHs.

„Meine Güte sind die süß!" entfuhr es ihm.

Anne drückte ihn fest an sich und er begrüßte die beiden überaus warm und herzlich. Anne erhob sich und ließ auch das letzte Kleidungsstück fallen.

„Hurra, es ist ein Mädchen!" jubelte er. „Und nun dreh' dich mal herum; ich ahne, da ist noch so manch Prachtvolles vorhanden."

Galant kehrte ihm Anne den Rücken, wiegte sich in den Hüften. Robert war begeistert:

„Ich werde dir künftig mit Freuden den Hintern versohlen!"

„Da bin ich unbesorgt! Der Anblick dieser süßen Dinger wird dich sofort davon abhalten! Es wird langsam kühl! Du solltest dich umziehen, damit wir ebenbürtig sind. Wir können uns dann schön unter der Decke warm kuscheln!"

Ihr Wunsch wurde blitzschnell umgesetzt und ein ungemütlicher Regentag wurde in eine süße Tollerei verwandelt. Es gab ja so viel zu entdecken! Diese Welt war beiden nicht grundsätzlich unbekannt, aber sie unter diesen besonderen Umständen zu erleben, war eine enorme Bereicherung. Ihre Verspieltheit überwältigte beide. Sie waren einander von Herzen zugetan.

„Warum hast du dich nur so lange geziert, mir die Kleider vom Leibe zu reißen?"

„Es hat mich amüsiert, dir zuzusehen, wie du versuchst hast, meine Festung zu stürmen!"

„Ich mag nicht, wenn du eine Festung bist! Soweit ich dich kenne, ist das auch nicht der wahre Grund, zumindest nicht der einzige…" meinte sie.

„Du hast Recht, es war nicht der einzige Grund. Ich fühlte mich unsicher. Ich bin seit Jahren aus der Übung… Ich habe Angst!"

„Dann bin ich zum Glück nicht die Einzige hier, die Angst hatte; willkommen im Club! Aber wovor hast du denn Angst? Du bist doch der Mann!"

„Eben! Ich habe davor Angst, dass es mir misslingen könnte, dir ein guter Liebhaber zu sein, zumindest nicht der, den du erwartet hast." sagte er tapfer.

Sanft streichelte sie ihm übers Haar:

„Du hast Angst davor, keine kräftige und stabile Erektion zu bekommen! Ist es das?"

Robert nickte.

„Ich hatte Angst, dass dir mein nackter Körper nicht gefallen könnte. Ich habe mich dieser Angst gestellt und sie mit meiner Kleidung abgelegt! Tu's mir nach!" sprach sie einfühlsam. „Lass uns das Erste Mal hinter uns bringen. Schlaf' mit mir! Jetzt!"

„Anna, du weißt, dass solche Begegnungen Folgen haben können. Ich denke, das wollen wir beide nicht. Ich habe für den „Ernstfall" ein paar Kondome dabei, aber ich gebe zu, dass ich diese Dinger nicht mag!"

„Es ehrt dich, dass du Verhütung als eine gemeinsame Angelegenheit begreifst, ich mag Kondome auch nicht. Ich war mir ziemlich sicher, dass wir Sex haben werden und ich will es; meine Ärztin gab mir eine Spritze, die mir drei Monate Sorglosigkeit beim Umgang mit Männern beschert!"

„Danke Anne, das beruhigt mich!" sagte er und streichelte ihren Rücken.

Sie küsste ihn mit mehr Würze, rieb sich an ihm und drängte sich an ihn. Seine Hände tasteten über ihre Haut. Ihr deutliches Feedback ermunterte ihn. Er wurde mutiger, sie auch. Sie unterbrach ihren Kuss kurz:

„Ich weiß überhaupt nicht, worüber du dir Sorgen machst. Das fühlt sich doch großartig an! Ich erwarte dich!"

Die beiden vergnügten einander, sodass man es im ganzen Haus hören konnte. Als sie es vollbracht hatten, lachte er und sie strahlte:

„Meine Güte, wenn das der Anfang ist, wo soll das bloß enden? Oder haben wir einfach nur Talent?"

Sie blieben für den Rest des Tages im Bett. Selbst die Mahlzeiten galten als Zeitverschwendung, sosehr waren sie mit sich selbst beschäftigt. Bei Anne schienen alle Dämme zu brechen. Sie ließ keinen Zweifel daran, wie ausgehungert sie war. In einer Erholungspause raunte sie in Roberts Ohr:

„Ich hatte es nicht so großartig in Erinnerung. Ich hoffe, ich verstöre dich nicht mit meinem Verlangen. Aber du hast das Fass zum Überlaufen gebracht!"

Robert lachte schallend:

„Ich habe es niemals für möglich gehalten, dass du dich selbst als Fass bezeichnest!"

„Na warte, du willst mich nur missverstehen; dir wird das Lachen schon noch vergehen!" knurrte sie und schwang sich über ihn.

Nachdem sie den ersten Hunger gestillt hatten, eine leichte Mahlzeit zu sich genommen hatten und erschöpft aber glücklich eingeschlafen waren, gingen sie den nächsten Morgen daran, ihre Begegnungen zu vertiefen.

Sie sprachen viel und sehr offen über das, was misslang. Ihre Experimentierfreude kannte keine Einschränkung und über so manches Groteske mussten sie herzhaft lachen. Fleißig schrieben sie alles nieder, jeder in sein Tagebuch. Anne sah in Robert eine willkommene Gelegenheit, sich für ihre Neigungen, einen hervorragenden Liebhaber heranzubilden. Sie studierte ihn geradezu. Die häufigen Liebeleien bargen die Gefahr, dass er zu rasch ermüdete oder ihrer gar überdrüssig werden könnte. Andererseits erkannte sie auch seine Empfänglichkeit für jedes erotische Geplänkel. Sie war einfallsreich. Er mochte es, wenn sie die Funken sprühen ließ; sie zündelte und reizte, bis er Feuer fing und heftig nach ihr griff. Wenn sie Interesselosigkeit vortäuschte, wurde er initiativ. Sie ließ sich doch so gern von ihm verführen, dabei konnte sie es ihm leicht oder schwer machen. Beides zeigte Wirkung. Aber auch er ließ sich gerne von ihr verführen, und sie bewies darin erstaunliche Fähigkeiten. Besonders wirkungsvoll waren ihre originellen Belobigungen seiner männlichen Tugenden.

Wie viele Männer, so war auch er stolz, ein so sehr einsatzbereiter Mann zu sein. Er war selbst überrascht, was in ihm steckte. Das üppige Training tat ein Übriges. Anne stellte eine Testfrage:

„Schatz, hast du dich nie gefragt, warum ich dich so oft zu Bett bitte?"

„Nun, ich denke, weil ich dir diese angenehmen Gefühle bereite und ein so guter Liebhaber bin. Ich wusste gar nicht, dass Frauen ein so großes Bedürfnis danach haben?"

„Das bist du fürwahr, du hast Talent! Aber auch ein Talent muss geschult werden, sonst verkümmert es. Dein Vibrato muss noch ausgebaut werden, auch solltest du nicht so rasch außer Atem geraten. Ob Frauen ein großes Bedürfnis haben, interessiert mich wenig. Ich bin überrascht, welch großes Verlangen ich habe. Mein Eindruck ist, ich kann mich zum ersten Mal so richtig entfalten. Wir haben keine Ablenkung, keine Konkurrenz, du bist der einzige Mann weit und breit und wir leben nach unseren eigenen Regeln. Unter solchen Bedingungen macht das mit dir einen Heidenspaß. Wir haben alle Zeit der Welt, um gründlich auszuprobieren."

„Es freut mich, das aus deinem Munde zu hören! Stell dir vor, ich hätte nicht die Qualitäten, die du erwartest; was wäre dann? Unser Aufenthalt hier wäre ein heilloses Desaster!"

Da kam Anne eine Idee, mit der sie meinte, etwas an seinem Männlichkeitswahn zu kratzen:

„Stell dir mal vor, das wäre tatsächlich ein Teil der Ursache für mein großes Verlangen…!"

Robert verschlug's die Sprache; er schüttelte den Kopf, er witterte Ungemach:

„Was meinst du damit? Könntest du dich etwas präziser ausdrücken?"

„Kein Grund, gleich gereizt zu sein! Ich habe dich nicht angegriffen! Mir kam der Gedanke, dass mir vielleicht etwas fehlt, um zu mehr innerer Ruhe zu gelangen; vielleicht beherrscht mich ein unbekannter Mangel, der mit mir, mit dir, oder mit uns beiden zusammenhängt, der mir aber nicht bewusst ist. Dieses Nochunerfülltsein lässt mich unersättlich erscheinen. Alles nur Vermutungen!

Was mich überrascht ist, dass du dich gleich in deiner Eitelkeit gekränkt fühlst. Ich habe doch nicht deine männlichen Fähigkeiten angezweifelt! Was im Bett mit und zwischen uns geschieht ist das Zusammenspiel von uns beiden! Offenbar ist dies ein wunder Punkt bei euch Männern. "

„Nun, wenn du einen Mangel verspürst, würdest du dich vermutlich im realen Leben nach einer Alternative umsehen..."

„Auf keinen Fall! Glaubst du allen Ernstes, es ist so einfach, jemanden, den man liebt, aus dem Herzen zu reißen? Ich würde nach einer Lösung, einer Art Therapie suchen. Ich will ja auch gar nichts dramatisieren, wenn eben nicht nur immer ich es wäre, die nach dir verlangt..."

„Liebste Anne, du kommst mir einfach zuvor. Außerdem schmeichelt es mir, wenn du mich zu Bett bittest. Ich vergöttere initiative Frauen, die sich nicht an Konventionen halten."

„Meine Güte, lieber Robert, ich möchte auch das Objekt deiner Begierde sein. Ich mag dein Zugriff und eben auch deinerseits den Bruch mit Konventionen spüren, ein Hauch von Draufgänger, der mich bezwingt und unterwirft und der auch eine Ohrfeige riskiert. Das bin ich auch!" gestand die mutige Anne.

Sie beendeten fürs erste dieses Gespräch. Die Sonne schien wieder beständiger; es war warm und freundlich und die Terrasse lud zum totalen Sonnenbad ein. Jeder übernahm die Sonnenschutzbehandlung des anderen.

„Anne, ich habe über unser voriges Gespräch nachgedacht. Ich halte es für gehaltvoller, als ich zunächst dachte. Kritik ist wichtig! Kritik hilft zu verbessern. Kritik hat nichts mit Nörgelei zu tun! Ich muss lernen, mit Kritik umzugehen. Wohlmeinende Kritik bietet die Chance, etwas zu verbessern. Kritik an Dingen, die im Bett geschehen oder eben nicht geschehen, fällt schon sehr viel schwerer."

„Danke, mein Freund! Gerade da wäre es besonders wichtig!" warf Anne ein. Doch plötzlich strahlte sie. Robert sah sie fragend an.

„Was wäre, wenn wir das Ganze einfach ins Gegenteil verkehren?" begann sie. „Wenn wir nicht kritisieren sondern loben. Das würde doch das Gleiche bewirken; wir verstärken das, was bereits vorhanden ist! Wir erkennen, was schon da ist und beim anderen besonders gut ankommt und was er besonders mag. Das weist den Weg zu höheren Weihen, die wir noch gar nicht benennen können."

Anne brauchte eine Pause zum Nachdenken, bevor sie fortfuhr:

„Ganz praktisch könnte das so aussehen. Wir treffen uns in unserem Bett zu Pillow Talks. Zwei Gesichter, einander zugewandt auf einem Kopfkissen. Wir sprechen abwechselnd über das, was wir mögen. Ein einfaches Beispiel: Ich sage zu dir, mir gefällt deine Art, mich anzusehen, wenn ich nackt bin! Ich sage nicht: Mir gefällt nicht, dass du peinlich wegsiehst, wenn ich nackt bin. Verstehst du? Wenn du mich verletzen willst, brauchst du dich nur empört abwenden. Da ich aber weiß, dass du ständig darauf bedacht bist, mir eine Freude zu machen, weißt du nun, was du tun musst. Auf unserem Kopfkissen wirst du dann zu mir sagen; mir gefällt wie du…; und da auch ich dich erfreuen will, werde ich es tun, wie du es magst. Keine der Aussagen wird bewertet und schon gar nicht entwertet."

„Das können wir doch gleich heute Abend im Bett ausprobiere! Was meinst du!" stimmte er ihr begeistert zu.

Dieses einfache Ping-Pong-Spiel mit erotischen Geständnissen zeigte schon in kurzer Zeit erstaunliche Ergebnisse und je häufiger und länger sie es spielten, umso mehr beschleunigte sich der Wandel. Beide hatten nicht geahnt, welche Kreativität und Virtuosität in ihnen steckte. Sie blühten und glühten auf. Wieviel Spaß man doch zu zweit haben kann! Die Seiten in ihren Tagebüchern füllten sich.

Der Regen hatte der Vegetation gut getan. Überall boten frisch-grüne Pflanzen bereits ihre süßen Früchte an. Auf ihren Waldspaziergängen fanden sie Walderdbeeren, erste Himbeeren, aber auch andere Früchte, die sie nicht kannten und daher nicht anrührten. Einen Korb für Pilze oder Früchte führten sie immer mit sich.

Eines frühen Nachmittages kehrten sie heim mit einem Korb voller frischer, aromatischer Walderdbeeren. Als Robert sie in der Küche unter fließendem Wasser säuberte und halbierte, erfüllte ihr Duft den kleinen Raum.

„Komm', mein liebes Ännchen, wir essen davon draußen auf der Terrasse." lud er ein.

Er stellte einen Sessel zurecht, stellte die Schüssel auf den kleinen Beistelltisch und bat seine Gefährtin, sich auf seinen

Schoß nieder zu lassen. Alsdann begann er, bedächtig Annes Bluse aufzuknöpfen.

„He du, wer erlaubt dir, mir an die Wäsche zu gehen?" protestierte sie ermunternd.

Er blieb unbeirrt:

„Weißt du nicht, wie schwer Flecken von Erdbeeren aus einer weißen Bluse zu entfernen sind? Das ist eine reine Vorsichtsmaßnahme!" beruhigte er sie und tastete nach dem Verschluss ihres BHs.

„Hey, mein BH ist aber rot!" versuchte sie es erneut. Aber schon war er entfernt.

„Sei doch nicht so knauserig und lass die beiden Süßen doch teilhaben am Erdbeerschmaus!"

„Ich weiß, du magst sie mehr als ich. Du verhätschelst sie geradezu. Aber irgendwie hast du Recht!"

„Ach red' nicht so über die beiden! In Wirklichkeit bist du stolz auf sie!" Robert steckte ihr zwei Erdbeeren in den Mund, um sie am Weitersprechen zu hindern. Sie küsste ihn, und sie aßen die Früchte gemeinsam. Er hob die beiden Zwillinge an und sie dekorierte sie mit Früchten. Er sah ihr dabei zu. Dann nahm er vorsichtig mit den Lippen jede einzelne Frucht von ihrer samtenen Haut auf. Nun sah sie ihm zu. Wieder reichte sie ihm eine Frucht in einem Kuss. Alsdann fütterte er sie mit mehreren Früchten. Ihr Saft tropfte aus ihrem Mund auf die weiße Haut ihrer Brust... Er zögerte keinen Augenblick, den Saft aufzulecken... Das taten sie etliche Male, fanden es amüsant und lachten.

„Du Robert, erlaubst du mir, deine Verfügbarkeit zu überprüfen?"

„Hab' ich eine Chance, das zu verhindern?" fragte er zurück.

„Nein, die hast du nicht! Als deine Gefährtin habe ich das Recht, jederzeit deine Bereitschaft zu prüfen. Bereitschaftsdienst hast du ja immer! Das Los des Mannes eben! Ein kurzer Test:

"OK, du bist gut vorbereitet! Wir sollten rasch zu Bett gehen, um dieses Ereignis zu würdigen! Die Schale mit den Erdbeeren können wir gerne mitnehmen. Wehe, wenn du die Bettwäsche besudelst, wenn du die Früchte suchst und zu lange brauchst, um sie zu finden! Du weißt, Obst ist so gesund für deine Männlichkeit! Du wirst sie brauchen!"

Sie waren kein Paar der langen Worte, eher ein Paar der langen Spiele, dank ihrer gesunden Ernährung und natürlich ihrer Verführungskünste. Ihre Pillow Talks brachte sie einander näher. Sie gingen intensiver aufeinander ein und ihre Begegnungen wurden ausgedehnter, so als könnten sie nicht voneinander lassen. Wieder gab es viel zu diskutieren. Während eines dieser diskreten „Bettgeflüsters" gestand sie, wie sehr sie seinen beherzten Zugriff neulich genossen hatte. Robert wollte Genaueres hören. Sie stockte:

„Neulich, als wir danach oder davor duschten... Ich glaube es war eher davor, denn wir zündelten schon ziemlich heftig unter der Dusche... Jedenfalls wir standen vor dem breiten Spiegel am Waschbeckentisch, du hast dich noch einmal rasiert, weil ich dich kratzfrei lieber mag und ich föhnte mein Haar. Wir sahen uns ab und zu im Spiegel an und lächelten. Du hattest ein Handtuch um die Hüften, ich auch um meinen Oberkörper gewunden. Ich weiß nicht warum, aber du magst, wenn ich mein Haar hochstecke; also steckte ich es hoch... Plötzlich bist du hinter mich getreten und legtest deine Hände auf meine Schultern, sie waren warm und männlich, wohltuend. Du raubtest mir mein Handtuch... ich raubte dir deins... deine Hände griffen nach meinen Schultern; ich spürte ihre Kraft. Sie glitten unter meinen Armen zu meiner Brust, hoben sie leicht an und massierten sie. Ich spürte den sanften Druck deiner Hände. Ich antwortete auf deine wachsende Erregung und rieb meine Pobacken an deinem erwachten Freund. Meine Güte, war er ungeduldig – ich aber auch! Du beobachtest mein Gesicht im Spiegel; mein Mund war leicht geöffnet; deine Hand griff in meinen Nacken; sie zwang mich etwas grob, meinen Oberkörper zu beugen. Ich wollte nach hinten greifen, aber ich brauchte meine Arme, um mich auf dem Waschtisch abzustützen. Du legtest ein weiches Handtuch unter mein Gesicht und drücktest meinen Kopf darauf. Meine beiden Arme hast du auf meinen Rücken gezogen und hieltest sie mit einer Hand fest. Es tat etwas weh und ich seufzte, aber es gefiel mir... deine Knie zwängten sich zwischen meine Beine. Als ich etwas Widerstand leistete, erhielt ich einen Klaps auf den Po zur Ermunterung; auch das gefiel mir, denn du wusstest das rechte Maß... Ich gab nach, ich wollte meine Bereitschaft zeigen, du solltest es wissen, wie sehr ich überwältigt werden wollte. Das erregte und ermunterte dich – und mich erst... Wir huschten ins Bett und ertranken in Glückseligkeit."

Ihre farbenrohe und detailreiche Schilderung über das, was sie mochte, genügte für die notwendige Würze für weitere heftige Begegnungen.

Doch bald witterte ihr Verstand erneut Gefahr, ihr Herz nicht: Wie weit darf Liebe gehen? Was darf Liebe zulassen? Darf man einander gehören? Darf man einander gehorchen? Darf man einander besitzen? Darf man einander begehren? Darf man von einander besessen sein? Darf man nach einander süchtig sein? Hoppla, letztere beide gefährden die Freiheit! Liebe ist ein Kind der Freiheit! Liebe darf nicht einengen; sie soll befreien! Aber in homöopathischer Dosis wecken Besessenheit und Sucht das Bewusstsein und stärken die Abwehr gegenüber der überdosierten und damit unkontrollierbaren Variante. Wählt man nicht manchmal solche Worte im Überschwang der Gefühle?

Einmal meinte Anne, einer ihrer Wünsche wird unerfüllt bleiben.

„Und der wäre?" fragte Robert.

„Für ein paar Tage du zu sein! Dann könnte ich mit Gewissheit, all dein Inneres erforschen, deine geheimsten Wünsche erfahren. Ich wüsste, was du vor mir versteckst."

„Ist nicht ein Hauch von Ungewissheit nicht auch spannend?"

„Ach Robert, ich möchte nur, dass du weißt, ich bin auch für deine geheimsten Geheimnisse da!"

Robert nahm sie für diese ungewöhnliche Liebeserklärung sanft in seine Arme:

„Dann lass uns doch einmal bei unseren Pillow Talks über diese geheimsten Geheimnisse sprechen! Und was würdest du denn tun, wenn du für ein paar Tage ich wärst?"

„Auf alle Fälle würde ich dann, der du jetzt ich wärst, viel häufiger mit dir schlafen!"

„Tun wir das denn nicht schon häufig genug?"

„Ich kann einfach nicht genug von dir bekommen! Aber das weißt du ja!"

Ein weitläufig zu beobachtendes Phänomen bei Liebespaaren schien den beiden erspart zu bleiben. Sie stritten sich niemals. Natürlich gab es Meinungsverschiedenheiten, aber keiner wollte sie eskalieren lassen. Viele Paare beenden sehr intensive und tief gehende Episoden in ihrem Liebesleben mit einem Streit, um wieder Distanz zu schaffen, sich aus zu großer Nähe zu befreien und um sich wieder zu restrukturieren.

Die Wiedervereinigung fällt dann wieder umso opulenter aus. Anne und Robert zogen es vor, sich darauf zu einigen, sich eben nicht einigen zu können. Ihr Unterbewusstsein hatte sehr wohl begriffen, wie sehr sie auf einander angewiesen waren. Ihr Ausnahmezustand zwang sie dazu. Das Ego hatte sich friedfertig zu verhalten. Es gab keine Alternative zum Frieden, zur Kooperation, zur Liebe. Das machte sie beide sehr glücklich.

„Langweilt dich nicht dieses Gleichmaß der Dinge zwischen uns?" fragte er einmal.

„Langweilst du dich mit mir?" fragte sie zurück.

„Eigenartigerweise nicht! Obwohl wir immer nur das Gleiche tun!" gab er zurück.

„Ich finde es gut, dass man uns alles „Spielzeug" weggenommen hat, und wir übrigblieben! Wir reden weniger, verstehen uns aber besser! Dein Schweigen ängstigt mich nicht mehr!"

„Früher fürchtete ich mich manchmal vor dem neuen Tag. Heute, wenn du in meinen Armen aufwachst, weiß ich, was mir der neue Tag bringt!" gestand Robert.

„Und?"

„Er bringt mir deine Liebe, dein Verlangen, die Gewissheit, dass wir ein paar liebevolle Stunden im Bett verbringen. Ich fühle mich belebt, jung, frisch. Die reichlichen Orgasmen tun mir gut!"

„Mir auch! Ich glaube, wenn wir ein normales Leben führen würden mit all den Einflüssen, Problemen und Ablenkungen, wir wären uns nicht so nah gekommen!"

Damit war der berühmte Wermutstropfen ins Bewusstsein der beiden gefallen: Wehmut, baldiger Abschied. Die zwei

Monate neigten sich dem Ende. Umso größer war die Freude, als sie erfuhren, dass man ihnen einen weiteren Monat Aufenthalt anbot. Voraussetzung war, dass sie gewissenhaft ihre Tagebücher führten. Das Institut war ausschließlich an einer umfassenden Auswertung der Verhaltensweisen ihrer beiden „Versuchskaninchen" interessiert.

Diese Tatsache intensivierte noch einmal ihr Liebesleben. Manchmal klammerten sie sich wie Ertrinkende aneinander. Doch auch dieser Monat verging. Tränen flossen. Natürlich ließen sie zurück in der Heimat nicht ab voneinander. Sie wohnten in verschiedenen Städten. Das konnten sie rasch ändern. Doch viele Stunden des Tages verbrachten sie getrennt und wurden mit unterschiedlichen Lebensqualitäten, Belastendem und Sinnlosem konfrontiert. Nur selten erlebten sie noch die Intensität vergangener Zeiten. Das, was sie einst im Überfluss genossen, konnten sie jetzt nur noch gelegentlich kosten. Aufkommender Streit belastete zusätzlich und verstärkte die Frustration.

Sollte der Sinn des Lebens nicht darin bestehen, Liebe zu leben und Wachstum zu fördern? Warum gelingt das unter unseren aktuellen Lebensumständen nur im Einzelfall? Läuft da in unserer Zivilisation nicht etwas grundsätzlich schief? Oder hat man uns vom Sinn des Lebens nur etwas Falsches erzählt?

Das Geheimnis der Heilerin

Es herrschte Krieg und das schon seit langer Zeit, ein Ende war nicht abzusehen. Er war nicht immer und nicht unmittelbar spürbar. Doch oft kamen Männer in das kleine Dorf, um für diesen oder jenen Feldherrn neue Söldner anzuwerben. Sie versprachen großartige Dinge, Abenteuer und unermesslichen Reichtum. Vom großen und grauenvollen Sterben erzählten sie nichts. Viele, die diesen Aufrufen folgten, sah man nie wieder. Die, die tatsächlich wiederkamen, waren kaum wiederzuerkennen. Entweder sie waren grässlich entstellt, verwundet, verstümmelt oder traumatisiert und für die Arbeit im Dorf nicht mehr zu gebrauchen. Sie wurden zur geduldeten Last für die ohnehin schon sehr arme Dorfbevölkerung.

Über der Region, sie umfasste vier Dörfer und mehrere kleine verstreute Anwesen, lag ein merkwürdiger Zauber. Obwohl in weiten Teilen das Land ständig unter Krieg, Elend und Plünderungen litt, blieb dieser kleine Landstrich von direkten kriegerischen Auseinandersetzungen verschont. Zwar waren auch hier die Auswirkungen zu spüren, aber die Heere zogen weit entfernt vorüber. Selbst marodierende und plündernde Banden verschonten diese winzige Region. Sie gehörten keiner der kriegführenden Parteien an; sie nutzten den rechtsfreien Zustand des darniederliegenden Landes aus, um den Armen und Geschundenen die letzten Habseligkeiten zu rauben. Grauenvolle Geschichten erreichten das Dorf und seine Bewohner aber niemals die noch schrecklichere Realität. Bedrückend war trotz allem die ständige Angst, dass dieser bevorzugte Zustand einmal ein Ende haben könnte, dass eines Tages auch bei ihnen Soldaten einfallen, plündern und morden würden, beherrschten jeden einzelnen in diesen Dörfern.

Doch dieser ständig präsente Schatten der Angst hatte auch etwas Gutes. Sonst übliche Streitereien um Nichts und Wiedernichts waren fast vollkommen verschwunden; man war hilfsbereit untereinander, half und unterstützte einander, wo immer es nur ging. Trotz dieser Sonderstellung, klagte man allerorten über die Armut und übersah, dass ein jeder zwar ein bescheidenes wenn auch karges Auskommen hatte. Der kleine, rundliche Pfarrer musste sich oft diese Klagen anhören, dass Gott es wohl nicht so gut mit ihnen meinen würde und sie ihr Leben lang in dieser Armut belassen würde. Besonders Aufmüpfige wagten sogar Bemerkungen über die neue christliche Religion, die herandämmerte, die sich ausbreiten würde, die von einem einfachen Mönch geschaffen worden war, die in deutschen Worten sprach, was Gott meinte und die dem einfachen Menschen mehr Trost und Hilfe versprach. Zum ersten Mal verstanden diese einfachen und ungebildeten Leute, was ihr Gott von ihnen verlangte und erwartete. Das schien das Leben etwas einfacher zu machen. Sie erfüllten ihrerseits Gottes Wünsche und hofften, dass er ihre erfüllte. Neue Skepsis kam auf, als die Erfüllung ihrer Wünsche nicht so ganz ihren Vorstellungen entsprach. Gott blieb ein ewiges Rätsel; nie konnte man es ihm recht machen. Er sprach nicht direkt mit seinen Kindern und ließ sie oft ahnungslos in ihr Unheil tappen. Natürlich erstattete der kleine rundliche Pfarrer Bericht über die dreisten Vorkommnisse an den Bischof; aber er erhielt nicht sehr viel Unterstützung. Zu klein und bedeutungslos war die Gemeinde, die vom Virus der neuen ketzerischen Religion befallen war. Man hatte ganz andere Sorgen in der fernen Stadt. Dort fühlte man sich ebenfalls bedroht. Großartige Privilegien schienen dahin zu schmelzen. Der Respekt gegenüber der Priesterschaft zerrann. Für sie waren die neuen Zeiten schlechte Zeiten. Man empfahl dem kleinen Pfarrer auf dem fernem Lande, das übliche Repertoire des Schreckens einzusetzen: das Fegefeuer, die Strafe Gottes und die ewige Verdammnis; für immer sei ihnen der Weg ins Paradies verschlossen. Doch nie war jemand von dort zurückgekehrt, um zu berichten. Die Menschen im Dorf waren zu sehr mit dem Leben vor dem Tode beschäftigt. Und daran wird sich auch in allernächster Zeit nichts ändern.

Ich wurde in diese Welt hinein geboren, die ich mir wohl ausgesucht haben musste, obwohl sie später im Rückblick als die schrecklichste Epoche meines Heimatlandes bezeichnet wurde. Sie dauerte ein ganzes Leben lang. Aber davon ahnte ich damals in den frühen Jahren meines Lebens noch nichts. Meine Welt war viel kleiner, gerade so groß, dass ich sie mühelos überblicken konnte. Ich hatte einige günstige Startbedingungen: ich war männlich und der Erstgeborene. Ich war ein fröhlicher Junge, denn ich hatte noch nicht gelernt, zu urteilen, zu verurteilen, zu bewerten. Ich war ein glückliches Kind, das sehr viel lachte und ein wenig weinte. Und überhaupt, es war gar nicht so schlecht damals. Ich war gesund; meine Mutter liebte mich über alles und mein Vater war stolz, einen Sohn zu haben. Insgeheim hatte er wohl schon Pläne geschmiedet. Immerhin, er war ja Schmied. Nichts trübte meinen Alltag; was hätte das auch sein sollen? Ich verstand doch nichts von all dem, was jenseits des Flusses, des Waldes oder der Berge geschah.

Wenn meine Mutter nicht fröhlich war, was ich durchaus nicht verstehen konnte, denn die Sonne schien von einem wolkenlosen Himmel und die Katze hatte über Nacht fünf Kleine zur Welt gebracht. Das hieß für mich, ich hatte nun noch mehr Spielkameraden als zuvor. Wenn meine Mutter also dennoch nicht fröhlich war, dann lachte ich sie an, solange, bis sie auch nicht anders konnte, als zu lachen und mich in die Arme schloss. Meist half ihr das über den ganzen Tag und wenn der Vater abends missmutig in die Stube kam, dann fing auch er alsbald an zu lachen. Er konnte es einfach nicht unterlassen. Eine meiner ersten Lebenserfahrungen war, dass in allen Menschen so viel Lachen steckt, dass es ihnen schwer fällt, es zu unterdrücken. Kurzum, bald lachten wir alle und freuten uns über das, was unser war und hingen nicht den Gedanken nach, was vielleicht unser sein könnte. Ich war ein kleines Kind, ein gesundes Kind aber ich schätzte nicht einmal letzteres, denn es war meine normale Welt, die ich nicht in Gut und Schlecht einteilte. Natürlich traf mich der Tadel meiner Mutter, der Zorn meines Vaters, wenn ich etwas zerbrach oder unachtsam behandelte, oder einfach nicht gehorchte, weil mir der Sinn eines Gebots nicht einsichtig war. Freilich lehrte mich das Leben schmerzhafte Dinge, wenn ich den guten Rat meiner lieben Eltern missachtete. Ja, Feuer ist sehr heiß und tut verdammt weh. Mein Vater war Schmied und ich beobachtete, dass Feuer durchaus ein Freund sein kann, wenn man richtig mit ihm umging.

Meine Welt bestand aus einer großen Stube, in der wir wohnten und schliefen, wo meine Mutter kochte und wo wir aßen. Von draußen drängten oft Sonnenstrahlen in das Dunkel. In diesen feinen Strahlen tanzten kleinste Teilchen, die man sonst nicht sah. Was war deren Geheimnis? Denn außerhalb dieser Sonnenstrahlen tanzten sie nicht. Die Sonne war der Grund ihres Tanzes. Ich erkannte schon bald in der Sonne meinen Freund, lange bevor ich ihre gewaltige Macht begriff. Sie war der Grund all unseres Lebens, also auch der Grund, dass ich lebte.

Vom Schuppen am Ende des Hofes drang der Klang des Schmiedehammers bis in unser einfaches Haus. Dieser Klang vermittelte Verlässlichkeit, Beständigkeit, denn die Kraft meines Vaters war der Garant für unser bescheidenes Leben. Nicht alle seine Kunden konnten meinen Vater bezahlen. Die meisten waren Bauern und genauso arm wie wir.

Ich hieß Matthias, aber alle nannten mich Mattis. Wie alt ich war und wann ich Geburtstag hatte, wusste ich nicht. Aber ich war der älteste Sohn des Kesselschmieds Alfred und ich war bereits tüchtig und kräftig genug, um allerhand Arbeiten zu verrichten. Lesen und schreiben konnte ich nicht. Im Sommer hütete ich unsere beiden Kühe und unsere Ziegen auf dem Feld. Im Winter war ich meinem Vater behilflich. Oft riefen mich aber auch Nachbarn, um bei Reparaturen zu helfen, denn ich galt als sehr geschickt und war stets freundlich und daher allseits beliebt. Meine jüngere Schwester war sehr schweigsam und sanftmütig. Ich beobachtete sie einmal, wie sie den Gänsen, die sie hütete, wortreiche Geschichten erzählte. Menschen gegenüber blieb sie verschlossen. Einmal besuchte sie mich auf der Wiese; ihre Gänse schwammen im nahen Teich, aus dem auch meine Kühe und Ziegen Wasser tranken. Sie schimpfte wortgewaltig mit den Ziegenmüttern, die sich ihrer Ansicht nach nicht genügend um ihre Kleinen kümmerten.

„Habt ihr euren Kleinen noch nie die Geschichte vom Wolf und den sieben Geißlein erzählt?" schrie sie sie an. „Wisst ihr nicht, dass da draußen nur so die Wölfe darauf warten, eure Kleinen zu fressen! Ist das euch egal?"

Gretel, so hieß meine Schwester, hatte vor Erregung einen roten Kopf bekommen; ich kannte meine Schwester nicht wieder. Als ich sie ansprach, sagte sie keinen Ton. Ich mochte meine Schwester.

Meine Mutter war eine etwas rundliche, gutmütige Frau. Ich fragte sie, wen sie am liebsten hatte. Da lachte sie und sagte: „Euren Vater!"

„Und von uns Kindern? Wen hast du da am liebsten?" fragte ich beharrlich.

Da dachte sie eine Weile nach:

„Nun, manchmal den Kleinen, unseren Johannes; er braucht mich am meisten und er lacht immer, wenn ich ihn ansehe. Er scheint, von seinem kindlichen Glück überzuschäumen. Alles ist ihm ein Grund zum Lachen. Und wenn er lacht, dann wackelt das ganze Körperchen. Gretel habe ich lieb wegen ihrer Ernsthaftigkeit. Sie spricht nicht, zumindest nicht mit Menschen, aber mit den Tieren vielleicht auch mit den Pflanzen. Ich weiß, dass in ihr viel vorgeht, wenn ich auch nicht weiß was…Ich nehm' sie manchmal nur in den Arm und dann spüre ich, dass in ihr sehr viel Liebe ist aber auch Sorge um alles und jeden. Wenn sie an all diesen Sorgen nicht eines Tages zerbricht, wird sie gewiss einmal eine großartige, wenn nicht sogar eine weise Frau. Und dich, mein Großer, habe ich lieb weil ich dich bewundere für all dein Können, dein Geschick, für dein hübsches Aussehen, für deine Kraft, deine Gesundheit. Du brauchst mich am wenigsten; du bist schon sehr erwachsen für dein Alter. Vergib mir, wenn ich selbst nicht genau weiß, wie alt du bist. Wir müssten den Herrn Pfarrer fragen; er müsste im Taufbuch nachsehen. Ich glaube aber, du bist so etwa zwölf Jahre alt und meine Augen ruhen gern auf dir, ich bin stolz auf dich. Es ist eine andere Liebe als zu deinen Geschwistern. Ich bin eine glückliche Mutter und ich danke jeden Tag unserem Herrn, dass er mir so gesunde und tüchtige Kinder geschenkt hat. Jedes einzelne ein Juwel…"

Ihr kamen fast die Tränen vor Rührung über ihr eigens Bekenntnis.

Wir waren bei meinem Lieblingsthema…:

„Du sagst, der Herrgott habe dir deine Kinder geschenkt; ich verstehe nicht so recht wie…"

„Ach, mein kleiner Mattis!" sagte sie dann versonnen „Das wirst du herausfinden, wenn du etwas älter geworden bist. Das ist eine etwas verwickelte Geschichte und du weißt, ich bin keine kluge Frau, um dir all das zu erklären…"

„Aber du warst doch dabei, als der Herr sie dir geschenkt hat!" beharrte ich. „Ich war beide Male bei meinem Onkel, um das Schreinerhandwerk zu erlernen. Und beide Male, als ich zurückkam, hatte dir der Herr eines meiner Geschwister geschenkt. Aber wie geschieht das? Wie schenkt der Herr jemandem ein Kind?"

„Ach, weißt du, ich habe mir einfach euch drei gewünscht und da habe ich euch drei bekommen. Der Herr hat einfach meine Gebete erhört! Aber frag' jetzt nicht länger, ich muss mich schleunigst um unsere Suppe kümmern. Dein Vater grummelt, wenn die Suppe nicht dampfend auf dem Tisch steht, wenn er hereinkommt!"

Ich sah hinüber zum kleinen Johannes, den alle Hans nannten und er begann zu lachen, so lange, bis auch ich anfing zu lachen. Darüber musste er sich so freuen, dass er weiter lachte, bis er müde wurde und einschlief.

Nun, ich habe ihn nicht vergessen, das Oberhaupt unserer Familie, meinen Vater. Er war ein gutmütiger Mann, stets offenherzig und unverstellt. Er arbeitete in seiner Schmiede alleine. Bis noch vor kurzem hatte er einen tüchtigen Gesellen, der ihm geschickt zur Hand ging. Aber dieser leichtgläubige Kerl ließ sich von den fremden Männern zum Soldatendienst anwerben. Er glaubte ihren Versprechen vom schnellen Reichtum. Ich, der sehr viel Jüngere, versuchte ihm zu erklären, dass sein Reichtum die Armut von irgendeinem anderem bedeutete. Aber er lachte nur und meinte, vielleicht brauch er seinen Reichtum nicht mehr; er kann ihn ja nicht mit ins Jenseits nehmen und bevor dieser Reichtum in falsche Hände fällt, halte lieber ich im rechten Moment meine Hand auf. Wir hörten nie wieder etwas von ihm. So musste ich meinem Vater gelegentlich zur Hand gehen.

Ich war am liebsten bei jedem Wetter draußen und mein Argument, ich müsse draußen nach den Tieren sehen, wurde meist akzeptiert. Damit konnte ich mich meist entziehen. Doch wenn mein Vater es befahl, dann musste ich gehorchen. Wenn er hin und wieder darauf warten musste, dass sich ein Werkstoff ordentlich erhitzt, dann stopfte er sein Pfeifchen und setzte sich vor seine Werkstatt und lächelte jeden an, der vorüberging in der Hoffnung, dass er mit ihm ein Schwätzchen anfing. Er war allseits beliebt nicht nur wegen der Qualität seiner Arbeit sondern auch wegen seines freundlichen Wesens, seiner Zugewandtheit und seiner Geduld beim Zuhören. Selbst unser Lehnsherr sandte uns seine Pferde, wenn es darum ging, deren Hufe neu zu beschlagen. Mein Vater sprach beruhigend auf die verängstigten Tiere ein und es gelang ihm schon bald, ihr Vertrauen zu gewinnen. Er gab ihnen zu saufen und einen Fuder Heu. Das erleichterte seine Arbeit ungemein. Anschließend ließ er die Tiere auf der Wiese hinter dem Haus grasen, bis die Knechte kamen, einen ordentlichen Preis bezahlten und die Pferde mit zum Landsitz des Fürsten mitnahmen.

Unser Fürst Bernhard war ein merkwürdiger Mensch. Er wollte nicht, dass man ihn Fürst nennt. Es genügte ihm, wenn man ihn mit ‚Herr' ansprach. Er war nicht gerne Fürst; es sei ihm zu anstrengend, zu regieren, behauptete er. Seine Vorlieben galten der Musik, der Literatur, er studierte gerne das Wissen der Alten, und seine größte Leidenschaft war die Jagd und seine Gemahlin. Er war überglücklich, wenn man ihn nicht mit irgendwelchen Problemen aus seinem Herrschaftsgebiet belästigte. Es herrschte ein großes Einverständnis zwischen ihm und seinem Volk, sich gegenseitig in Ruhe zu lassen. Gelegentlich bat er um Hilfe, wenn etwas an seinem Haus zu reparieren war. Er bezahlte gut; er war nicht reich, aber weil er keine Kriege führte, blieb ihm genug Geld für das tägliche Leben mit all seinen Freuden. Er war so unauffällig, dass ihn offenbar seine übergeordneten Herren einfach vergaßen. Das war ihm nur recht. Nur wenigen in unserem Dorf war es bewusst, dass wir anscheinend auf einer Insel der Seligen wohnten, während um uns herum der Ozean des nicht enden wollenden Krieges tobte. Es war für die meisten von uns selbstverständlich, dass wir in Frieden lebten. Doch das sollte sich ändern, zumindest für unsere kleine, glückliche Familie.

Ich erinnere mich noch genau an die Umstände, wie alles geschah und deren Folgen. Ein Leben lang trug ich die Mitschuld an diesem tragischen Unfall in meinem Herzen. Mein Vater hatte mich gebeten, ihm am Nachmittag bei einer bestimmten schwierigen Arbeit zur Hand zu gehen. Er brauchte einfach eine dritte Hand. Es herrschte strahlendes Frühlingswetter und ich wollte alles andere als diesen Nachmittag in der dunklen, verrauchten Schmiede verbringen. Ich sagte, ich müsse mich dringend um die Tiere auf dem Feld kümmern; die Wölfe und andere Raubtiere des Waldes seien nach dem langen Winter ausgehungert und lauerten nur darauf, über unser Vieh herzufallen. Mein Vater knurrte und murmelte etwas Unverständliches. Aber er gab mich frei. So eilte ich nach dem Mittagessen hinaus auf die Wiese und er begab sich in seine Schmiede. In der Stille dieses sonnigen Nachmittags glaubte ich plötzlich, einen grauenvollen Schrei zu hören. Ich kann mich nicht erinnern, ob nur mein Herz diesen Schrei vernahm oder tatsächlich meine Ohren. Ich wurde blass und es lief mir eiskalt den Rücken herunter. Eine furchtbare Ahnung ergriff mich. Ich rannte zu unserem

Haus. Dort standen schon die Schaulustigen um einen Mann, der am Boden lag. Es war mein Vater. Er schrie und wand sich vor Schmerzen. Seine linke Hand war bis fast zur Unkenntlichkeit verbrannt. Jemand aus der Menge rief:

„Schnell! Jemand muss zur heiligen Frau laufen; sie muss sofort kommen, um noch zu retten, was zu retten ist!"

Ich zögerte keine Sekunde und rannte los. Ich hatte bisher keine Ahnung, wie schnell ich rennen konnte. Sie kam sofort und ich trieb sie zur höchsten Eile an. Am Unfallort wichen die Leute vor ihr zurück; viele verneigten sich, einige fielen sogar vor ihr auf die Knie. Sie achtete nicht darauf, erfasste blitzschnell was geschehen war, entnahm ihrem Beutel ein kleines Fläschchen und gab meinem Vater einen Schluck daraus zu trinken. Nach wenigen Augenblicken versank er in einen tiefen Schlaf, sein Körper erschlaffte und entspannte. Ein tiefes Aufatmen ging durch die Menge. Die Frau besah sich die verstümmelte Hand. Alle Finger waren fast verbrannt. An einigen Stellen sahen die verkohlten Knochen hervor. Ein entsetzliches Grauen befiel mich. Tief in meine Seele brannte sich eine unauslöschliche Wunde: du trägst eine Schuld an diesem Unglück. Ich wusste, diese Last werde ich ein Leben lang mit mir herumtragen müssen. Heiße Tränen der Reue schossen mir in die Augen. Die weise Frau reinigte mit großer Umsicht die Wunde und entfernte, was nie wieder gebraucht werden konnte. Dann legte sie Kräuter auf den Handstumpf und umwickelte alles mit einem weißen, reinen Verband. Sie erhob sich und sprach mit ruhiger Stimme:

„Ist ein Verwandter dieses Mannes in der Menge?"

Meine Mutter und ich meldeten sich. Die weise Frau sah uns beide an, sprach dann aber zu meiner Mutter:

„Gute Frau, ich will dir die Wahrheit sagen; eine Lüge würde dir nicht weiterhelfen. Dein Mann wird nie wieder arbeiten können, zumindest das nicht, was er bisher getan hat. Die Wunde wird heilen, sie wird kein Wundbrand hervorbringen. Aber er wird noch viele Tage Schmerzen leiden. Ich werde dir dieses kleine Fläschchen hier lassen; wenn er aufwachen sollte, gebt ihm einen kleinen Schluck davon und danach sehr viel Wasser zu trinken. Lasst ihn schlafen, nur der Schlaf und Gottes Hilfe werden ihm helfen. Dein Mann ist gesund und kräftig und sein Körper wird in der Lage sein, sich selbst zu heilen. Es wird eine Weile dauern. Ich weiß nicht, wie dein Mann danach mit seinem Schicksal zu Recht kommen wird. Es wird nicht leicht für dich! Aber wir beide wissen, dass du keine andere Wahl hast! Ruft mich, wenn du meine Hilfe brauchst."

Sie legte die Hand auf die Schulter meiner Mutter und fügte hinzu: „Gottes Segen sei mit dir!"

Dann wandte sie sich an mich:

„Du bist der älteste Sohn?"

Ich senkte den Blick und nickte.

„Du wirst nun in vielen Dingen deinen Vater vertreten und ersetzen müssen. Das ist eine große Aufgabe für einen Jungen deines Alters; erweise dich dieser Aufgabe als würdig. Deine unbeschwerte Kindheit ist zu Ende. Das Leben ist so, wie es ist; auch du hast keine andere Wahl! Möge auch dich die Hand Gottes lenken und der Segen Gottes mit dir sein!"

Sie legte ihre Hand auf mein Haupt und ein eigentümlicher, warmer Strom floss durch all meine Glieder. Ich spürte ihren Segen und ihre Liebe zu den Menschen. Einen Augenblick fühlte ich die Last meiner Schuld von meinen Schultern genommen. Als seinerzeit bei meiner Kommunion der Pfarrer seine Hand auf mein Haupt legte, hatte ich nichts dergleichen gespürt. Ja, gelobte ich mir, ich werde alles tun, was in meinen Kräften steht, um zu dienen und um meiner neuen Aufgabe gerecht zu werden. Ich sah zu der Herrin auf. Ihr Blick war gütig und bannend. Ich vermochte nicht, ihm auszuweichen. Als habe sie mein inneres Gelöbnis vernommen, antwortete ich jetzt laut und vernehmlich:

„Ja, ich schwöre es, so wahr mir Gott helfe!"

Sie lächelte und legte ihre Hand auf meine Schulter:

„Ich war mir sicher, dass wir alle auf dich zählen können!"

Sie sah in die Runde, die Männer zogen ihre Mützen und alle verneigten sich vor ihr, als sie langsam davon ging. Nachbarn halfen uns, Vater ins Haus zu tragen.

Mein Vater erholte sich, kam wieder zu Kräften, war aber nicht mehr der, der er einst war. In murmelnden Selbstgesprächen haderte er mit Gott, klagte ihn an und verhöhnte sich selbst in bittern Worten, weil er nicht mehr für seine Familie aufkommen konnte. Das machte wiederum meine Mutter ganz krank und in ihrer Hilflosigkeit schrie sie ihn an. Hänschens beharrliches Lachen besänftigte ihn oft, dann zog ein Lächeln über seine verhärmten, müden Züge und er drückte den Kleinen an sich.

Für mich begann ein neues, ein hartes Leben. Ich klagte nicht, aber manchmal arbeitete ich bis zur Erschöpfung. Mein Schlaf war kurz und traumlos. Schon vor Sonnenaufgang fachte ich das Feuer wieder an, legte Holz auf, damit Mutter unsere Speisen zubereiten konnte. Ich vergrößerte unseren Garten, um mehr nahrhaftes Gemüse anbauen zu können. Erst am Nachmittag führte ich unsere Kühe und Ziegen auf die Weide und hackte anschließend bis zum Sonnenuntergang Holz. Ich dachte allen Ernstes daran, einen Weidezaun um unsere Wiese zu bauen, damit unsere Tiere ständig draußen bleiben konnten. Aber das hätte mich vollkommen überfordert und den Tieren keinen Schutz vor Räubern geboten. Manchmal riskierte ich es, wenn ich sie im Auge behalten konnte, sie anzupflocken. Ihre Milch war wohlschmeckender, wenn sie frisches Gras fraßen.

Eine meiner neuen Aktivitäten erfüllte mich dagegen mit großer Freude. Allerdings wäre es klüger, nicht darüber zu sprechen. Denn was ich tat, war nicht erlaubt. Aber es hat unmittelbar damit zu tun, was mein Leben entscheidend verändern sollte. Ein oder zweimal pro Woche, immer wenn es mein Zeitplan erlaubte, ging ich auf die Jagd. Ehrlich gesagt, ich wilderte. Ich hatte keine Waffen und wenn ich welche hätte, wäre ich nicht darin geübt, sie zu verwenden. Ich stellte Fallen und Schlingen. Mein Ziel waren die unzähligen wilden Hasen. Ich stellte sie meist von ihren Verstecken und Erdhöhlen auf. Manchmal verfingen sich die Tiere in diesen Schlingen, erdrosselten sich bei dem Versuch zu entkommen, wurden aber auch sehr leichte Beute anderer Raubtiere. Nicht selten fand ich nur noch die grausigen Überreste eines stattlichen Hasen vor. Ich hätte täglich meine Fallen kontrollieren müssen, besser sogar mehrmals täglich. Aber dazu fehlte mir die Zeit. Manche Woche fing ich aber mehr als genug und ich konnte meinen Überfluss im Dorf gegen andere Güter eintauschen. Meine Mutter hatte große Angst, man könnte mich eines Tages schnappen. Aber insgeheim freute sich auch sie über unseren bereicherten Speiseplan. Wildern war verboten und wurde strengstens bestraft. Angesichts der großen Anzahl wilder Hasen, waren die Häscher des Fürsten aber nachsichtig. Man wurde nur symbolisch bestraft, indem uns die Beute abgenommen wurde und wir eine ernste Verwarnung erhielten. Wer allerdings Tiere wegen ihrer Felle jagte, hatte wirklich mit üblen Strafen zu rechnen. Ich muss gestehen, dass auch mir einmal ein Fuchs in die Falle ging. Ich zitterte am ganzen Leibe, als ich eiligst damit begann, mit bloßen Händen den Kadaver zu vergraben.

Nach langer Übung und mit viel Geschick gelang es mir, in nahen Fluss Forellen zu fangen. An schwülen Sommertagen waren es sogar so viele, dass ich dem Müller welche bringen konnte. Er war sehr glücklich darüber, denn Forellen gehörten zu seinen Lieblingsspeisen. Am nächsten Morgen ließ er unserer Familie zum Dank einen großen Sack Mehl bringen. Er war so schwer, dass ich ihn nicht hätte tragen können.

Diese stillschweigende Duldung des Fallenstellens durch unseren Lehnsherrn haben wir in gewisser Weise ebenfalls der heiligen Frau zu verdanken.

Sie war eines Tages im Frühling in Begleitung ihrer drei Töchter in unserer Gegend erschienen. Sie kam keinen Tag zu spät. Sie war zur rechten Zeit am rechten Ort, als unser Fürst einen bösen Jagdunfall erlitt. Ein kräftiger Eber war erlegt worden aber offenbar noch nicht tot und riss, als der Fürst sich ihm näherte, mit seinen mächtigen Hauern eine lange, tiefe Fleischwunde in den Oberschenkel. Sein Schrei und die seiner Knechte alarmierten die Heilerin, die in der Nähe nach frischen Heilkräutern suchte. Sie eilte herbei. Blitzschnell erfasste sie die Situation. Sie riss den Hemdsärmel des Fürsten ab, knüpfte eine Schlinge, ergriff einen Ast und stillte mit Hilfe dieses Knebels die strake Blutung. Sie befahl den Knechten, rasch eine Trage zu bauen und den Ohnmächtigen in ihr Haus zu tragen. Sie gehorchten sofort und folgten aufs Wort. Der Verletzte wurde zum Haus der Heilerin getragen. Der Fürst war in eine gnädige Ohnmacht gefallen. Auf einer überdachten Terrasse befand sich ein großer Tisch, der gewöhnlich zur Arbeit und für Mahlzeiten bestimmt war. Behutsam legten die Knechte ihren Herrn auf diesen Tisch, während sie in das Haus eilte. Sie verabreichte dem Verletzten einen starken Betäubungstrunk, reinigte danach sehr gründlich die Wunde. Blass im Gesicht sahen die Knechte zu. Als sie die Wunde vernähte, drohten zwei der Kerle wegzukippen.

„Hey, ihr, nicht umfallen! Ihr werdet gleich gebraucht!" rief sie aufmunternd und ins Haus: „Senta bring rasch das Riechfläschchen!"

Senta hielt den beiden das Fläschchen unter die Nase. Die beiden waren sofort wieder zur Stelle und entschuldigten sich. Abschließend bedeckte die Heilerin die Wunde mit frischen Heilkräutern und legte einen Verband an.

Sie wandte sich wieder an die Knechte:

„Ihr werdet jetzt euren Herrn aufs Schloss tragen. Seid dabei vorsichtig. Er darf nicht von der Trage fallen. Ich werde euch begleiten; ich muss mit der Fürstin sprechen."

Die Fürstin erschrak, bemerkte aber gleich, dass ihr Gemahl in guten Händen war und hörte aufmerksam den Anweisungen der Heilerin zu:

„Herrin, Euer Gemahl hat Glück gehabt, dass ich sogleich zur Stelle war. Ich habe seine Wunde behandelt und versorgt. Er schläft jetzt und sollte das auch die nächsten Tage tun. Wenn er erwacht, gebt ihm reichlich frisches, sauberes Wasser, besser ist Wein, und gebt ihm von diesem Schlafmittel. Ich tat mein Bestes und wenn Gott will, wird er bald genesen. Eine Narbe wird bleiben. Das wird von Männern gern als Zierde gesehen. Ich werde morgen nach ihm sehen."

Die Fürstin dankte ihr überschwänglich, neigte sich ihrem Ohr zu und fragte:

„Sagt, gute Frau, ist bei dem Unfall seine Männlichkeit beschädigt worden?"

Die Heilerin lachte:

„Macht Euch keine Sorge, Herrin, da ist nichts verletzt worden. Ich habe mich davon überzeugt. Vermutlich wird er es künftig mit der Jagd sein lassen und Euch vermehrt nachstellen. Also macht Euch auf einiges gefasst."

„Das sollte mich freuen!" sagte die Fürstin und drückte ihr warm die Hand.

Die Heilerin und die Fürstin kümmerten sich rührend um den Verletzten, der in der Tat zunehmend zu Kräften kam und genas. Eines Tages fragte er seine Retterin:

„Ihr habt mir mein Leben erhalten und meine Wunde bestens versorgt. Es wird nur eine Narbe bleiben. Ich stehe tief in Eurer Schuld. Habt Ihr einen Wunsch?"

„Ja Herr, ich habe einen Wunsch. Ihr habt gewiss eine ausgezeichnete Brennerei. Wenn Ihr mir ein Fässchen gut gebrannten Weingeist überlassen wolltet, wäre ich Euch sehr dankbar. Ich brauche ihn, um Heiltinkturen anzumischen aber auch, um Wunden zu reinigen. Der Alkohol hat auch Euch vor dem Wundbrand bewahrt."

„Ich hoffe, das ist nicht alles! Ich stehe stets in Eurer Schuld. Nie werde ich vergessen, was Ihr für mich und auch für meine Gattin getan habt. Ich werde Euch ein großes Haus mit einem großen Garten zuweisen, wo Ihr Eure Heilpflanzen anpflanzen könnt und genügend Arbeits- und Lagerräume habt. Euch und Euren Töchtern soll es von nun an gut gehen. Ich weiß auch von den Anfeindungen seitens der Römisch-Katholischen Kirche. In deren Augen geltet Ihr als Ketzerin; Ihr verstoßt gegen die Heilige Ordnung, was immer sie auch als heilig bezeichnen. Es ist ein mächtiger Feind. Ich werde mich in jedem Fall vor Euch stellen und von Euren göttlichen Heilungen sprechen. Das verspreche ich Euch, bei meinem neuen Leben!"

Es geschah, wie der Fürst befahl und rasch sprach sich die Episode im Dorf herum. Der Pastor sprach von einer Hexe und von einem bösen Zauber, der den Fürst befallen habe. Schon bald werde sich großes Unglück über das bislang friedliche Stückchen Land breiten, wenn wir nicht der Versuchung des Satans Wiederstand leisten. Nur wenige nahmen ihn ernst.

Am Maientag, als fast das ganze Volk auf dem Platz vor der Kirche versammelte war, trat sie vor alle. Als das Stimmengewirr verstummte, sprach sie mit fester, gütiger Stimme:

„Ich stehe nicht in den Diensten des Fürsten. Die göttliche Fügung hat mich in diese Gegend geführt; ich war zur rechten Zeit am rechten Ort und ich half. So wie ich jedem von euch helfen werde, wenn ihr es wünscht. Der Große Geist erschien mir einst und verlieh mir die Gabe des Heilens unter der Bedingung, dass ich diese Gabe in den Dienst aller stelle und der Mannesliebe für immer entsage. Es sei viel Not und Elend ins Land gekommen; es sei an der Zeit, dass das Heil dem Unheil entgegentrete und erstarke. Ich widersprach, der Mannesliebe zu entsagen, denn ich wünschte mir Töchter, denen ich mein Wissen weitergeben konnte. Der Geist sprach zu mir: Ihr werdet Töchter gebären, aber Ihr werdet sie nicht durch den Mann empfangen. Ich werde die Saat in Euren Schoß legen, wenn Ihr es wünscht!"

Ein bewunderndes Raunen ging durch die Menge. Bisher hörten sie nur von Wundern, nun war es zu ihnen gelangt. Einige riefen verzückt:

„Gelobt sei unser Herr!"

Andere stimmten mit ein. Der Pfarrer wollte eingreifen. Ein kräftiger Bauer rief:

„Schweigt! Nichts war von dem spürbar, was Ihr sagtet! Wir wollen sie an ihren Taten messen. Lasst sie uns herzlich willkommen heißen. Ich kann sie fühlen, ihre heilende Kraft!"

Die meisten jubelten und riefen:

„Sei uns willkommen, ehrbare Frau!"

Die Heilerin dankte:

„Ich danke euch! Dieser Mann hat Recht, messt mich an meinen Taten. Meine Aufgabe und mein Wille ist es, zu heilen. Wenn ihr mir vertraut, bekommt mein Leben seinen Sinn. Sucht mich auf, fragt mich, lasst nach mir schicken. Doch vergesst nicht, wir alle stehen in Gottes Hand, sein Wille wird geschehen. Es muss Menschen geben, die seinen Willen ausführen. Ich will ihm und euch dienen. So sei es!"

Ein warmer Jubel und Hoffnung ergriff die Menge. Manche bekreuzigten sich; die Männer zogen ihre Hüte und Mützen. Das Maienfest reifte zum schönsten Fest seit Menschengedenken. Viele erzählten von Wogen des Glücks, die in ihnen aufkeimten. Zum ersten Mal hätten sie das Wirken Gottes am eigenen Leib erfahren.

Die heilige Frau hielt, was sie versprochen hatte. Sie behandelte Wunden und heilte vielerlei körperlichen Schmerz. Besonders nahm sie sich der Frauen an, um ihnen während der Schwangerschaft und bei der Geburt beizustehen. Sie kannte auch Mittel, um ungewollte Schwangerschaften zu unterbinden.

Sie hatte Recht behalten, der Fürst kehrte der Jagd den Rücken und stellte vermehrt seiner Gattin nach. Er pflegte zu sagen: sein Weib sei das einzige Wild, das sich nicht vor seiner Lanze fürchtet. Dies blieb nicht ohne Folgen. Die Fürstin gebar, obwohl keine junge Frau mehr, gesunde Zwillinge, ein Mädchen und einen Junge. Alles geschah ohne Komplikationen. Selbst der Fürst, der bei diesem Ereignis am meisten gelitten hatte, war rasch wieder wohlauf. Der Jubel überall war unüberhörbar. Selbst mein Vater hörte auf, zu hadern und fand zu Gleichmut und ehemaliger Gutmütigkeit zurück. Mehrfach lobte er mich und dankte mir, wie ich für die Familie sorgte. Er tat die Arbeit, die ich einst tat; er hütete unser Vieh und war viel an der frischen Luft.

Ich erinnere mich deutlich an jenen Tag der Wende in meinem Leben. Schon wenige Stunden nach Sonnenaufgang wurde es drückend schwül, ein idealer Tag, um Forellen im Fluss zu fangen. Ich hatte meine Jagdmethode verfeinert. Mit einem toten Insekt an einem Faden, den ich im Mund hielt und über das Wasser tanzen ließ, lockte ich die Beute an. An beiden Handgelenken hatte ich ein Netz befestigt, in das ich die ergriffene Beute sofort gleiten lassen konnte. Eine kräftig um sich schlagende Forelle länger festzuhalten, war schier unmöglich. Ich fing mehr Forellen als je zuvor. Da stach mich etwas im Nacken hinter meinem linken Ohr. Das volle Netz an meinem Handgelenk hinderte mich, danach zu schlagen. Es überfiel mich Schwindel. Ich sank nieder, zum Glück nicht ins Wasser, denn dann wäre ich ertrunken. Es wurde pechschwarz vor meinen Augen.

Als wirbelndes Licht wieder zu meinen Augen vordrang und ich erwachte, lag ich in einem Bett. Ich wusste, dass es ein Bett war, obwohl ich noch nie zuvor in einem gelegen hatte. Doch ich war an Händen und Beinen gefesselt. Ich hatte keine Schmerzen. Durch ein schmales, staubiges Fenster, knapp unter der Decke des kleinen Raumes, drang Tageslicht. Von Ferne hörte ich Donnergrollen. Der Raum war klein und sauber. Außer dem Bett befanden sich noch ein kleiner Tisch und ein Schemel im Raum. Wo war ich und warum war ich gefesselt? Merkwürdigerweise empfand ich keine Angst. Von Ferne hörte ich Geräusche, die ich nicht zuordnen konnte.

Plötzlich vernahm ich Schritte, die sich näherten. Ein Schlüssel wurde in das Schloss der Tür hinter mir gesteckt und gedreht. Jemand betrat den Raum. Es war ein Mädchen mit schönen, ernsthaften Gesichtszügen. Ich hatte sie schon einmal gesehen.

„Wo bin ich?" fragte ich.

„Du bist im Hause der heiligen Frau! Ich bin ihre Tochter. Ich heiße Senta!"

„Ich heiße Mattis!"

„Ich weiß, du heißt Matthias, aber alle nennen dich Mattis."

„Warum bin ich hier? Was ist geschehen?"

„Wir, meine Schwester und ich, fanden dich im Wald am Fluss! Es war der Wille des Großen Geistes. Mutter schickte uns mit seiner Botschaft." sagte sie sanft.

„Aber warum? Warum bin ich hier? Warum bin ich gefesselt?"

„Wir brauchen deine männliche Kraft und Beistand. Wir sind vier Personen, meine Mutter, ich als ihre älteste Tochter und meine Schwester Sarah. Sie ist knapp zwei Jahre jünger. Dann ist da noch unser Nesthäkchen, Maya. Wir nennen sie unser Kätzchen, weil sie tagaus, tagein nur mit den kleinen Kätzchen spielt. Wir leben in unsicheren Zeiten. Wir brauchen die Kraft des Mannes, die uns schützt."

„Ich bin ein Knabe! Warum nehmt ihr euch nicht einen kräftigen Mann, der bereit ist, sein Leben für euch einzusetzen?"

„Ein Knabe reift zum Mann und du hast noch nicht vergessen, zu gehorchen!" sagte sie.

„Ich muss für meine Familie sorgen! Ohne mich werden sie nicht überleben!" sagte ich fest.

„Es ehrt dich, dass du das sagst. Ich weiß von deiner Schuld und deiner Aufgabe. Doch mache dir keine Sorgen über deine Angehörigen. Für sie wird gesorgt! Außer dir werden sie nichts vermissen!" sagte sie genauso fest.

„Ich vermisse meine Familie! Ich will zu ihnen!" sagte ich ungeduldig.

Senta schwieg eine Weile und sah mir unentwegt in die Augen. Nach einer ganzen Weile sagte sie:

„Der große Geist hat dich ausgewählt, um uns, um der heiligen Frau zu dienen!"

„Warum ich? Ich bin ein Knabe!" trotzte ich.

„Du bist ein junger, kräftiger Mann. Du hast eine große Gesinnung! Das hebt dich heraus aus der Menge!"

„Warum bin ich festgebunden?" fragte ich.

„Wir müssen sicher sein, dass sich deine Kraft nicht gegen uns wendet. Wir wären dir unterlegen. Du könntest fliehen… Erst wenn dich deine Einsicht lehrt, zu bleiben, werden wir dich losbinden. Denke nach, stelle dich in den Dienst des Großen Geistes. Er hat auch meine Mutter mit ihrer Gabe zu heilen gesegnet. Ich werde dir in einer Stunde eine heiße Suppe bringen. Vielleicht bist du dann zu einem Entschluss gelangt. "

Senta verschwand. Durch meinen Kopf taumelten viele Gedanken und Pläne. Teil eines großen Ganzes zu werden, schmeichelte mir. Kann ich sicher sein, dass es meiner Familie gut geht und meine Mutter sich nicht ängstigt? Was würde geschehen, wenn ich mich widersetzte und fliehe? Würde ein Fluch mich ein Leben lang belasten? Von Senta ging keine Feindseligkeit aus. Sie würde ihrer Mutter nachfolgen und ihr Wissen in den Dienst der Menschen stellen. Könnte ich nicht stolz sein, erwählt zu sein, um ebenfalls zu dienen, nicht nur meiner Familie? Doch warum ist der Große Geist nicht selbst in der Lage, diese gesegnete Familie zu schützen. Gewiss ist der Große Geist allmächtig! Ich werde fragen müssen". Mein Gemüt hatte sich etwas beruhigt.

Senta kam mit einer Suppenterrine. Sie schöpfte die Suppe in eine Schale und stellte sie auf den kleinen Tisch. Sie band mich los. Ich rieb mir die Hand- und Fußgelenke.

„Fürchtest du dich nicht?" fragte ich sie.

„Ich habe gelernt, dem Guten zu vertrauen!" sagte sie.

„Bin ich Teil des Guten?" fragte ich nach.

„Ja, das bist du! Sonst hätte der Große Geist dich nicht erwählt!"

„Erzähl' mir vom Großen Geist! Warum kann er euch nicht selbst beschützen?"

„Der Große Geist wirkt stets durch andere. Anders macht es keinen Sinn. Er erschien meiner Mutter, als sie in tiefer Versenkung nach dem Sinn ihres Daseins fragte. Er bot ihr die Gabe des Heilens, wenn sie bereit ist, der Mannesliebe zu entsagen."

„Was ist die Mannesliebe, und warum sollte sie ihr entsagen?" fragte ich.

„Es ist Gesetz, dass jeder etwas gibt, wenn er etwas erhält! Meine Mutter handelte. Sie wollte Töchter, an die sie ihre Gabe und ihr Wissen weiterreichen konnte. Dieser selbstlose

Wunsch wurde ihr gewährt. Bereits dreimal legte der Große Geist seine Saat in ihren Schoß. Sie gebar drei Töchter."

Das alles erschien mir sehr rätselhaft. Aber Senta stand vor mir und sah mir zu, wie ich hungrig die köstlich schmeckende Suppe löffelte. Sentas Nähe verlieh mir Kraft und Wohlbehagen. Ich konnte ihrer Aufrichtigkeit nicht widerstehen.

„Kann ich sicher sein, dass meine Familie keine Not leiden muss?" fragte ich.

„Das kannst du! Ich gebe dir mein Wort!" sagte sie fest.

„Doch wie soll ich der Herrin und euch dienen? Woran und wie kann ich erkennen, dass mich der Große Geist erwählte? Womit muss ich bezahlen?" fragte ich weiter.

„Es ist ganz einfach! Du musst vertrauen! Du wirst für deine Dienste vorbereitet. Du bezahlst, indem du die Trennung von deiner Familie ohne Groll erträgst!" sagte sie fest.

„Wie kann ich dir glauben?" fragte ich beharrend.

„Du wirst schon bald die gute Macht am eigenen Leibe erfahren. Fürchte dich nicht!" sagte sie geheimnisvoll.

Sie ließ mich mit meinen Gedanken allein. Ich hatte keine andere Wahl, als zu vertrauen. Meine Furcht vor den Folgen, falls ich fliehen sollte, war größer. Ich war nicht mehr gefesselt. Die Einsicht begann, von mir Besitz zu ergreifen. Sie hielt mich auch ohne Fesseln.

Ein kräftiges Gewitter zog über uns hinweg. Es ängstigte mich nicht. Ein eigenartiges Gefühl des Verbundenseins mit dem Allumfassenden beschlich mich. Ich fühlte mich gut, herausgehoben und angenommen. Am Abend brachte Senta mir eine weitere Suppe. Sie sprach nicht mit mir. Nie zuvor hatte ich eine solch köstliche Speise gegessen. Ich schlief traumlos und tief.

Senta weckte mich am nächsten Morgen mit einer Schale Obst und frischer Milch. Sie sprach wieder nicht, sah mich nur fragend an. Zu Mittag wiederholte sich das Ganze.

Am frühen Nachmittag sagte ich zu ihr:

„Ja Senta, ich werde euch dienen und mich dem Großen Geist unterwerfen. Versprecht mir nur eins, für meine Familie zu sorgen!"

„Ich wiederhole mich nie. Ich habe es versprochen. Es wird bereits für deine Familie gesorgt. Ich werde meiner Mutter von deinem Entschluss berichten. Ich denke, wir werden gemeinsam mit ihr zu Abend essen."

Senta verneigte sich etwas vor mir. So etwas hatte noch nie jemand getan. Am späten Nachmittag erschien Senta erneut:

„Meine Mutter war sehr erfreut, von deinem Entschluss zu hören. Sie ordnete an, dich von deiner Vergangenheit, von deiner früheren Welt zu reinigen. Wir werden das nun symbolisch tun. Meine Schwester und ich haben dir ein heißes Bad bereitet. Du wirst zum ersten Mal der Energie des Großen Geistes begegnen. Ich bitte dich, mir nun zu folgen. Ich folgte ihr in einen anderen Raum im weitläufigen Kellergeschoss. In der Mitte des Raums stand ein großer Zuber mit heißem Wasser. Sarah wartete. Ich hatte sie noch nicht gesehen und war überrascht, wie sehr sie ihrer älteren Schwester ähnelte. Aber ich erschrak; Sarah trug eine Rute am Handgelenk.

„Warum das?" fragte ich ängstlich.

„Sie dient der Vorsicht, falls du die aufsteigende Energie nicht beherrschen kannst. Wir werden sie nicht gebrauchen.

„Und warum seid ihr zu zweit?" fragte ich weiter.

„Für den Fall, dass *wir* die aufsteigende Energien nicht beherrschen können!" antwortete Senta geheimnisvoll.

Beide legten ihre Blusen ab und lockerten etwas ihre Mieder, bevor sie begannen, mich vollständig zu entkleiden. Mich beschlich ein unbekanntes Unbehagen, das in Behagen wechselte, mich aber trotz allem ängstigte. Ich schien, nicht mehr Herr meiner selbst zu sein. Ich bestieg den Zuber. Alsdann begannen vier Hände, mich mit einer wohlriechenden Seife überall kräftig einzuseifen. Sie vergaßen nichts und vollzogen ihre Waschung dreimal. Auch meine Haare wurden dreimal gewaschen und gespült. Das Spiel der vier Hände und der zwanzig Finger verzauberte mich auf eine eigentümliche aber angenehme Art, die auch eine deutliche Reaktion meines Körpers auslöste. Mir war diese Reaktion nicht ganz unbekannt. Sie war aber in Gegenwart der beiden Schwestern intensiver. Die Anwesenheit der beiden Mädchen beschämte mich. Für sie schien es aber, ein willkommener Beweis für das Wirken des Großen Geistes zu sein. Sie sprachen unbefangen darüber. Schließlich übergossen sie mich eimerweise mit kühlem Wasser, trockneten mich ab und kleideten mich in ein langes, weißes Gewand. Sie verabschiedeten sich, um ihrer Mutter zu berichten, dass die Reinigung vollzogen sei. Ich begab mich in meine Kammer, um nachzudenken.

Die Heilerin lud uns alle zum gemeinsamen Abendessen. Nach dem Tischgebet begrüßte sie mich freundlich und dankte mir vor allen für meine Bereitschaft, in ihre Dienste zu treten. Sie erklärte während des Essens:

„Du wirst nicht alles verstehen, was ich dir sage, daher bitte ich dich um dein Vertrauen. Heilung geschieht durch Energie, durch eine spirituelle Energie. Sie überträgt sich vom Heilenden zum Leidenden, wenn dieser bereit ist, sie aufzunehmen. Diese Energie geht dem Heiler verloren. So bin ich am Ende mancher Tage bis fast zum Tode erschöpft. Ich klage nicht, ich habe diese Lebensaufgabe als meinen Weg gewählt. Doch ich muss meine Energie ergänzen. Dazu sandte der Geist dich. Du wirst der Mittler zwischen dem Geist und mir sein. Erschrecke nicht über die Energieströme, die durch dich hindurch fließen werden."

„Herrin erlaubt mir eine Frage!" bat ich.

„Frage mich, du sollst verstehen, was geschieht!" ermunterte sie mich.

„Wozu braucht der Geist einen Mittler? Warum überträgt er nicht direkt seine Energie auf Euch?"

Die Herrin lächelte:

„Es ist das Gesetz. Die kosmischen Energien sind zwar mächtig und kraftvoll aber auch sehr fein und subtil. Sie müssen durch eine geeignete Person transformiert werden. Du bist eine solche Person. Solche Menschen sind sehr selten! Daher bin ich auch außerordentlich dankbar für deine künftigen Transformationen."

Nach einer Weile ergänzte sie:

„Ich werde mich nach diesem Essen in mein Zimmer zu einer einstündigen Kontemplation zurückziehen und dich danach rufen lassen!"

Wir erhoben uns zum Tischgebet. Ihre beiden Töchter trugen das Geschirr hinaus. Ich wollte helfen. Die Schwestern dankten, rieten mir aber, mich auf die erste Begegnung vorzubereiten.

Ein sachtes Klopfen riss mich aus meinem Gedankenwirrwarr. Senta trat ein:

„Deine Herrin möchte dich jetzt empfangen!"

Ich folgte Senta. Sie führte mich in ein großes Zimmer im oberen Stockwerk. Die Herrin wartete in Mitten des Raumes, in ein langes leichtes Gewand gekleidet. An den Wänden befanden sich Regale mit dicken Folianten. Nie zuvor hatte ich so viele Bücher gesehen. Ich konnte auch nicht lesen. In einer Ecke stand ein breites Bett. Ein großer Tisch stand am Fenster und ein weiterer daneben mit unzähligen leeren Glasviolen. Die Herrin sah mich an:

„Komm' näher, mein Junge, und fürchte dich nicht!"

Und an ihre Tochter gewandt:

„Senta, nimm ihm bitte jetzt sein Gewand ab!"

Senta gehorchte, lächelte mich ermunternd an und zog sich zurück. Die Herrin ergriff meine beiden Hände und sah an mir herunter.

„Du bist ein prächtiger und kräftiger junger Mann. Es ist heute für dich das erste Mal! Ich werde dich einweihen. Hab keine Angst! Du bist auserwählt, die Energie des Großen Geistes auf mich zu übertragen. Der Geist wirkt auf zweierlei Art: als erdgebundener Geist verleiht er vielen Pflanzen ihre heilende Wirkung, und er wirkt auf himmlische Art, so dass ich die Pflanzen erkenne und damit heilen kann. Ich werde jetzt auch mein Gewand ablegen…"

Ich hatte noch nie so etwas gesehen; sie zog mich an mit einer Kraft, die mich erbeben ließ. Heißes Blut schoss mir in die Lenden. Sie lächelte:

„Schön, wie dein Körper sich bereit macht. Leg' dich nun auf das Bett. Ich werde mich mit dir vereinen. Du wirst es als sehr angenehm empfingen. Im Aufblick des Energieflusses wirst du sogar Glückseligkeit verspüren, danach aber leicht ermatten. All das ist ganz natürlich. Wir werden warten, bis du deine Ermattung überwunden hast und es ein zweites

Mal wiederholen, indem du über mir sein wirst und genauso verfährst wie ich. Leg' dich nun nieder, mein schöner Knabe."

Ich gehorchte und sie vereinigte geschickt unsere beiden Körper. Sie hatte Recht, ein unbekanntes, wonniges Gefühl beschlich mich.

„Schließ die Augen, wenn du magst!" sagte sie liebevoll.

„Nein Herrin, mich verlangt, Euch zu sehen!" sagte ich. Meine Stimme klang belegt.

„Auch das ist ein sehr gutes Zeichen!" lachte sie und begann mit kreisenden Bewegungen ihres Beckens. Ich jubelte vor Begeisterung. Die Herrin stimmte ein. In mir schwoll eine unbändige Freude, eine ungeheure Spannung, die sich alsbald in mehreren, Sinne raubenden Wellen entlud. Nie zuvor hatte ich Derartiges erlebt. Meiner Herrin schien es ähnlich zu ergehen, verweilte aber länger im Zustand der Verzückung. Danach befiel mich eine wohlige Mattigkeit, die aber meiner Freude nichts anhaben konnte. Meine Herrin überschüttete mich mit Liebkosungen, wie ich sie nicht einmal von meiner Mutter kannte. Sie liebkoste mich auch an Stellen, die meine Mutter nie berührt hatte – und ich empfand es als wohltuend. Sie dankte mir.

„Herrin, wenn Ihr mir dankt, dann muss auch ich Euch danken. Nie zuvor habe ich solche Freude erlebt!" erwiderte ich.

„Das ist das Wunder dieser Macht, dass sie beide gleichermaßen beschenkt. Du fühlst dich geschwächt, aber dass du dennoch so dankbar bist, beweist, wie wohlgesonnen dir der Große Geist ist. Wir werden abwarten, bis deine Mattigkeit überwunden ist und uns ein zweites Mal mit der Macht verbinden."

„Ich habe auch noch nie all diese Weiblichkeit zu sehen bekommen. Gewiss, ich habe eine jüngere Schwester... aber von Eurer Gestalt geht ein verwirrender Zauber aus!" stotterte ich.

Sie lachte: „Es freut mich, wenn ich meinem Wohltäter gefalle!"

Sie streichelte mich ohne Unterlass und versetzte mich in neue Erregung.

„Du bist soweit! Du wirst nun über mir sein; ich werde dir helfen, uns zu verbinden... Langsam, nicht so hastig!"

Sie war mir behilflich, uns zu verbinden.

„So, mein Wohltäter, nun bewege dich etwas, nicht zu rasch, nicht zu wenig, aber tief!" wies sie mich an.

Ein weiteres Mal griff vehement diese unbändige Freude nach mir. Die mächtige unbekannte Energie weckte Allmachtgefühle in mir. Die Herrin überließ sich mir. Hatte ich in diesem Augenblick auch Macht über sie? Wie im Rausch folgte ich dem Willen meines Körpers. Meine Herrin riss mich noch eine Stufe höher. Ich wünschte, der Wirbel möge niemals aufhören. Meine Eruption war überwältigender als beim ersten Mal. Meine Herrin presste mich an sich, dass ich fast zu ersticken drohte. Es erschien ihr aber doch sinnvoller, dass ich überlebe. Wir dankten einander nach einer langen Zeit. Dann sagte sie mit warmer Stimme:

„Mein lieber Freund, geh' nun zurück in dein Zimmer und erhole dich. Du hast erlebt, welche Energien sich in dir ansammeln und dann an mich fließen. Du fühlst dich geschwächt; das ist normal. Aber du musst dich jetzt ausruhen. Du wirst gut schlafen. Vergiss nicht dein Hemd überzuziehen!"

Ich schlief tief und traumlos und erwachte in kraftvoller Stimmung. Als wir uns begegneten, lächelte mir die Herrin schweigend zu und ich verbeugte mich vor ihr. Ich hatte sie tief in meinem Herzen als meine Herrin angenommen. Sie erwartete nun allabendlich meine Dienste, mit Ausnahme an wenigen Tagen. Unser gemeinsames Abendessen wurde eine Stunde vorverlegt, damit sie mich in die höhere Kunst und alle Feinheiten der Energieübertragung einweisen konnte. Gerne nahm ich ihre subtilen aber äußerst wirksamen Anregungen an. Ich war ihr begeisterter und eifriger Schüler und diente ihr über viele Monate. Sie blühte zusehends auf. Wir alle, auch ihre Patienten, profitierten davon. Ihre beiden Töchter achteten mich und erfreuten mich sehr oft mit einem erfrischenden Bad, denn ich sollte von schädlichen, mich schwächenden Fremdenergien verschont bleiben. Vieles verstand ich nicht, aber wir drei hatten unseren ausgelassenen Spaß.

Doch dann kam die Wende. Sie vollzog sich zunächst fast unbemerkt dann aber sehr rasch. Nach dem Erblühen meiner Herrin setzte ein rasches Altern ein. Ihr Haar wurde grau, dann weiß. Eines Tages nach dem Abendessen sprach sie uns an:

„Wir haben es alle bemerkt. Ich werde euch schon bald verlassen. Das ist kein Grund zur Trauer. Ich habe schon oft zu euch über diesen Übergang gesprochen. Mein Körper hat mich viele Jahre treu begleitet; er hat sein Bestes gegeben. Ich werde ihn verlassen. Ich möchte euch allen danken. Ihr ward mir stets treue und verlässliche Weggefährten. Ich möchte keinen Moment mit euch missen. Das gilt auch für dich Mattis. Mit dir kam eine neue Qualität in unser Haus; ich möchte sie Glück nennen. Ich habe vieles und vielen während meines Lebens gegeben. Du hast mir mein Leben gekrönt mit dem, was du mir gegeben hast. Dafür will ich dir noch einmal ausdrücklich danken!"

„Herrin, auch ich habe Euch zu danken; denn auch Ihr habt mir unendlich viel gegeben!" erwiderte ich.

Die Heilerin lächelte und sagte warm:

„Mattis, lerne auch einfach Dank anzunehmen!"

Sie machte eine Pause, bevor sie fortfuhr:

„Ich bin glücklich über den Werdegang und die Entwicklung meiner Töchter. Senta, meine Älteste wird meine Arbeit fortsetzen. Ich weiß sie in guten Händen. Sarah wird ihre Kunst, uns stets mit schmackhaftem Obst und Gemüse zu versorgen, fortsetzen."

Maja, die Jüngste, hob ihre Hand und trat im wahrsten Sinne des Wortes hinter der Fassade ihrer Kindlichkeit hervor:

„Maja, meine Süße, was willst du uns sagen?"

„Mutter, ich bin unten im Dorf einem Mädchen begegnet, das ein paar Jahre älter ist als ich. Sie verfügt wie ich über die Gabe, Tiere zu verstehen. Wir wollen gemeinsam wohnen und gemeinsam arbeiten, um das Leid der Tiere zu lindern. Tiere sind wie wir Geschöpfe Gottes. Sie dienen uns auf vielfache Weise. Zu wenig kümmern wir uns über ihr Wohlergehen. Klaglos arbeiten sie für uns und werden nicht mit Ehrfurcht behandelt. Wir wollen ihnen beistehen und lernen, ihr Leben, ihr Leiden, ihre Krankheiten zu mildern. Dies soll meine Aufgabe in diesem Leben sein."

Majas Mutter strahlte:

„Maja, du glaubst gar nicht, welche Freude du mir mit deiner Neuigkeit machst. Du schienst immer so verschlossen, abwesend und kaum ansprechbar. Ich hatte stets Hemmung, dich anzusprechen; ich wollte dich in deiner Welt nicht stören. Ohne Drängen und ohne Anleitung hast du deinen Platz in der Welt gefunden. Gott möge dich und deinen Lebensweg segnen."

Sie wandte sich noch einmal an ihre älteste Tochter:

„Senta weiß, was geschehen soll, wenn ich gegangen bin. Folgt bitte ihren Anweisungen! Vergesst nicht, es besteht kein Grund zu trauern! Ich danke euch allen und jedem Einzelnen! Es hätte nicht schöner sein können!

Mattis, du hast sicher bemerkt, mit welcher Herzlichkeit du in diesem Haus aufgenommen wurdest. Nicht nur ich hieß dich auf das wärmste willkommen, auch Senta und Sarah empfanden dich als Bereicherung und du warst auch ihnen ein willkommener Gast. Ich erinnere mich, wie begeistert sie waren, dir ein heißes Bad zu bereiten. Nicht zuletzt lag es auch an dir, deinem Verhalten und deinem Wesen, dass du so warmherzig angenommen wurdest. Du bist ein kräftiger, junger Mann, ein Mann, vor dem man sich nicht fürchten muss, du bist ein Mann, der die Furcht nimmt und Schutz bietet. Zudem bist du ein schöner Anblick! Unser aller Leben wurde angenehmer und sicherer durch deine Anwesenheit."

Sie machte eine Pause bevor sie fortfuhr:

„Ich kenne deine Pläne nicht, wenn ich aber einen Wunsch äußern darf, möchte ich dich bitten, bleibe bei meinen Töchtern und sei auch weiterhin ihr Schutz und Beistand in diesen so unsicheren Zeiten!"

„Herrin, ich bemerke durchaus, dass mir in Eurem Haus mehr als nur Gastfreundschaft zuteilwurde. Nirgendwo und zu keiner Zeit fühlte ich mich so angenommen und gebraucht, wie bei euch. Es tut mir gut, wenn ich gebraucht werde. Ich habe keine Pläne. Meinen Platz und meine Aufgabe sehe ich hier in Eurem Haus, wenn Eure beiden Töchter das wünschen."

Ich sah zu den beiden hinüber.

„Du dummer Mann!" lachte Sarah.

„Natürlich wünschen wir uns das von ganzem Herzen!" sagte Senta warm.

„So weiß ich euch beide in guten Händen!" dankte mir meine Herrin.

Wenige Tage später rief sie uns erneut an ihr Bett:

„Es ist soweit! Ich möchte mich nun von euch verabschieden. Bildet einen Kreis und gebt einander die Hände."

Ich spürte deutlich, welch liebevolle Energie von dieser Frau ausging und durch unsere Hände kreiste, selbst in diesem Augenblick ihrer Schwäche. Sie lächelte uns aufmunternd zu und schloss die Augen. Plötzlich erlosch der Fluss ihrer Energie. Sie war mit einem Lächeln lautlos von uns gegangen. Sarah öffnete weit die beiden Fenster. Das Jubelkonzert der Vögel drang herein. Wir alle waren ergriffen von dem Zauber dieses Ereignisses. Nach einer langen Pause des Schweigens sprach Senta zu uns:

„Unsere Mutter möchte nach ihrem Ableben unten am Fluss verbrannt werden und ihre Asche soll dem Fluss übergeben werden, der der untergehenden Sonne entgegenfließt. Sie will so in den Kreislauf allen Lebens zurückkehren. So ist es Brauch in fernen Länder des Ostens."

Am nächsten Morgen begaben wir uns alle hinab zum Fluss und sammelten reichlich trockenes Holz, das wir zu einem Altar aufschichteten. Wir betteten den Leichnam darauf und schichteten weiteres Holz darüber. Wir entfachten ein Feuer. Jeder von uns entzündete ein Holzscheit und stieß ihn in die vier Ecken des Altars. Er begann sogleich, von allen vier Ecken hell auf zu lodern. Schweigend setzten wir uns nieder.

„Sie war eine denkwürdige Frau!" sagte Senta. „Wenn du möchtest, werde ich dir ihre Lebensgeschichte erzählen."

Natürlich wollte ich erfahren, wer sie war. Auch die beiden anderen Mädchen rückten näher, um ihrer ältesten Schwester zu lauschen.

Senta begann:

„Anna, so hieß unsere Mutter, war als kleines Mädchen gemeinsam mit den Menschen ihres Dorfes auf der Flucht vor einem herannahenden Heer. Ihre Mutter hatte sie bereits in den Wirren verloren, aber andere Menschen kümmerten sich rührend um sie. Doch sie konnte nicht mit dem Tempo der anderen mithalten und so erwachte sie eines Morgens mutterseelenallein in einem Wald. Das Feuer, an dem sich alle gewärmt hatten, qualmte noch etwas. Doch von den anderen keine Spur, kein Geräusch. Sie begann bitterlich zu weinen, bis plötzlich sich eine Hand auf ihre Schulter legte. Anna sah auf und blickte in das entsetzlichste Antlitz, das sie je gesehen hatte, aber sie erschrak nicht. Sie lächelte das grässlich entstellte Wesen an und dieses versuchte, zurück zu lächeln. Das Wesen war eine Frau, die auf wundersame Weise die Folter durch die Inquisition überlebte und fliehen konnte. Die Folterknechte glaubten, sie bereits zu Tode gequält zu haben, so warfen sie sie in ein Massengrab, das sie gerade zuschaufeln wollten, als ein mächtiger, sintflutartiger Regenschauer vom Himmel herabstürzte. Die Schergen flohen vor Entsetzen. Der Regen wusch und reinigte die Wunden dieser Frau und stillte ihren brennenden Durst. Sie konnte fliehen und im nahen Wald genesen. Ihre grauenhaften Entstellungen aber blieben. Sie war der Inquisition aufgefallen, weil sie es verstand, kranke und leidende Menschen zu heilen. Sie hatte die Heilkunst bei einem berühmten Gelehrten in der großen Stadt im Süden erlernt und hatte nur einen Wunsch, das Elend auf der Welt zu lindern. Von ihrem Lehrer hatte sie gelernt, dass das Leid nicht überhand nehmen dürfe, denn sonst würde die Welt zugrunde gehen. Sie nahm Anna, unsere Mutter, in ihre Hütte auf und sorgte liebevoll für sie. Die Folter hatte zwar ihren Körper zerstört, nicht aber ihr Herz und ihre Seele. Die Heilkunst konnte sie nicht mehr ausüben, denn wo immer sie auftauchte, rannten die Menschen entsetzt davon. Man glaubte wirklich, sie sei eine Hexe. Für meine Mutter wurde sie der Inbegriff an Liebe und Güte. Schon bald erkannte die weise Frau, dass meine Mutter schon als kleines Kind äußerst wissbegierig war. Das machte sie sehr glücklich und sie sah in meiner Mutter einen Engel, der ihr vom Himmel geschickt worden war. Über Jahre hinweg teilte sie all ihr Wissen mit ihr. Vor diesem jungen, hübschen, wohl gestalteten Mädchen würde niemand davonlaufen. Durch meine Mutter konnte sie ihre Lebensaufgabe erfüllen. Sie beide verbrachten glückliche Jahre. Als die entstellte Heilerin starb, starb sie in Frieden, denn eine neue Heilerin war geboren. Meine Mutter trat allein hinaus in die Welt und fand ihren eigenen Weg. Sie umgab sich mit einer Aura des Geheimnisvollen, der Welt der Wunder, des Mysteriums, der Magie. Sie war der Meinung, dass dies ihre Arbeit als Heilerin erleichterte. Menschen sind tief beeindruckt, wenn sie nicht nur von Wundern hören, sondern wenn sie Zeugen von Wundern werden. Sie öffnen sich und sind bereit, das Wunder anzunehmen, das mit ihnen geschieht. Meine Mutter gestand mir sogar, dass sie gar nicht heilen würde; der Hilfesuchende heile sich selbst. Er muss nur innerlich dafür bereit sein. Die Heilerin weist nur den Weg und hilft, diese Bereitschaft zuzulassen. Sie hat das erkannt, als sie vollkommen unwirksame Kräuter verabreichte, oder nur die Hand auflegte. Was sie tat war gefährlich, denn Wunder waren der Kirche vorbehalten. Auch in deinem Dorf verbreitete sie die Geschichte von der Offenbarung durch den Großen Geist, von ihrem Gelübde, der Männerliebe zu entsagen und uns, ihre drei Töchter direkt durch den Großen Geist empfangen zu haben. Ich begleitete sie meist auf ihren Wegen und sie gestand mir, dass sie uns durch die Männerliebe empfangen habe, so wie jede Frau. Sie wollte aber keinen Gemahl, weil sie die Pflicht des Weibes, dem Manne zu dienen, nicht befolgen wollte. Auch dich hat sie gewinnen können mit ihrer Geschichte über die Energiespende des Großen Geistes mit deiner Hilfe. Sie sehnte sich nach der Männerliebe, wie jede Frau."

Ich unterbrach sie:

„Was erzählst du da? Sie hat mich für die Männerliebe ausgewählt? Ich wusste bis heute nicht, was ich getan habe!"

„Gerade das hat sie so sehr entfacht! Als wir ihr berichteten, was geschah, als wir dich gebadet haben, wie sie uns geheißen hatte, dass dein Herz ganz weich wurde, deine Rute aber ganz hart, du aber nicht wusstest, was damit geschehen sollte, da geriet sie ganz aus dem Häuschen. „Der Knabe ist ja noch ganz unschuldig!" hat sie gerufen. Den Rest der Geschichte kennst du ja! Sie blühte auf und war ganz begeistert, dir das Tor zu all den Geheimnissen der Männer- und Frauenliebe zu öffnen. Und dabei wusstest du nicht, was du in Wirklichkeit tatest. Sie wollte von dir sogar noch ein Kind empfangen, aber, so berichtete sie uns, ihr sei im Traum ein Engel erschienen, der sie warnte vor einer verhängnisvollen Missgeburt. So griff sie zu den Kräutern, die eine Empfängnis verhindern. Vielleicht hat das ihr Altern beschleunigt. Wir wissen es nicht. Das Verlangen nach der Männerliebe war stärker!"

Ich war verwirrt:

„Du sagst, durch die Männerliebe entstehen Kinder?"

„Ja natürlich! Wusstest du das nicht?" lachte jetzt Sarah.

„Und du sagtest, dass es die Frau nach der Liebe des Mannes verlangt?"

„Ja, so ist es! Es ist ein Gesetz der Natur." sagte Senta.

„Ihr beide seid auch Frauen! Verlangt es euch auch nach der Männerliebe?" fragte ich weiter.

„Du dummer Mann!" lachte Sarah, „Und wie, viel mehr noch als die älteren Frauen!"

Nach einer Pause fuhr sie fort:

„Ja Mattis, wir haben mit dir gespielt. Wir haben dich nur allzu gern gebadet. Wir waren voller Neugier nach dem Männlichen. Du erinnerst dich an die Gerte, die wir stets bei uns hatten. Sie sollte uns beistehen, falls dein Trieb dich übermannt hätte. Sie sollte aber auch uns ermahnen, bei deinem Anblick nicht schwach zu werden und uns dir anzubieten. Es war ein Spiel mit dem Feuer und uns wurde ganz heiß dabei."

Ich schüttelte nur den Kopf. Ich konnte es nicht fassen. Auch mich hatte es den ganzen Tag nach dem Dienst an meiner Herrin verlangt. Es war unbeschreiblich schön, all die Stunden der Glückseligkeit. Diese Macht, die mich zu ihr zog, nennt man Frauenliebe. Die Wahrheit zu hören, erschütterte mich nicht. Ich gehörte jetzt zu dem Kreis jener, die es wussten. Meine Herrin war gegangen, nicht aber die Frauenliebe. Das machte mich von Herzen froh.

Das Feuer brannte seit vielen Stunden. Ein sanfter Wind hatte es am Leben gehalten. Bald würde die Sonne untergehen. Wir waren zur Besinnlichkeit zurückgekehrt. Die Heilerin war zu Asche verfallen; sie war erloschen und zum Teil des Ganzen geworden – eine Transformation, an der nichts Beängstigendes war. Als wir gemeinsam die Asche dem Fluss übergaben, schlossen wir den Kreislauf. Der Fluss floss der untergehenden Sonne entgegen. Wie die Sonne würde auch Anne, die Heilerin, eines Tages im Osten wieder auferstehen.

Schweigend gingen wir nach Hause. Ich empfand, dass ich nun in diese Gemeinschaft fest eingebunden war. Ich war nicht länger Gast; ich hatte gemeinsam mit den beiden älteren Schwestern Verantwortung für den Bestand und das Wohlergehen unserer Gemeinschaft übernommen. Senta ahnte, was in mir vorging und drückte fest meine Hand.

Am nächsten Tag ging ich allein hinab ins Dorf, um meine ehemalige Familie aufzusuchen. Mein Vater war in Frieden vor kurzem gestorben. Mein jüngerer Bruder war zu einem entfernten Verwandten gezogen, um dort das Schreinerhandwerk zu erlernen. Meine Mutter flog mir vor unbändiger Freude um den Hals. Sie konnte sich nicht entscheiden, ob sie weinen oder lachen sollte.

„Mein Junge, ich bin so glücklich, dich so wohlbehalten wiederzusehen. Und wie groß und stark und hübsch du geworden bist. Dem Himmel sei Dank, dass ich das noch erleben durfte."

Doch ihr altes Herz konnte mit so viel Wiedersehensfreude nicht mehr so recht umgehen. Plötzlich war sie mir schwer in meinen Armen. Sie war in einem Augenblick der Glückseligkeit gestorben. Friedvoll lächelnd bettete ich sie auf ihr Lager. Während ihres ganzen Lebens hatte sie niemals in einem Bett geschlafen. Zwei Tage später wurde sie auf den Kirchhof unseres Dorfes beigesetzt. An ihrem Grab erschien ich mit den beiden Schwestern der verstorbenen Heilerin; deren jüngste Schwester hielt meine Schwester bei der Hand. Viele Menschen aus dem Dorf waren ebenfalls gekommen. Rasch begriffen sie die veränderte Situation. Doch uns begegneten nur wohlgesonnene Blicke. Ich vermute, getuschelt wurde erst später. Meine Schwester bat mich, gemeinsam mit ihrer neuen Freundin in unserem ehemaligen Elternhaus zu wohnen. Weder ich noch Senta oder Sarah hatten Einwände.

Der Alltag kehrte wieder in unser großes Haus am Hang ein. Ein jeder ging seiner Arbeit nach. Ich baute ein Klettergerüst für unsere Bohnen. Ein neuer Graben leitete frisches Wasser vom Bach direkt auf unser Grundstück, verteilte sich dort zwischen den Beeten und sammelte sich schließlich in einem Teich. Für Senta baute ich ein Etagenbeet, damit sie mehr Heilkräuter anpflanzen konnte. Es gab immer etwas zu tun.

Während eines gemeinsamen Abendessens sprach ich sie an:

„Senta, Sarah, während der letzten Tage ist mir sehr viel durch den Kopf gegangen. Ich möchte euch meinen Wunsch vortragen. Wenn ihr zustimmt, möchte ich euch beide gerne heiraten."

„Was willst du? Du willst uns beide heiraten?" riefen sie fast wie aus einem Munde.

„Ja, ich möchte euch bitten, meine beiden Ehefrauen zu werden! Ich habe es mir reiflich überlegt." sagte ich mit fester Stimme.

„Aber wie soll das denn gehen?" fragte Sarah.

„Sarah, ich möchte heiraten. Ich möchte bei euch bleiben. Ich habe euch beide gleichermaßen lieb. Müsste ich mich zwischen euch beiden entscheiden, so könnte und wollte ich es nicht. Selbst wenn ich nur eine heirate, würde die andere früher oder später einem anderen Mann folgen. Ihr beide müsstet euch trennen. Doch ich habe euch als unzertrennlich erlebt. Ihr wäret traurig, vielleicht ein Leben lang, und das will ich nicht. Auch ich wäre den Rest meines Lebens traurig. Wenn ihr beide meine Ehefrauen werden wollt, dann können wir noch in dieser Woche zum Gemeindepfarrer in Falkenhagen gehen. Er traut mich mit einer von euch. Dann gehen wir hinüber nach Birkenhain und bitten dort den Pfarrer, mich mit der anderen zu vermählen. Am frühen Nachmittag könnten wir mit Gottes Segen schon wieder hier in unserem Hause sein. Ich meine es ernst, ich will euch nicht drängen. Meine Bitte gilt: Ich möchte euch bitten, meine Gemahlinnen zu werden!"

„Was werden die Leute im Dorf sagen?" fragte Senta.

„Das interessiert mich nicht! Aber was werden sie sagen, wenn hier ständig ein Mann mit zwei jungen Frauen zusammen lebt? Ich halte es für die beste Lösung! Wem würden wir schaden?"

„Du hast Recht! Wir werden darüber nachdenken und uns beraten." sagte Senta.

„Noch eine Bitte: entscheidet nach eurem freien Willen und hört auf die Stimme eurer Herzen. Wenn ihr Nein sagt, dann wird alles so bleiben, wie es ist!"

Den kommenden Tag redeten wir nicht weiter darüber. Erst beim Abendessen sprach Senta zu mir:

„Mattis, dein Antrag ehrt uns. Er ist getragen von Fürsorge und Mitgefühl. Er ist nicht egoistisch; unser Wohlergehen ist deine Absicht. Aber es klingt schon seltsam, zwei Schwestern zu ehelichen. Aber du hast Recht, wir sind unzertrennlich. Wem ist also geschadet? Vielleicht bist es du, wenn du das Gezänk zweier Ehefrauen ertragen musst!"

Bei ihrer letzten Bemerkung musste sie allerdings lachen.

„Gab es in der Vergangenheit Gezänk zwischen uns?" fragte ich tapfer zurück.

„Nein, das gab es nicht! Nur, zwischen Eheleuten geschehen andere Dinge. Man wünscht sich, geliebt zu werden. Die Gemahlin möchte die einzige sein." sagte Sarah.

„Ihr beide kennt euch schon sehr lange. Ward ihr schon einmal eifersüchtig oder missgünstig?" fragte ich.

Beide schüttelten den Kopf:

„Bisher hatten wir es noch nicht mit der Liebe zu tun. Sie soll ein mächtiges Gefühl sein! Aber wir wollen es wagen. Wir wollen deine Ehefrauen werden."

„Das freut mich von ganzem Herzen! Dann zieht morgen eure besten Kleider an. Wir gehen in der Frühe zuerst nach Falkental. Überlegt euch, wer die Erste sein soll, die ich heiraten werde. Das soll ein Tag werden, an den wir uns gerne zurück erinnern werden. Dann lasst uns jetzt zu Bett gehen, damit wir morgen früh frisch und munter aufstehen können."

Es geschah so, wie wir geplant hatten. Das Wetter war auf unserer Seite und in bester Stimmung gelangten meine beiden Bräute und ich nach Falkental. Sarah wurde meine erste Ehefrau. Eine knappe Stunde später in Birkenhain wurde Senta meine zweite Ehefrau. Über diese unerwartete Leichtigkeit des Seins gerieten wir auf dem Rückweg in ausgelassene Stimmung.

„Habt ihr genau zugehört?" fragte ich. „Beide Pfarrer schlossen mit den gleichen Worten: „Was Gott zusammengeführt hat, soll der Mensch nicht scheiden!"

„Lieber Gemahl, das haben wir wohl vernommen. Du solltest jetzt aber zuerst einmal deine beiden Gattinnen küssen." lachten sie.

„Ich habe noch nie geküsst! Ich weiß nicht, wie das geht."

„Wir werden es dir zeigen!"

Dann küssten sie mich, dass es mir heiß in die Lenden fuhr. Sie lachten, als sie mich so verdattert dastehen sahen. Sind Ehefrauen so? Vielleicht nur dann, wenn sie in der Überzahl sind.

Wir rasteten auf einem kleinen Wiesenfleck mitten im Wald. Proviant hatten wir nicht mit, denn es war nicht mehr weit nach Hause. Senta sagte:

„Lieber Gatte, heute habe ich eine Bitte!"

Ich sah auf.

„Bitte entbinde uns beide von der Pflicht, unserem Gemahl dienen zu müssen!"

Ich überlegte eine Weile; ich konnte ihre Bitte nicht abschlagen. Ich wollte keine Hündchen, die mir aufs Wort folgen sollten. Ich wollte zwei Gefährtinnen, die mir verlässlich zur Seite standen und gemeinsam mit mir Verantwortung für das Gelingen trugen. Daher antwortete ich:

„Ich entbinde euch von der Pflicht, eurem Ehemann zu dienen. Keiner soll irgendwem untertan sein! Wir drei sollten einfach für einander leben, jeder für jeden, kein oben, kein unten!"

Senta nickte zustimmend: „Ich glaube, das nennt man Liebe! Ich stimme dir zu!"

Auch Sarah stimmte zu: „Das ist sicher ein guter Beginn, aus dem all das erwachsen kann, was wir uns erhoffen!"

Zuhause angekommen, erwarteten meine beiden Gattinnen, dass ich sie über die Schwelle trage; das sei so Brauch und außerdem würde ich lernen, welch schwere Bürde ich auf mich geladen hatte. Als weiteres Ritual schlug Sarah vor, gemeinsam zu baden. Sie habe, bevor wir weggingen, schon Feuer unter dem Kessel gemacht. Wir haben also heißes Wasser. Es sei wichtig, so ähnlich einer Taufe; wir würden unsere Vergangenheit ablegen und uns somit für unsere Zukunft und unser neues Leben zu dritt reinigen. Das waren gute Argumente und rasch war unser Waschzuber gefüllt. Es würde etwas eng zugehen, aber Platz war auch im kleinsten Zuber.

Nun bin ich ja schon öfter von den beiden Mädchen gebadet worden. Sie taten das ja auch mit wahrer Hingabe. Doch diesmal zogen sie nicht nur ihre Blusen aus und lockerten ihre Mieder, sie zogen ihre Mieder aus und auch den ganzen Rest. Sie legten auch ihre beiden Halskettchen ab. Da fiel mir vor Staunen aber doch die Kinnlade herunter. Die beiden giggelten.

„Na, gefallen wir dir?" fragte Senta.

Ich nickte nur.

„Da hast du mit deinen beiden Gattinnen eine gute Wahl getroffen."

Beide hatten feste, aufrecht gerichtete Brüste. Senta war in den Hüften etwas breiter. Sie steckten einander das Haar hoch. Beide zeigten ihre herrlich weibliche Rückseite.

„Lieber Gatte", sagte Sarah „du solltest es uns gleich tun. Wir hatten zwar schon öfter das Vergnügen, aber einen hübschen Mann sehen wir immer wieder gern!"

Sie legten mit Hand an, als ich mich entkleidete. Meine Bewunderung für sie, war nicht zu übersehen. Aber das war ihnen auch schon vertraut. Ich stellte einen Schemel an den Zuber und half ihnen, in das dampfende Wasser zu steigen.

Schließlich folgte ich ihnen. Es war eng, aber überhaupt nicht unangenehm. Senta, die ältere, begann:

„Wir werden uns nun von unserer Vergangenheit befreien und uns für unser gemeinsames Leben reinigen und vorbereiten. Wir wollen frei und unbelastet beginnen. Immer zwei waschen einen oder eine; beginnen wir mit...mir!"

Nun war mir durch die Monate mit ihrer Mutter der weibliche Körper nicht unvertraut, aber hier mit den beiden jungen Frauen stellte ich mich doch recht unbeholfen an. Immer wieder musste Sarah, die jüngere, meine Hand führen, wenn ich nicht wagte, dies oder jenes zu berühren. Auch als die jüngere an der Reihe war, erging es mir nicht anders. Als ich an die Reihe kam und zwischen den Beiden stand, gingen sie recht unbefangen mit jedem meiner Körperteile um – sie hatten ja auch schon einige Übung darin. Abschließend hockten wir uns wieder nieder.

Senta begann:

„Das ist ein wunderbarer Tag, heute; wir werden ihn niemals vergessen, und er ist auch längst nicht zu ende. Mattis, nimm es mir nicht übel, aber da du erst vor wenigen Tagen aus der Welt der Ahnungslosen gekommen zu sein scheinst, ein paar Hinweise:

Nachdem der Ehemann seine Erwählte am Tage zu seiner Ehefrau genommen hat, wird er sie für gewöhnlich in der folgenden Nacht zu seiner Frau machen; das nennt man Männerliebe. Eine gute Gemahlin wird sich das von ganzem Herzen wünschen; das nennt man Frauenliebe. Deine beiden Ehefrauen sind da nicht anders. Wir beide wünschen uns ebenfalls von ganzem Herzen, dass du uns heute zu deinen Frauen machst. Wir wissen von der Männerliebe, aber wir haben sie noch nie am eigenen Leibe erfahren. Es ist für uns das erste Mal; wir sind unerfahren. Wir wissen nicht, was unserem Gemahl Freude macht. Vergib uns unsere Ungeschicklichkeiten. Wir geloben dir, gelehrige Schülerinnen zu sein, um dir bald die Gattinnen zu sein, die du dir wünschst."

„Da ich ja nun so langsam die Zusammenhänge begreife, werdet ihr beide von dem, was mich eure Mutter lehrte, euren Nutzen ziehen." sagte ich fröhlich.

„Du wirst ein fabelhafter Lehrer sein, denn meine Mutter hat mir berichtet, welch aufmerksamer Schüler du warst. Sie war sehr zufrieden mit dir. Wir konnten fast jede Nacht euer beider Vergnügen hören. Doch meine Mutter war eine erfahrene Frau und sie hatte drei Kinder geboren!"

Fassungslos sah ich Senta an: „Was hat das denn mit der Geburt von Kindern zu tun?"

Fassungslos sah Senta mich an: „Du weißt nicht, dass Kinder auf dem gleichen Weg herauskommen, wie sie hineingekommen sind?"

„Mir hat man gesagt, dass sie ein Geschenk Gottes seien. Du meinst, es geht so vor sich wie bei den Tieren?"

Sarah sagte ernst: „Gut, nun weißt du es!" und nach einer Weile: „Das Wasser wird kühl!"

Ich half beiden aus dem Zuber und wir rubbelten uns mit einem weichen Tuch trocken und warm. Senta reichte uns zwei weiße Hemden und streifte selbst eines über.

„Sollten wir nicht ein wenig essen?" fragte sie.

Sarah protestierte: „Ich bin so neugierig und aufgeregt, ich würde keinen Bissen herunterbekommen!"

Senta lächelte mich an: „Sie war schon immer so. Aber wie möchtest du das eheliche Bett mit uns teilen? Möchtest du zuerst mit ihr... und dann mit mir...? Oder werden wir all drei das Bett teilen?"

„Das fällt mir nicht schwer zu entscheiden; ich möchte, dass wir zu dritt unser Bett teilen."

„Das freut mich. Dann wird nur das ehemalige Bett meiner Mutter uns alle drei aufnehmen können. Die Sonne scheint auch noch ins Zimmer. Ehrlich gesagt, ich hätte auch nichts essen können. Ich brenne auch darauf, mich mit meinen Ehemann zu vermählen."

„Dann kommt meine beiden Gattinnen! Euer reizender Anblick hat auch all meine Sinne und mein Verlangen geweckt!"

Als wir das Zimmer betraten, war ich sehr angerührt. Ohne dass ich es bemerkt hatte, hatten die beiden das Zimmer ganz liebevoll hergerichtet und geschmückt. Das Bett war frisch bezogen. Viele verschieden große Kissen versprachen Behaglichkeit. Überall waren Kerzen aufgestellt, um uns zu leuchten, wenn die Sonne sich zurückzieht.

„Ich habe meine Mutter oft begleitet und war dabei, wenn sie Frauen unterwies." begann Senta. „Ich kann Sarah jetzt ebenfalls unterweisen. Es soll für uns alle ein schönes und unvergessliches Ereignis werden. Lasst uns verspielt beginnen. Mattis, frage deine Gattin Sarah nun, ob sie nun bereit sei, zu deiner Frau zu werden!"

Ich trat vor Sarah, hielt sie bei den Händen und fragte sie.

Sarah lächelte etwas schalkhaft: „Lieber Gemahl, zeige mir zuerst deine Verehrung und dann dein Verlangen!"

Ich verbeugte mich vor ihr, kniete nieder und küsste ihre Füße.

„Erheb' dich, mein Gatte! Ich sehe, du verehrst mich, aber begehrst du mich auch? Ich werde mich dir nicht geben, du musst mich schon nehmen…!" sagte sie stolz.

Ich bemerkte, wie Senta lächelte. Ich presste Sarah fest, sehr fest an mich und hielt mit einer Hand ihre Arme auf dem Rücken. Mit der anderen Hand öffnete ich die Schleife, die ihr Hemd hielt. Es fiel von ihren Schultern. Kurz gab ich sie ganz frei, so dass es zu Boden fiel. Dann küsste ich sie so, wie sie es mich gelehrt hatten. Dabei griff ich ihr kräftig in ihre Pobacken. Sie schien das zu mögen; ihre Beine gaben nach und ich ließ sie aufs Bett sinken. Senta legte ebenfalls ihr Hemd ab, setzte sich hinter ihre Schwester, so dass ihr Kopf in ihrem Schoß zu liegen kam. Sie fasste ihre Schwester bei beiden Händen. Aus Sarahs Augen war der Stolz gewichen, sie schaute etwas ängstlich.

Senta streichelte ihr Haar:

„Hab' keine Angst, meine Kleine, ich werde dich leiten."

Ich betrachtete sie sehr eingehend. Sie schien das zu mögen, ihre Augen lachten. Ich legte mich eng neben sie und liebkoste ihr Gesicht und küsste sie lang, sehr lang. Sie stöhnte etwas:

„Dieses Kribbeln im Bauch... macht Angst, macht Lust... macht Freude... bringt mich völlig durcheinander. Ich streichelte ihre Brust, massierte sie sanft, küsste sie, so wie es mir einst ihre Mutter beibrachte. Ich küsste ihren Bauch, was das Kribbeln nicht besänftigte, wanderte zu ihren Hüften, tauchte in ihren Nabel. Doch dann verfiel sie unerwartet in eine eigenartige Starre. Irgendetwas in ihr wollte etwas mit großer Leidenschaft, doch irgendetwas anderes wollte es mit großer Macht verhindern. Sie wand sich und zitterte am ganzen Leib. Besorgt nahm Senta sie in ihre Arme.

„Vielleicht war es ein Fehler, sie dir als erste zu überlassen. Sie hat Angst und ist viel zu verkrampft. Wir sollten sie nicht zwingen. Es darf nur geschehen, wenn sie dazu bereit ist. Wir lassen sie am besten in Ruhe." sagte Senta zu mir.

Ich nahm Sarah nun in meine Arme und versuchte sie zu beruhigen:

„Liebe Sarah, mach dir keine Sorgen. Nie wird geschehen, was du nicht willst. Was immer es ist, was dich quält, es wird verschwinden. Ich werde mich nie von dir abwenden; du entscheidest, wann der Moment gekommen ist, indem du aus vollem Herzen sagst, dass ich dich zu meiner Frau machen soll. Ich möchte mich nun deiner Schwester zuwenden; du kannst gerne bei uns bleiben."

„Ja, ich glaube du hast Recht! Vielleicht entspannt es sie, wenn wir sie jetzt nicht ausschließen!" stimmte mir Senta zu.

Senta drängte sich in meine Arme:

„Mein Gemahl, von ganzem Herzen möchte ich dir meinen Körper, mein Herz und meine Seele schenken. Ich wünsche mir, dass du mein Geschenk annimmst und es ehrst. Daher bitte auch ich dich, mir ein Zeichen deiner Verehrung zu geben, bevor du mir dein Verlangen zeigst."

Voller Hingabe küsste ich ihre Füße, jeden einzelnen Zeh, knabbert etwas daran, sodass sie lachen musste und sich entspannte. Ich betrachtete meine zweite Gattin. Sie war etwas fraulicher als ihre Schwester. Ich beugte mich über sie und küsste sie. Sie schlang ihre Arme um meinen Hals und tauchte mit mir lange hinab in den Ozean ihrer Gefühle. In ihr ruhten ungeahnte Schätze, die gehoben werden wollten. Meine freie Hand glitt über ihre Haut; nirgendwo war mir der Zugang verwehrt. Sie drängte zu mir und legte ihr rechtes Bein über meine Hüfte. Ich schob mein Bein zwischen ihre und streichelte ihre Schenkel.

„Betaste mich…bitte!" flüsterte sie.

Ich folgte ihrem Wunsch und sie sah mich an. Meine Erfahrungen mit ihrer Mutter halfen mir, die Anzeichen zu erkennen.

„Mein lieber Gemahl, lass mich nicht länger warten, deine Frau zu sein! Doch sieh mich dabei an, meine Augen haben dir so viel zu erzählen!"

Während wir uns vermählten, sah ich zum ersten Mal in meinem Leben rückhaltlose Liebe. Ihr Blick erschütterte mich bis ins Mark. Behutsam vollzog ich unseren Bund; nur einen winzigen Augenblick zuckte sie. Nie zuvor hatte ich es für möglich gehalten, dass das Leben solch goldene Momente für uns Menschen bereithielt.

Ich las es von ihren Lippen, diesen Hauch: „Das ist erst der Anfang!"

In die alsdann ausklingenden Wellen der Zärtlichkeiten bezog ich Sarah mit ein. Dankbar ließ sie sich ein in den Reigen zu dritt. Niemals sollte sie das Gefühl haben, ausgeschlossen zu sein.

Beim Frühstück wanderten liebevolle Blicke von Auge zu Auge. Wir reichten einander Brot, dass wir zuvor in süße, warme Milch getaucht hatten. Sarah sah man noch immer ihre Sorge an. Schließlich sprach sie:

„Ich möchte noch einmal meinen Gemahl um Vergebung bitten über die Art und Weise, wie ich mich gestern verhalten habe. Meine Erstarrung kam einfach über mich; ich konnte nichts dagegen tun. Aber ich war frech und überheblich, als ich dich aufforderte, mich zu nehmen…"

Ich unterbrach sie:

„Verehrte Sarah, ich wiederhole mich nur ungern. Es gibt nicht den geringsten Anlass, für den du dich entschuldigen müsstest. Du hast geahnt, dass etwas Gewaltiges in dein Leben treten wird, das hat dir Angst gemacht. Du hast dich überschätzt. Dein forsches Auftreten war nichts als ein Versuch, deine aufkeimende innere Unsicherheit zu überspielen. Aber deine Wahrheit hat gesiegt. In der Liebe kann man nicht heucheln; man sollte es nicht einmal versuchen! Die Liebe ist ein Kind der Freiheit; sie lässt sich nicht erzwingen, versucht man es, stirbt sie. Ich bin froh, dass deine innere Wahrheit gesiegt hat. So konnte unsere Liebe erhalten bleiben. Mach dir also nicht die geringste Sorge; du bist und bleibst meine geliebte Gattin. Warte ab, beobachte dich, lass uns wissen, wann in dir der unumstößliche Wunsch herangewachsen ist, dich mit mir zu vermählen.

Und seid beide jetzt schon voraus gewarnt, bei zwei solch hübschen Gattinnen, wird gewiss auch mal mich die Kraft verlassen; dass lehrte mich schon eure Mutter. Aber sie war eine Zauberin..."

Verdutzt sah mich Senta an:

„Woher weißt du das alles? Du hast so wunderbar gesprochen, dass mir ganz warm ums Herz wurde..."

Ich zuckte die Schultern:

„Ich weiß nicht! Es kam einfach so alles aus meinem Mund!"

Mit frohen Gedanken begannen wir den neuen Tag und machten uns eifrig an unsere Arbeiten. Denn gestern war alles liegen geblieben. Trotz fleißiger Arbeit war es anders als sonst. Wann immer wir einander begegneten, tauschten wir Lächeln bis kleine Zärtlichkeiten. Der Tag war heiß und wir gingen abschließend hinunter zum Fluss zum Baden. Es war herrlich ganz Natur in der Natur zu sein.

Beim Abendessen wandte ich mich an sie:

„Ihr habt gestern starke Bekenntnisse abgelegt. Mir fiel heute ein, dass ich mein Bekenntnis zu euch noch nicht ausgesprochen habe. Ich möchte euch beiden auch ein guter Ehemann sein. Ich will euch mein Bestes geben, aber ich bin zum ersten Mal Ehemann. Was ich nie können werde ist, hellzusehen. Daher erwarte ich eure Hilfe. Wenn euch irgendetwas an mir missfällt, ihr vermisst, etwas anders haben wollt, was auch immer es sei, lasst es mich zuerst wissen. Tuschelt nicht hinter meinem Rücken. Gebt mir die Gelegenheit, mich zu bessern und zu verändern. Wenn ihr mich direkt ansprecht, freut mich das, denn das ist ein Beweis, dass ihr genauso wie ich am Aufbau eines harmonischen, liebevollen Miteinanders interessiert seid. Es ist nicht nötig, zu nörgeln oder zänkisch zu sein, einfache, klare Worte sind sehr willkommen. Auch ich werde euch wissen lassen, wenn mir etwas nicht passt. Können wir uns darauf einigen?"

„Das ist ungewöhnlich! Frauen haben zu gehorchen, sich nicht zu widersetzen und auch das hinzunehmen, was ihnen missfällt. So haben wir es gelernt und so beobachten wir es allerorten. Aber warum nicht? Lasst uns all drei unseres Glückes Schmied sein. Dein Vorschlag gefällt uns!" sagte Senta. Sarah nickte zustimmend.

„Was haltet ihr davon, unser Abendessen eine Stunde früher einzunehmen, dann haben wir mehr Zeit zu dritt im Bett?"

Senta lachte: „Richtig Sarah! Wir sind in den Flitterwochen, da sollten wir uns viel Zeit für einander nehmen! Was sagst du, Mattis?"

„Ich habe da überhaupt nichts dagegen! Ganz im Gegenteil! Lasst uns kurz aufräumen und dann ab marsch ins Bett!"

Diesmal ging es schon sehr viel entspannter zu. Wir streichelten, drückten, küssten, redeten und spielten miteinander. Wir sollten einander entdecken – mit den Augen, mit den Händen, mit den Lippen. Jede nahm sich eines meiner Beine zwischen ihre Beine, schmiegte sich in meine Arme, umschlang meinen Kopf und ertränkte mich mit Küssen. Sarah taute zusehends auf, überließ mich aber schließlich ihrer Schwester. Sie beschränkte sich darauf, uns genau zu beobachten. Doch niemand litt.

Wenige Tage nach diesen Ereignissen erhielt der Kämmerer unseres Landesfürsten zwei Mitteilungen, eine von der Gemeinde Falkental und der kleineren Gemeinde Birkenhain. Hierin stand, dass ein Herr Mattis in Falkental ein Fräulein Sarah und eine Stunde später in Birkenhain ein Fräulein Senta geehelicht habe. Als der Kämmerer dies in die Chronik des Landes niederschreiben wollte, zweifelte er, ob er diesen Ehen die Rechtmäßigkeit bescheinigen konnte. Er bat den Fürsten um eine Unterredung.

„In der Tat, das ist ein erstmaliger Fall!" bestätigte der Landesherr schmunzelnd.

„Wir sollen entscheiden, ob etwas rechtmäßig ist. Nun Ludewig, er kennt meine einfache Auffassung von Recht und Unrecht. Fragen wir uns also: Wem schadet diese Eheschließung? Ich kenne die beiden Frauen; es sind die beiden Töchter der kürzlich verstorbenen Heilerin, der ich und meine Familie sehr viel zu verdanken haben. Die beiden sind unzertrennlich. Beide haben einen Nutzen davon, dass sie sich einen Ehemann teilen. Sie sind beschützt, versorgt, vereint und genießen die Freuden der Mannesliebe. Gewiss, der Ehemann hat sich viel vorgenommen, zwei junge Ehefrauen..."

„Eben, Durchlaucht, er wird den Schaden haben, wenn er später aber zu spät erkennt, dass zwei zänkische Frauen sich die Freiheit nehmen, ständig an ihm herumzunörgeln." gab der Kämmerer zu bedenken.

„Ludewig, Ihr dürft nicht immer Eure häusliche Situation zum Maßstab nehmen. Vielleicht hat der junge Mann doppeltes Vergnügen. Euch kann ich nur immer wieder den Rat geben, wenn Eure Frau Gemahlin Euch das Leben schwer macht, dann tragt Ihr eine gehörige Menge Mitschuld. Erhebt euer Zepter gegen Euer Weib und lehrt sie Sanftmut und Dankbarkeit!"

„Bedenkt, Euer Durchlaucht, mein Alter! Es zwingt mich, diese Art der Zähmung zu unterlassen…" klagte der Kämmerer und Chronist.

„Ach Ludewig, warum unternehmt ihr nichts? Sprecht mit der neuen Heilerin; sie setzt die Arbeit ihrer Mutter fort. Wie Ihr berichtet, hat sie geheiratet. Ihr bescheinigt ihr die Rechtmäßigkeit ihrer Ehe und sie wird Rat wissen! Warum macht Ihr Euch das Leben immer nur so schwer?"

„Herr, ich danke Euch für Euren Rat; es wird mir schwer fallen, mich der jungen Heilerin zu offenbaren?"

„Schluss damit, Eure ewigen Bedenken beginnen, mir den klaren Blick zu verstellen. Denn es ist überaus klug von diesem Herrn Mattis, zwei Frauen zu ehelichen. Dieser tausendmal verfluchte Krieg frisst Tag für Tag unsere besten jungen Männer. Zurück bleiben Witwen, einsame Frauen, die niemals einen Mann finden. Sie vergrämen unverschuldet, leiden den Rest ihres Lebens unter Armut und Einsamkeit und verbreiten Unheil. Es wird zur Regel werden, dass ein Mann mehrere Frauen zum Weibe nimmt. Ist es etwa besser, auf dem Schlachtfeld zu sterben oder sich im Bett etwas mehr anzustrengen? Ludewig, denkt darüber nach und seht Euch um, wen Ihr noch heiraten könnt!"

Der Landesfürst lachte aus vollem Herzen und hatte sogar kein Verständnis über die Griesgrämigkeit seines Angestellten. Wer sich freiwillig das Leben zur Hölle macht, dem bleibt gewiss auch nicht das Fegefeuer erspart.

Zwar immer noch vergrätzt aber schon mit einem feinen Silberstreifen am Horizont, bestätigte der Kämmerer die Rechtmäßigkeit der Ehe des Mattis mit seinen beiden Ehefrauen Senta und Sarah. Danach verfiel er ins Grübeln. Gewiss, seine Ehefrau war nicht mehr jung und auch nicht mehr sehr attraktiv. Er könnte ein bisschen mehr Attraktivität einfordern! Aber sich mit einem jungen, blendend aussehenden Fräulein einzulassen, könnte böse enden. Was, wenn er auch da nicht sein Zepter schwingen konnte? Welche Blamage, vielleicht Gerede und Spott, nicht auszudenken. Er beschloss, das vertraute Unglück dem unbekannten Glück vorzuziehen!

Eines Tages berichtete Senta über eine vorübergehende Unpässlichkeit, die sie allein in ihrer Kammer auskurieren wollte.

Besorgt sah Mattis sie an:

„Es ist doch hoffentlich nichts Ernstes? Kann ich etwas für dich tun, dir behilflich sein?"

Senta gerührt durch die Anteilnahme ihres Gatten küsste ihn sanft auf die Wange und erwiderte:

„Nein, mein lieber Unwissender, das kannst du nicht. Das kommt bei Frauen in regelmäßigen Abständen vor! Aber ich danke dir für deine Fürsorge! Ich werde auch arbeiten, aber ich werde dir nicht beiwohnen. Vielleicht hilft es Sarah, wenn sie mit dir alleine ist..."

Es war tatsächlich so, als sich Sarah zu mir in unser Bett legte, war sie vollkommen verändert. Sie bemerkte meine Verwunderung:

„Du weißt nicht, was es heißt, immer die jüngere, kleine Schwester zu sein. Da muss man immer etwas erfinden, um anders als sie zu sein. Heute sollst du mich nicht nehmen, heute will ich mich dir geben. Verehrst du mich noch immer?"

Ich antworte nicht, nahm ihr ihr Hemd, fasste nur ihre beiden kleinen Füße und küsste sie voller Hingabe. Ich kaute auch an ihren Zehen, was heftig kitzelte. In einem Sturm aus Lachen entspannte sie sich.

„Sieh' mich an, findest du mich hübscher als meine Schwester?"

„Du bist nicht hübscher als deine Schwester. Ihr seid beide verschieden aber sehr schön. Ich mag euch beide auf die gleiche Weise, und ich danke dem Himmel, dass ich mich nicht entscheiden musste!"

„Wie unterscheiden wir uns?" fragte sie nach.

„In vielen kleinen liebenswerten Dingen, von denen ich keines missen möchte. Um es in wenigen Worten zu sagen: Senta ist sinnlicher, in sich ruhender, du scheinst leidenschaftlicher, offenherziger, lebhafter! Ihr beide seid eine großartige Kombination. Aber du solltest dich nicht vergleichen und nicht mit ihr konkurrieren. Sei du, so wie du bist, dann bist du ein gleichwertiges Juwel. Ich finde, wir sollten jetzt unseren Dialog in einem Kuss fortsetzen. Küsse sind ehrlicher und somit unmissverständlicher. Ich werde dich jetzt eine Stunde lang küssen, noch ist Zeit zur Flucht!"

„Ich werde den Teufel tun und fliehen. Ich will diesen Kuss und vielleicht hänge ich noch eine Stunde dran. Du weißt,

Frauen sind sehr geschwätzig!" lachte sie und breitete die Arme aus, umschlang mich und wir küssten unsere Gefühlsstürme. In diesem Kuss ließ sie mich all ihre Geheimnisse, Ängste, Erwartungen, ihren Spaß, ihre Sehnsucht, ihre Wildheit, ihre Verspieltheit, ihre Lust wissen. Meine Hände folgten den Anweisungen, die mir ihr Kuss gab. Als ich sie anwies, das Gleiche zu tun, zögerte sie nur kurz. Ich folgte den Konturen ihrer Brust, ihrer Hüften. Ihr Kuss forderte mich auf, nur kräftig zuzupacken. Als meine Hand auf ihrem Bauch lag, atmete sie heftig gegen meinen sanften Druck. Ihre Schenkel waren wie Samt. Ihr Kuss ermunterte mich auch ihre Innenseite zu streicheln. Sie fing meine Hand und hielt sie fest. Sarah lachte, ohne aufzuhören mich zu küssen. Nachdem alles per Kuss gesagt worden war, sagte sie:

„Mein lieber Gatte, ich wünsche mir nichts sehnlicher als unsere Vermählung; lass mich endlich wissen, was die Männerliebe zu geben vermag!"

„Ich bin sicher, du wirst sie mögen, so wie ich deine Frauenliebe genießen werde!"

„Lieber Mann, sieh mich an!" bat sie.

Unsere Vermählung vollzog sich fast von alleine. Ich spürte ihren Willkommensgruß, ihre Bereitschaft eine neue Welt mit neuem Erleben zu bereichern. Lange, sehr lange blieben wir vereint; sie genoss den sanften Rhythmus, gab sich hinein, ließ sich aber nicht fallen und bat um eine Pause. Küsse und Zärtlichkeiten wurden süßer.

„Es gefällt mir, wie behutsam du mich lehrst. Es ist wunderbar, aber ich bin neugierig! Lass mich bitte erfahren, wie ein Mann seine Lust am Weibe stillt!" bat sie.

„Willst du es wirklich wissen?"

„Unbedingt, ich brenne darauf!"

Ich war glücklich, mich leidenschaftlicher auszuleben. Sie sah mich an und lachte. Ich geriet in unfassbare Wonnen... Es wurde lauter. Sie riss mich zu sich hinunter und küsste mich. Ihre Zunge gab einen noch wilderen Rhythmus vor. Ich folgte ihr und explodierte – lange aufgestaute Spannung entlud sich.

„Alles ist gut, alles wird gut!" beruhigte mich Sarah mit warmen Küssen.

Sie lud mich nach einer Rast zu einer zweiten, sanfteren Begegnung ein, bevor wir selig einschliefen. Während der kommenden Nächte zu zweit kamen wir uns immer näher.

Eines Morgens, ich begleitete Senta zum Markt, fragte sie mich:

„Sarah ist selbstbewusster geworden, seitdem sie mit dir allein das Bett geteilt hat. Ich weiß, dass sie sich immer an mir orientiert. Doch ich kann nichts dagegen tun, das muss sie schon allein schaffen. Es ist wohl das ewige Los der Zweitgeborenen, dass sie sich irgendwie am älteren Teil ausrichten, anstatt zu werden, was sie wirklich sind. Vielleicht müssen wir darüber nachdenken, ob es gut ist, das Bett ständig zu dritt zu teilen. Ich werde bald auch allein mit dir sein. Ich freu' mich schon darauf."

Tatsächlich, auch die Nächte mit Senta allein waren intensiver, rauschvoller, sinnlicher. Wir beide waren zugewandter, totale Hingabe. Ja, es musste sich, etwas ändern.

Eine Nachricht vom fürstlichen Hof traf ein; ein Fass frisch destillierter Branntwein stehe bereit. Senta brauchte ihn, um Essenzen aus bestimmten Kräutern anzusetzen und um Wunden zu reinigen. Ich spannte unser kleines Pferdchen vor den Wagen. Es geriet ganz aus dem Häuschen; es wollte laufen, rennen, rennen, laufen... Ich konnte es kaum halten und wurde gewaltig auf dem Kutschbock hin- und hergeworfen. Zuvor hatte mir Senta noch ein kleines, blaues Fläschchen zugesteckt – für die Fürstin. Ich solle die Fürstin deutlich warnen, das Elixier nicht zu hoch zu dosieren, sonst würde genau das Gegenteil eintreten. Drei bis fünf Tropfen höchstens, auf keinen Fall mehr. Die Fürstin wüsste über dessen Verwendung Bescheid. Das Pferdchen rannte wild darauf los und ich hatte Angst, den Flacon zu zerbrechen. Daher steckte ich es tief in mein Wams.

Die Fürstin ließ mich nicht eine Minute warten. Ich hatte sie nie zuvor gesehen. Sie war schon eine etwas ältere aber sehr aparte, gepflegte Frau und keineswegs herablassend.

„Habt Ihr das Mittel?" fragte sie sogleich.

Ich nickte und trug respektvoll meine Warnung vor. Sie lächelte freundlich. Ein Diener kümmerte sich um mein Pferdchen.

„Sagt, seid Ihr nicht dieser Mattis, der kürzlich die beiden Schwestern geehelicht hat?" fragte sie neugierig.

Ich nickte artig. Sie schmunzelte etwas als sie etwas leiser nachfragte:

„Sagt Mattis, habt Ihr etwa zwei davon?"

Ich verstand zunächst nicht:

„Wenn ich vermute, was ihr meint, Herrin, dann habe ich auch nur eins davon!"

„Aber ihr habt zwei junge Ehefrauen…" insistierte sie.

„Nun ja!" druckste ich herum. „Natürlich gibt es da viel zu tun! Aber wir verstehen uns gut… wir probieren viel aus… ich möchte allerdings nicht so gerne über… das sollte ein Geheimnis unter Eheleuten bleiben."

„Das ehrt Euch, Mattis, ich respektiere das, aber die Vorstellung, Ihr mit zwei jungen Ehefrauen, das erregt mich etwas und schürt meine Fantasie...Wisst Ihr, ich bin schon zwar etwas älter, aber noch sehr lebendig..., wenn Ihr versteht, was ich meine!"

„Ich denke schon, Hoheit!"

„Ach seid nicht so förmlich! Es tut so gut und wärmt das Blut, über solche Dinge zu sprechen! Es setzt da so eine Vorstellung in Gang... Also, ich mit zwei Männern, da würde mir auch schon eine Menge einfallen!" kicherte sie.

Nach einigen langen tiefen Atemzügen fuhr sie fort:

„Mit wem kann ich denn schon darüber sprechen? Die Dienerschaft würde tuscheln... Aber ich habe doch auch nur ein bedürftiges Herz, und ganz zu schweigen von den Bedürfnissen des gesamten Restes...!"

„Ihr solltet mit Eurem Gemahl darüber sprechen!" schlug ich vor.

„Oh ja, natürlich! Das habe ich. Es hat allerdings an der Grundversorgung nicht viel geändert!"

„Vielleicht versucht Ihr es einmal anders! Bei allem Respekt, ich habe nicht die Absicht, Euch zu kritisieren...!"

„Nein, nein, Mattis, redet! Sagt, was ihr zu sagen habt!" drängte sie.

„Vielleicht solltet Ihr Vorwürfe und Kritik unterlassen. Ich bin sicher, ein älteres Ehepaar hat eine blendende Vergangenheit hinter sich mit einer Vielzahl an Erinnerungen. Lasst sie wieder aufleben! Schildert sie in schillernden Farben, redet mit Begeisterung, übertreibt ruhig! Es wird dem Herrn Gemahl schmeicheln!"

„Ihr seid klug, Mattis!" lächelte sie vergnügt. „Da gibt es allerhand, was wiederbelebt werden könnte...!"

„Erzählt Eurem Gemahl von Euren geheimen Träumen! Ihr wisst doch am besten, was ihn erhitzt!"

Nach einer Weile fügte ich zögernd hinzu:

„Ein alternder Mann macht sich durchaus Gedanken, wenn sich das Verlangen nach süßen Stunden mit seiner Gattin unmerklich davonstiehlt, wie er wieder jugendlicher werden könnte – wenn Ihr versteht, was ich meine..."

Die Fürstin nickte heftig.

„Wählt er eine jüngere Gespielin, so hat sie keine Erfahrung und schon gar nicht mit ihm! Und wenn da etwas versagt, so kann das sehr beschämen... Vielleicht kichert die junge Gans? Ist es nicht ratsamer, sich das Vertraute zu erhalten und gar zu beleben. Also, Eure Hoheit, Ihr habt die allerbesten Karten!"

„Ach, Ihr redet so aufmunternd. Ihr habt eine Menge Steine von meinem Herzen gewälzt. Wie kann ich Euch nur danken? Lasst Euch am besten zu diesem Branntweinfässchen noch einen guten großen Schinken geben. Die Jagd war gut bisher und die Räucherkammer ist gut gefüllt!"

„Danke Hoheit! Ihr seid sehr gütig!" sagte Mattis und verneigte sich artig.

„Wisst Ihr, Mattis, dieser Jagdunfall vor vielen Jahren war in gewisser Weise ein Segen. Mein Gemahl überließ die Jagd unseren Knechten und er setzte mir verstärkt nach. Aber in letzter Zeit erhebt er seine Lanze nur noch selten gegen mich! Dabei ist es so aufregend, erlegt zu werden!" sagte sie versonnen. „Aber nächste Woche kommt sein Bruder mit der ganzen Familie zu Besuch. Zwei Männer wären im Haus... aber wie stell ich das bloß an?"

„Ihr müsst mit Eurem Gemahl reden, seinem Bruder und dessen Gattin… Ich glaube, Ihr werdet keine begeisterte Zustimmung erringen…!" gab ich zu bedenken.

„Aber da ist noch dieser Sohn… er wird siebzehn, wenn ich mich erinnere…!"

„Sprecht mit seiner Mutter. Es ist gewiss von Vorteil, wenn ein junger, heranwachsender Mann von einer erfahrenen und vertrauten Dame eingewiesen wird in gewisse Geheimnisse…!"

„Das ist eine gute Idee! Ich muss mich sofort daran machen, und einen Plan ausarbeiten, wie ich das geschickt in die Wege leite…!" Sie fiel sogleich in Grübeln.

„Danke Mattis, Ihr habt mir sehr geholfen. Ich habe nun viel zu tun. Geht und holt Euch Branntwein und Schinken. Und vergesst nicht, Eure beiden Frauen von mir herzlich zu grüßen!" Sie raffte ihren langen Rock und eilte rasch davon.

Auf dem Rückweg machte ich eine kleine Pause am Fluss. Das Pferdchen sollte das gute, kühle Wasser trinken und etwas grasen, während ich über all das nachdachte. Dann trabten wir nach Hause, wo mich meine beiden Gattinnen liebevoll empfingen und sich über alle Maßen über den riesigen, duftenden Schinken freuten.

Wir begannen, unser alltägliches Leben und unsere Liebesbegegnungen umzugestalten. Jeder sollte an der gemeinsamen Freude teilhaben und wachsen. Sarahs erwachtes Selbstverständnis war eine große Erleichterung. Sie hatte aufgehört, mit ihrer Schwester zu rivalisieren. Sie schien erwachsener und handelte eigenständig. Dabei war die Herzlichkeit zwischen den beiden nicht abhandengekommen. Auch Senta war erleichtert, eine gleichwertige Person an ihrer Seite zu haben. Sie widmete sich sehr intensiv ihrer

Berufung, das Werk ihrer Mutter fortzusetzen. Sie wusste viel über die Frauen aber wenig über die Männer. Sie befragte mich zu allem und jedem Detail des Männlichen und nicht selten blieb ich ihr eine Antwort schuldig. Aber ihre Fragen setzten auch in mir ein inneres Wachsen in Gang.

Sie meinte:

„Weißt du, Männer sind sehr verschlossen. Es ist schwer an ihre wahre Gefühlswelt heranzukommen. Dabei sind Gesundheit und Gefühlswelt sehr eng mit einander verflochten Du bist da anders! Ein weiterer Grund, dich zu lieben!"

Auch unser Liebesleben wurde umgestaltet. Meine beiden Gattinnen waren zu gesunden, lebendigen Frauen herangewachsen. Sie waren anspruchsvoller geworden in dem, was die Qualität als auch die Quantität unserer Begegnungen anbelangte. Wir alle empfanden unsere Nächte nur zu zweit intensiver, freudiger, erfüllender und lustvoller. Daher wechselten meine Frauen einander ab, oder einigten sich. Es gab aber auch immer wieder ausgelassene, verspielte Albernheiten und das Herumtollen zu dritt. Auch wenn es etwas Ernsthaftes zu besprechen gab, waren wir alle zusammen. Wir besprachen alles, was ein glückliches Eheleben noch vergnüglicher macht und bereichert. Selbstverständlich stießen wir alle drei auch bald an die Grenzen meiner Verfügbarkeit. Ich war zwar jung und habe bei ihrer erfahrenen Mutter gelernt, mit meiner männlichen Energie klug umzugehen. Aber ihre doppelt vorhandenen gesunden, weiblichen Bedürfnisse wollten gestillt werden. Sie beklagten sich nicht, weil sie wussten, dass dies nicht weiterhalf. Sarah meinte ein noch stärkerer Gebrauch, würde meine Bereitschaft ebenfalls verstärken, denn der Köper würde das besonders herausbilden, was häufig gebraucht wird. Senta stimmte ihr zu, ergänzte aber, dass sie beide auf keinen Fall wollten, dass ich ihrer überdrüssig werde.

Wir führten Tage der Enthaltsamkeit ein, was uns aber nicht sehr begeisterte. Sarah, die schon früh ihre Mutter begleitet hatte, wusste viel zu berichten. Sie erzählte, dass Frauen oft nach Mitteln fragten, die ihre Männer wieder paarungswilliger machten. Es gibt solche Mittel; man muss sie nur sehr genau dosieren:

„Mattis, du hast der Fürstin ein solches Mittel mitgebracht. Das Alter und das Gewicht des Mannes muss berücksichtigt werden. Bei Überdosierung tritt meist das Gegenteil ein. Du bist ein junger, gesunder Mann. Es ist nicht für dich geeignet. Ich möchte auch nicht dein Wohlbefinden aufs Spiel setzen, nur weil du zwei gesunde Ehefrauen hast. Wir werden andere Wege finden."

Wir probierten viel aus; bei aller Ernsthaftigkeit lachten wir viel über unsere ausgefallensten Vorschläge. Meine beiden Gattinnen wurden einfallsreicher, aktiver und fanden sehr rasch heraus, was alles Vergnügen schaffen kann. Besonders erfindungsreich waren sie, wenn es darum ging, meine Ermattung zu überwinden.

Schließlich schufen wir vielfältige Wege, die uns allen drei zur gleichen Zeit in höchste Wonnen versetzten. Da war ein Jubeln und Jauchzen und in der Erholungsphase sprachen wir über das Gebot der Keuschheit der Ehefrau gegenüber ihrem Gatten. Wir erstickten fast vor Lachen. Wir dachten lange nach, aber niemand erinnerte sich, ob dergleichen in den heiligen Schriften geschrieben stand. Da stand nur, man solle nicht begehren seines Nächsten Weibes... Aber bei der Fülle meiner Aufgaben, kam mir das beim besten Willen nicht in den Sinn.

Im Dorf begegnete man uns stets mit Achtung, nie eine abfällige oder gemeine Bemerkung. Man wusste von der Rechtmäßigkeit unserer Ehe und auch von der Bemerkung des Fürsten, welch weise Entscheidung wir getroffen hatten. Gewiss, so manch skeptischer aber nicht unfreundlicher Blick traf mich, ob ich denn wohl meiner Aufgabe gewachsen sei. Nur der Herr Pfarrer habe uns ein einziges Mal von der Kanzel beschimpft, wir würden gegen die Gebote Gottes verstoßen und uns Sünder genannt, die vor dem Jüngsten Gericht mit härtesten Strafen belegt werden würden. Ein mutiger Bürger rief: „Aber das Massensterben in euren heiligen Kriegen nennt ihr gottgefällig!"

Während des anbrechenden Herbstes hatten wir sehr viel Arbeit, um Vorräte anzulegen, das Haus gegen den Winter zu schützen, geschlossene Feuerstellen zu errichten und reichlich Holz einzufahren. So manchen Abend schliefen wir vor Erschöpfung ein, ohne eheliche Freuden zu genießen. Doch die Wärme und Liebe füreinander verließ uns niemals. Die Nächte wurden länger und kühler; wir mussten enger zusammen rücken, um uns zu wärmen. Niemand sollte mehr alleine schlafen. Ich hatte in unserem Nest eine geschlossene Feuerstelle installiert, so dass niemand frieren musste, wenn wir all die wärmenden Kleidungsstücke ablegten.

Einmal während einer sanften Ruhephase fragte ich, was ich nicht verstand:

„Senta, sagtest du nicht einmal, die Saat des Mannes reife im Leib der Frau zu einem Kind heran, welches sie dann zur Welt bringt. Nun habt ihr beide reichlich Saat erhalten, ihr seid zwei gesunde, junge Frauen, aber ihr habt noch kein Kind zur Welt gebracht. Habe ich etwas falsch verstanden?"

„Du hast nichts falsch verstanden, aber wünschst du dir ein Kind?" fragte Sarah.

„Darüber habe ich überhaupt noch nicht nachgedacht!" antwortete ich.

„Frauen denken darüber sehr gründlich nach, denn ein Kind auszutragen und aufzuziehen ist eine lebenslange Aufgabe voller Angst und Sorge, denn es ist eines der größten Qualen für eine Mutter, ihr Kind sterben oder leiden zu sehen. Oft erzürnt sie durch die vermehrte Zuwendung für das Kind ihren Ehemann. All das scheinst du, noch nicht bedacht zu haben. Du weißt, ich habe die letzten Jahre meine Mutter auf ihren Besuchen begleitet. Meist baten Frauen um ihren Rat; meist ging es um die Sorge, um kranke Kinder und um Probleme bei einer Schwangerschaft oder ganz einfach um eine weitere Schwangerschaft zu verhindern, wo doch schon jetzt so viele Kinder da seien und es schwer fällt, sie alle zu ernähren. Viele Schwangerschaften enden tödlich, manchmal für das Kind, manchmal für die Mutter. Frauen haben Angst, Sorge und Not und sie suchten Rat bei meiner Mutter.

Es sollte ein mehr oder weniger gehütetes Geheimnis bleiben; ungewollte Schwangerschaften können verhindert werden. Es gibt natürliche Kräuter, die das bewirken. Meine Mutter kannte sie. Sie lebte ein gefährliches Leben. Die Kirche verbietet es; dies sei ein Eingriff des Menschen in die Ordnung Gottes. Hätte sie jemand beschuldigt, sie wäre gewiss auf dem Scheiterhaufen verbrannt worden. Meine Mutter riskierte ihr Leben, um den bedrängten Frauen zu helfen. Ich führe ihr Werk fort. So, geliebter Gatte, nun weißt du es!"

Ich nickte. Etwas beschämt wegen meiner Unwissenheit fragte ich:

„Und ihr beiden nehmt auch von dieser Pflanze?"

Beide nickten.

„Es gibt doch aber gewiss auch Frauen, die gerne Kinder bekommen haben und sich jeden Tag an ihnen erfreuen?" wandte ich ein.

„Sicher gibt es sie! Sie werden sich aber nicht an meine Mutter oder mich wenden. Denkt nur an unsere Fürstin. Sie ist vernarrt in ihre beiden Kindern. Aber sie kann sie der Dienerschaft überlassen, wenn sie mal nicht mag!" sagte Sarah. „Nun ist sie älter geworden und vermisst die Mannesliebe mit ihrem Gatten. Eventuelle Folgen will aber auch sie nicht mehr auf sich nehmen!"

„Mattis, wir wollen dich nicht verschrecken mit entsetzlichen Geschichten. Ich möchte es nur nicht dem Zufall überlassen, dass eine von uns schwanger wird. Bedenke, wir leben auf einer Insel des Friedens. In jedem Augenblick kann auch uns die Welle des Grauens, Leidens und Sterbens überrollen. Wir sind nicht mächtig genug, all die Schrecken abzuwehren. Wir sind arm und Armen kann man nichts wegnehmen. Aber man wird uns die jungen, kräftigen Männer wegnehmen, um sie bedenkenlos dem Gott des Krieges zu opfern. Ich kann mir nach all den schönen Momenten mit meinem Ehemann kein Leben als Witwe vorstellen. Wir sind kaum ein Jahr verheiratet; ich hätte nie geglaubt, dass eine Ehe so wunderschön sein kann. Wenn man dich mir nimmt, könnte nur ein Kind von dir mich davon abhalten, dir nachzufolgen.

Denk' du darüber nach, ob du in diesen unsicheren Zeiten Kinder haben möchtest. Lass uns ein andermal gemeinsam zu dritt darüber sprechen. Jetzt aber lass uns wieder miteinander spielen und uns an den Wonnen unserer Empfindungen erfreuen! Wir gehorchen gerne, wenn du deinen Gattinnen befiehlst, deine Lust zu wecken und sie dir zu stillen!"

Dieser kleine Flecken Land konnte tatsächlich wie ein verborgenes Licht all die Jahre der Finsternis überstehen. Irgendwer, irgendwas hielt schützend die Hand über das gesegnete Tal. Auch als der Krieg eines Tages nach langer Zeit seiner eigenen Erschöpfung erlag und es keine Sieger und

Besiegte gab, hielten sich Krankheiten, Hunger und Seuchen fern. Länger als der Krieg selbst, dauerte die Zeit der Genesung. Ein ganzes Volk war bis zur Bedeutungslosigkeit zusammengeschrumpft. Niemand konnte noch glaubhaft erklären, warum dieser elende Krieg überhaupt geführt wurde. Das Christentum hatte seinen Ruf als Religion der Liebe gründlich verspielt.

Das Glück wandte sich auch nicht von der eigenartigen Ehe zu dritt ab. Nach einigen Jahren gebar erst die jüngere, Sarah, einen gesunden Jungen, und kurz darauf Senta ein hübsches kleines Mädchen. Die beiden Kinder waren unzertrennlich, wie sie es von ihren Müttern gelernt hatten, und der Junge verstand sein Dasein als Beschützer seiner kleinen Schwester, so wie er es von seinem Vater gelernt hatte.

Als die Kunde über die Geburt der beiden Geschwister zum Chronisten des Fürsten vordrang, geriet dieser erneut ins Grübeln. Waren das nun Geschwister? Aber wie kann es sein, dass diese Geschwister nur wenige Wochen Altersunterschied aufwiesen? Er verstand die Welt nicht mehr. Den Fürst mochte er auch nicht fragen. Er wollte nicht wieder als Problemerfinder hingestellt werden. Und überhaupt, was ging ihn das alles an. Hauptsache war, dass sein Bauch ihn nicht daran hinderte bei all dem, was er noch vorhatte. Das Mittel der Heilerin wirkte wahre Wunder; er erwog insgeheim, seine Aktivitäten nicht nur auf seine Ehefrau zu beschränken, selbst wenn deren Appetit noch wachsen sollte. Männer waren rar geworden. Das ließ ihn milde lächeln. Ihm taten die schmachtenden Blicke jedenfalls wohl, die er glaubte, überall auf sich gerichtet zu sehen.